王长新 著

把功勋写在大地上

——全国劳模张国忠的传奇人生

团结出版社

UNITY PRESS

© 团结出版社，2024 年

图书在版编目（ＣＩＰ）数据

把功勋写在大地上／王长新著. —— 北京：团结出
版社，2024. 11. —— ISBN 978-7-5234-1301-2

Ⅰ. I25

中国国家版本馆 CIP 数据核字第 20244EF887 号

责任编辑：方　莉
封面设计：墨·鱼

出　版：团结出版社
　　　　（北京市东城区东皇城根南街 84 号　邮编：100006）
电　话：（010）65228880　65244790
网　址：http：//www. tjpress. com
E-mail：zb65244790@ vip. 163. com
经　销：全国新华书店
印　装：北京荣泰印刷有限公司

开　本：170mm ×240mm　16 开
印　张：21　　　　　　　　字　数：301 千字
版　次：2024 年 11 月 第 1 版　　印　次：2024 年 11 月 第 1 次印刷

书　号：978-7-5234-1301-2
定　价：98. 00 元

编纂委员会

主　任：李泽潜

副主任：马　欢　张丽华　谷秀坤　李　莉
　　　　纪建军　陈　兵　侯振华　孙明宇

致敬，共和国之最村支书——张国忠

　　《把功勋写在大地上——全国劳模张国忠的传奇人生》即将出版了，这是一件大好事，也是对张国忠同志最有价值的纪念。

　　张国忠同志是山东省威信较高、影响较大、时间较长、永不退色的著名全国农业劳动模范之一。他参加过建国40周年庆祝大会，出席过全国劳动模范表彰大会，还应邀到主席台就座，是党的全国十一大、十四大、十五大代表，中共山东省第四届党代表，山东省第五、六、七、八届人大代表，也是第十届中国时代十大风云人物。他的名字为全省人民所知，他的事迹为全省人民称颂，他的荣誉是山东省的骄傲和光荣。因此，为张国忠同志著书立说，我十分赞成。

　　回首往事，最让我留恋和难以忘怀的是在聊城市工作的那14年。那14年是我与张国忠同志相识、相知、相交的14年，是我了解张国忠、学习张国忠、用张国忠精神推动全市工作不断取得成绩的14年。张国忠同志长我37岁，我们凡事推心置腹，坦诚相见，长时间的共事、交往，使我们之间的感情和友谊越来越深厚，早已结成忘年之交。张国忠其人，正像他的名字一样忠厚真诚，胸襟坦荡，为了党和国家的利益，他73年如一日，始终以共产党员的标准严格要求自己，把一个共产党人的全部情感都倾注到脚下那片红土地上，大力弘扬"困难面前不低头，敢把涝洼变良田"的奋斗精神，不屈不挠、自力更生、奋发图强，用血汗和生命战天斗地，改土造田、建渠打井，修路、栽树，大搞农田基本建设，把一个昔日十二连洼洼底，荒草丛生、土地贫瘠的穷村庄，变成了土地肥沃的丰收粮仓，谱写了一曲壮丽的追求与奉献之歌。

张国忠担任小杨屯村党支部书记的年限与新中国同龄，见证了全国农业农村的发展史，在全国范围内唯独他一人。他担任村支书73年来，经历了从计划经济到市场经济的变化，在毛泽东时代，他坚持与时俱进，不唯上、不唯虚、不追风、只唯实，带领群众苦干、实干加巧干，拔穷根、栽富苗，成为了农村工作的实践者、发展者、创造者，干出了非常突出的成绩，成为"鲁西北平原上一颗璀璨的明珠"；党的十一届三中全会之后，他坚持"攻坚克难走前列，自信前行敢为先"的创新精神，思想不僵化、干劲不减少，在保证大方向不变的情况下，因地制宜，靠大智慧，用科学技术这把"金钥匙"，打开了农业高效发展之门；靠大胆识，抢抓机遇，按照"围绕农业办工业，办好工业促农业"的思路，狠抓多种经营，并在涝洼地上建起村级工业园，让村集体增效、让村民致富，让群众过上幸福生活，成为"社会主义新农村的一面旗帜"。

73年来，张国忠坚定不移地感党恩、跟党走、听党话，始终把"吃亏精神"作为自己立身行事的法宝，做人做事的信条。坚守自己的精神家园，不为名利所困，不为物欲所惑，不为亲情所扰，用坚定的人生信仰和执着的人生追求去克服自身固有的狭隘心理，时时刻刻将心中的"私"压抑到最低限度，浓墨重彩挥写出一个巨大闪亮的"公"，且不遗余力地践行之。他常说："当官不能光凭权力管人，最主要的是靠人品感染人，这个人品就是孝敬父母，家庭和睦，邻里团结，乐于助人，有致富本领，为人正直，群众从心里服你，才能一呼百应，工作顺利。"73年来，他始终保持着劳动人民的本色，与老百姓保持着血肉联系，群众想什么、盼什么、需要什么，他了解得多、看得清、体会得深，他对自己、对子女、对身边工作人员要求极严，在他身上我们能感受到中国共产党先进分子"有福民享，有难我当"的豪言壮语和壮志豪情，是时代的一面旗帜、一根标杆、一种风范。

张国忠同志是党的实事求是思想路线的践行者，是贯彻群众路线的楷模，是坚持党性原则、严于律己、务实清廉的典范，像一棵劲松，坚韧挺拔，用坚强与朴实在新中国的历史上写下传奇。张国忠同志和我们永别了，但他的贡献会被永远铭记，他的精神永不落幕，他的故事将永远流传。历史是最好的教科书，学习、研究、传承和弘扬张国忠精神，对于深化当前学习贯彻习近平新时代中国特色社会主义思想主题教育和乡村振兴建设，对于密切干部同群众之间的血肉联系，对于积聚同心协力干事业的正能量，进一步坚定中国特色社会主义道路自信、理论自信、制度自信，具有重要的现实意义和深远的历史意义。

2013 年和 2014 年，我在聊城工作时，王长新同志已离岗，但他离岗不卸责，先后为聊城市委、市政府先后撰写过《首战告捷》《激流勇进》两部聊城工作的长篇报告文学，一起深入探讨过聊城市改革开放发展的路子，撰写了大量的新闻、文学、理论等文章，特别是因为工作原因，他经常随各级领导和各地记者去小杨屯采访，他熟知小杨屯，熟知张国忠同志。王长新为人正直，有思想，有见地。他撰写的《把功勋写在大地上——全国劳模张国忠的传奇人生》，如实记述了张国忠同志的一生，再现了张国忠同志 73 年艰苦奋斗、战天斗地的奋斗历程，挖掘、整理、提出了过去没有形成文字的一些事实和观点，丰富了张国忠同志精神层面的厚重内涵，还原了张国忠同志的光辉形象。王长新同志的这部作品，为历史留下了一个真实的张国忠，为学界提出了不少可供研究的课题，既可以作为普通读者了解小杨屯村历史与成就的普及性读本，也能够作为各级新农村建设者把握我国新农村建设实践经验的重要读物。通过阅读本书，能给人们以历史的沉思、深刻的启迪和宝贵的教益，从中获得不断开拓前进的智慧和力量。

我作为一个过来人，一个张国忠同志思想、作风、人格和不朽业绩的见证者，怀着激动的心情，祝贺《把功勋写在大地上——全国劳模张国忠的传奇人生》一书的出版发行。

是为序。

山东省政协副主席、党组副书记 林峰海

2023 年 12 月 27 日

精神如同一盏"灯"

被称为文学新闻界"常青树"的王长新同志最近又出版了一部大书，书名《把功勋写在大地上——全国劳模张国忠的传奇人生》。这是为纪念小杨屯村张国忠同志逝世三周年、诞辰一百周年，特约出版的一部专著。

改革开放以来，写张国忠同志的文章、书籍、影视作品、新闻报道铺天盖地、如潮如涌。写张国忠同志，如何选择新颖的主题，不是太容易的。我们欣喜地看到王长新同志以独到的视角，别具一格的选材，真诚质朴的笔法，集中地触及到了张国忠同志思想、境界、精神层面那些丰富多彩、鲜活生动的往事。读《把功勋写在大地上——全国劳模张国忠的传奇人生》这部书，确有一种耳目一新、登高望远的感觉。

大地为证！张国忠的奉献，像一座巍峨的丰碑，镌刻在齐鲁大地上。新中国成立以来，张国忠同志带领的小杨屯村，发生了翻天覆地的变化。已有十几位党和国家领导人及联合国粮农组织的官员，来自全国二十多个省市自治区的上百万人到小杨屯村参观调研、考察学习和体验生活。在这个只有500人、耕地仅1400多亩的红土涝洼地上，见证了新中国成立以来，特别是改革开放以来震动全国的辉煌巨变！

在小杨屯村，人们看到的不只是日益增长的财富，整洁优美的环境、文明和谐的社会、富裕幸福的生活，更加能够亲身感受到一种崇高的精神，那就是张国忠精神。

什么是张国忠精神？王长新同志的这部书给了很好的答案，那就是自力更生、奋发图强、人定胜天的拼搏精神，就是永不自满、敢为人先、敢闯新路的创新精神，就是崇德向善、扶贫济困、扶弱助残的大爱精神，就是心系群众、清正廉洁、甘当公仆的"吃亏"精神，就是胸怀坦荡、不图名利、忘我工作的奉献精神。

张国忠同志是自力更生、奋发图强、人定胜天的时代楷模。为了使小杨屯村彻底摆脱贫穷落后的面貌，使村民真正实现共同富裕、过上有着足够体面和尊严的日子，他把全体村民的艰难愁苦和美好愿望扛在肩上，困难面前不弯腰，挫折面前不退缩，用73年的坚守，担起了一个真正共产党人的崇高责任和神圣使命。他发扬愚公移山精神，以改天换地的壮志豪情、战天斗地的昂扬斗志、感天动地的担当作为，不信命、不服输、不畏难、不变色，不屈不挠，苦干实干拼命干，硬生生地把红土涝洼地改造成了旱涝保丰的良田。

在张国忠同志的字典里，没有什么困难不能克服，没有什么奇迹不能创造。他不仅敢于解放思想，更善于解放思想，在尊重和把握一般规律的基础上敢为人先、敢闯新路。他依靠科学技术这把"金钥匙"，率先实行了立体种植、四种四收、种养加一体化、农业工业化的发展模式，在省内首创"立体、高效、生态网上养殖模式"，打开了高效农业之门，极大地解放了生产力，实现了从依赖土地和劳动力为主的"资源依存型"向依靠良种选育、立体种植、保护栽培等为主的"科技依存型"农业转变，从"温饱型"农业向"商品经营型"农业转变，大大提高了土地生产率、投入产出率和劳动率，创造了平原农业开发的新模式，使小杨屯村成为"鲁西北农业的一颗璀璨的明珠"。

张国忠认为，没有什么追求比奉献百姓更有意义，没有什么担子比为民谋利更有分量。他崇德向善、扶贫济困，在富了本村之后不忘乡邻，走出了"企业＋协会＋农户"路子，不但为外村村民提供就业岗位800多个，并且将多年积累的养鸭经验倾囊相授，不取分文报酬。通过资金服务上门、鸭苗服务上门、饲料服务上门、防疫服务上门、技术指导上门、保价回收上门"六上门"，提供"保姆式"全方位服务；通过实行统一供苗、统一供料、统一防疫、统一技术指导、统一回收加工"五统一"利益联结模式，把变幻不定的市场风险留给企业，让群众无风险致富，辐射带动周边3个县16个乡镇10多万养殖户受益于小杨屯鸭产业链。

张国忠同志天天讲吃亏、事事真吃亏，乐于吃亏铸成了他高尚的人格。在担任村支部书记的73年里，他始终以党的利益为重，南上北下为群众搞服务，没有报销过一分路费；请专家、教授在家吃饭，没有报销过一分餐费；为群众办了无数好事，没有吃过群众一次宴请；带领村干部开会研究工作，没有花过集体一分钱吃吃喝喝。张国忠曾多次有机会脱离农村转为国家正式干部，但他都放弃了。实行家庭联产承包责任制以来，他带领群众科学种田，凡是风险大的项目，他都是在自己的责任田里先试验，成功了，把技术传给群众；失败了，自己承受损失。1989年，他被评为全国劳模，国家给他1000元奖金，他如数交到了村里；多年来，县委奖给他的"特殊贡献奖"奖金，他全部用于村庄建设。

张国忠同志不只是无私奉献，他更是忘我奉献。他时刻把入党誓词铭记于心、永不褪色，他始终扎根农村、永葆本色。他先后担任过县委委员、地委委员、乡党委副书记，当选省第五、六、七届人大代表，省第四届党代表，党的十一、十四、十五大代表，获评全国劳动模范，但在他内心深处，自己永远是一名农民，永远是一名基层党员干部，什么都不能使他离开洒满了血汗的"十二连洼"和对他寄于厚望的乡亲们。

……

张国忠精神犹如一盏明灯，诠释着一名共产党员的责任与担当，传递着一名优秀共产党员的初心和使命。他走了，但灯依然亮着，他把那条践行党员初心使命，带领群众团结实干的奋斗之路，照耀得金光灿烂、无比辉煌！

王长新同志精心撰写的这部专著，9大章41节，洋洋洒洒20多万字，从多方面向人们展现了张国忠精神的独特风采。我相信，《把功勋写在大地上——全国劳模张国忠的传奇人生》这本书，必将让更多的人从更深层面、更高境界，更加深刻地理解小杨屯村这一切辉煌的背后，张国忠同志那坚定的信仰、牢固的信念，以及由此焕发出的巨大精神力量。这种力量必须历久弥新、历久弥醇，必将影响和感染着更多的人甘于吃亏、甘于奉献，用汗水浇灌梦的土壤，推动我们的事业奔向更加光明的远方。

中共聊城市茌平区委书记

2023 年 12 月 28 日

目　录

引　子

这里是一片红色的沃土，这里是一片神奇的土地，在这片令人心驰神往的地方，诞生了战国旷世雄才鲁仲连、盛唐名相马周、医界"亚圣"成无己等无数的圣贤奇才，也涌现出全国劳模张国忠、张学信、耿遵珠等无数可歌可泣的英雄儿女，发生了无数荡气回肠、感人肺腑的故事，折射着茌平大地人杰地灵、钟灵毓秀的光辉，时代造就了他们，他们也推动了时代。

埋起锄头跟党走

俗话说，三岁看大、七岁看老。英雄人物高尚的原生志趣，再经革命斗争的实践提纯升华，就会产生不可估量的倍增和放大效应。早年间的坎坷历经、痛苦和劫难，对于张国忠来说都是财富，都是他人生的垫脚石，铸就了他百折不挠的斗志，一往无前的气概，凝练了他坚韧不拔的意志，吃苦耐劳的精神，并成为他矢志不渝听党话、发自肺腑感党恩，坚定不移忠诚党，天塌地陷，跟共产党走的心永不变的铮铮誓言……

"老洼地"变成"丰产田"

"困难吓不倒共产党员，没有困难还要我们这些共产党员干什么，要让群众吃上饭，党员必须领着群众干！搭上我这百十斤，也要把大伙拉出这穷坑！"张国忠和小杨屯人正是靠自力更生、奋发图强、人定胜天的积极进取精神，靠改天换地的壮志豪情、战天斗地的昂扬斗志和感天动地的担当作为，苦干、实干、拼命干，自觉打头阵、打前站，不信命、不服输、不畏难、不变色，一干就是20年，终于赶走了红土涝洼地里的"瘟神"，用平凡的血肉之躯书写了不朽的传奇，演绎了坚如磐石的信仰，实现了经济发展的第一次飞跃，在村民们眼中张国忠就是坚韧不拔的现代版"愚公"。

 "土坷垃"刨出"金娃娃"

"只要用好科学技术这把'金钥匙'，在土地里巧做文章，想办法做到'人不闲，地不闲'，让一亩地顶几亩地用，照样可以'奔小康'。"张国忠和小杨屯人正是用智慧赋能，依靠科学技术这把"金钥匙"，才打开了高效农业之门，从依赖土地和劳动力为主的"资源依存型"向依靠良种选育、立体种植、保护栽培等为主的"科技依存型"农业转变；从"温饱型"农业向"商品经营型"农业转变，促使传统农业向现代农业转变，大幅度提高了土地生产率、投入产出率和劳动率，创造了平原农业开发的新模式，实现了经济发展的再次飞跃，成为"鲁西北农业的一颗璀璨的明珠"。

杨屯小鸭"飞上天"

"机遇是资源，也是财富，就看我们能不能抓住它和深度开发它！"历史是一座大熔炉，它铸造着人们的新观念，孕育了强烈的创造力。当改革开放的列车鸣着高昂的"警笛"隆隆奔驰，震醒祖国每一寸土地的时候，位于鲁西平原普济沟和官氏河畔的小杨屯才大吃一惊，睁开了惊惑的眼睛。老英雄张国忠再次紧紧抓住机遇，靠前瞻意识、守正创新精神和敢打敢拼的创业态度，让世世代代"在土里刨食吃的农民"，雄赳赳、气昂昂地走进工商企业，成了新型生产的经营者，并让小杨屯的小鸭飞向全国、飞向世界。

目不识丁的"当代圣贤"

对于大字不识的寻常百姓而言，农民和教授、"理论家"、"思想家"是风马牛不相及的概念，却让张国忠成功地将这些概念组合在一起了。73年来他始终把学习作为自己的第一需求，坚持不懈、如饥似渴地学习党的理论和各项方针政策，学习与农村工作有关的各种知识，不断提高新形势下做好农村工作的本领，不断把党的方针政策"输送"到群众心间，他不但成为十几所大专院校和科研单位的客座教授，还编出了一字值千金的"顺口溜"，成为村民心中的"定海神针"。

第六章　吃亏是门大学问

天下最难，难于上青天；百官难当，最难为村官。可张国忠却届届连任，一干就是70多年，这听上去着实不可思议，甚至还引发了一场"暗访"。但正是凭着张国忠心底无私的"吃亏精神""奉献精神"，他才能率领"两委"成员，站得直、坐得端、行得正、尽心、尽职、尽责，树起了共产党员挺拔的脊梁，才把党员干部和群众牢牢地团结在一起，并在70多年的风雨兼程中始终践行着最初的誓言，用青春、用热血、用奉献为小杨屯村绘就了一个美好的明天。

第七章　一颗恒心鉴初心

没有什么追求，比奉献百姓更有意义；没有什么担子，比为民谋利更有分量。张国忠70多年来坚定执着，勇担使命，竭诚为民，时刻把入党誓词铭记于心，把"请党放心、乡村振兴有我"的誓言转化为建设富饶、美丽、幸福小杨屯的生动实践，为群众办好事、办实事，践行着共产党员的先锋模范作用，在默默无闻的奉献中实现着他的人生价值，赢得了广大村民的衷心拥戴，鼓舞着更多群众感党恩、听党话、跟党走。

"美丽家园"点"靓"幸福生活

　　"农村不比城里差，连排楼房有我家。以文化人树新风，精神富有乐开花。"有时，幸福与否，并不仅仅局限于一个人钱袋子有多"重"，银行存款有多诱人，社会地位有多高，知识面有多广，这些都是组成幸福感的一部分，一小部分。幸福，是一种"心的体验，情的感悟"，它还体现在一个人家庭是否和睦，四邻是否友爱，村庄是否美丽。几十年来，张国忠始终注重传承优秀农耕文化，提升农民文明素质，实现了农村生产生活方式改变与人的素质提高的良性互动，构筑了农民群众身有所栖、心有所依的精神家园。

他的生命没有跋

　　人生如同一部壮丽辉煌的史诗，一幅波澜壮阔的画卷，一曲高亢激越的乐章，跌宕起伏，充满无数篇章，每个人都在以坚韧、执着和智慧，演绎着属于自己的故事，书写着属于自己的传奇。如果他的出生是序言，那么死亡便是跋文。而张国忠的生命没有跋……

　　这里是一片红色的沃土，这里是一片神奇的土地，在这片令人心驰神往的地方，诞生了战国旷世雄才鲁仲连、盛唐名相马周、医界"亚圣"成无己等无数的圣贤奇才，也涌现出全国劳模张国忠、张学信、耿遵珠等无数可歌可泣的英雄儿女，发生了无数荡气回肠、感人肺腑的故事，折射着茌平大地人杰地灵、钟灵毓秀的光辉，时代造就了他们，他们也推动了时代。

张国忠展室大厅形象墙效果图

传奇，就是指情节离奇或人物不同寻常的、出人意料的故事。地处鲁西平原的山东省聊城市茌平区（2019 年撤县设区）历史悠久，有着品不尽的历史古韵，这里物华天宝，造就了许多历史名人，有着说不完的传奇故事。

一

战国末期齐国稷下学宫代表人物，著名的平民思想家、辩论家和卓越的社会活动家鲁仲连，思维敏捷，口若悬河，12 岁便驳倒稷下著名辩士田巴，有"千里驹"的美誉，曾一箭书退燕十万兵，助田单攻下聊城；最为著名的，还属他"痛斥辛垣衍，义不帝秦"的事迹，威名远播；他弃金钱如粪土，视富贵如浮云，常常在危急关头挺身而出，匡扶正义，他深邃的思想，高尚的人格，超人的智慧，组成了一个富有个性和传奇色彩的鲁仲连。

唐初布衣宰相马周，胸怀宏志，以广博的学识，敏锐的才思，勤谨务实的精神，匡正时弊、夙兴夜寐，全力辅佐太宗，多次向唐太宗谏言，为贞观年间的政治改良，乃至贞观盛世的形成、发展和延续，发挥了极为重要的作用。

安社稷于危难，扶大唐于乱世的豪侠宰相张镐，侠肝义胆，搭救过诗仙李白，挽救过诗圣杜甫，并为七绝圣手王昌龄讨回公道，他是唐朝诗人的救星，也是唐诗的救星；他文武全才，统帅大军，平定安史之乱，为保住唐王朝生命线，立下中流砥柱的大功，成为大唐的"救国宰相"。

十六国时期健壮而有胆量，雄武而又爱好骑射，在茌平为奴时揭竿而起的杰出政治家、军事家石勒，目不识丁，但他靠"听读"学习知识，增长才干，治理国家，他大胆改革创新，完成了统一北方的大业，成为我国历史上唯一一位从奴隶身份起步，最终称帝建国的奇人。

宋金时期著名医学家成无己，是一个伟大的医学家、养生家、爱国者，他穷其一生研究伤寒学术，首开全文注释《伤寒论》之先河；以"经"释"论"，开创研注溯源穷流新风，肇始方剂理论研究之端；他辨证论治思想见解独到，其所著《注解伤寒论》被誉为"万全之书"，对伤寒学说的发展有着不可磨灭的历史功绩，被称之为医界"亚圣"。

清朝包治百病、手到病除的茌平神医仵庆厚，曾是太平天国著名将领李开芳的按摩师，在为日本天皇治病期间，探知日本将大举进攻中国的野心和行动后，冒着生命危险将此信息呈报给慈禧太后、李鸿章等，这种爱国行动，本应成为民族英雄的仵庆厚，却被慈禧太后和清政府以"无中生有、拨弄是非、破坏邦交友好"为由，一家五口先后被斩首，使中国惨败于甲午之战，否则中日甲午战争的历史可能重写。

……

茌平这些人中骐骥，驰骋政坛，纵横士林，薪火相传，一脉相通，为历史留下了璀璨夺目的华章，为推动社会发展贡献卓著，也为茌平积淀了深厚的文化底蕴，成为茌平人"生命源头""遗传密码"和代代相传的"殷红血脉"！

二

茌平先人志士那些自强不息的进取精神，崇尚气节的爱国精神，经世致用的救世精神，厚德仁民的人道精神，大公无私的群体精神等，在茌平人的文化心理结构形成的漫长过程中，曾起到过至关重要的作用。这些骨子里的文化底蕴，代代相传，绵延不绝，已成为茌平人泱泱数千年的文化因子，消融于人们的肌肤，沉淀于人们的血液，鼓舞一代代茌平人乘风破浪，勇往直前，无往而不胜。

全国劳模、连任三届全国人大代表的茌平信发集团掌舵人张学信，以"业不惊人誓不休"的执着，以敢为敢闯敢干敢首创的担当作为，走出了一条传统制造业转型升级之路，从一个名不见经传的小企业，飞速发展成为一家集发电、供热、氧化铝、电解铝、碳素、化工、环保建材、铝深加工等产业于一体的现代化大型企业集团，建成了世界上容量最大的高效超超临界燃煤发电厂，在铝行业，其660kA电解铝项目在世界上槽型最大、自动化程度最高、环保最优，无论是规模还是效益均达到世界领先水平。在全国首创"进煤不见煤，出灰不见灰，出渣不见渣"的管理标准；建成全国首个不用水的发电厂，走出循环经济的绿色发展之路；用工业优势弥补农业短板，用固碳农业"吃掉"工业碳排，既绿了产业，又强了发展，创造了10项世界第一和众多国内第一，身家高居《2023胡润百富榜》第16位，问鼎"山东首富"宝座。企业先后多次荣获"全国五一劳动奖状""全国节能降耗先进单位""全国电力系统先进单位""全国有色金属行业先进集体"等荣誉称号。

全国劳模、全国优秀共产党员、茌平区耿店新村党委书记耿遵珠，以"枣木梭子皮套股，真拉实拽永不休"的壮志豪情，带领村民发展蔬菜大棚，做大了"产业"和"家业"，全村人均纯收入从不足3000元增长到4.6万元，是全区平均水平的3倍；村集体公共积累资金从当初的负债提升到如今的3000多万元，户均存款30多万元；家家住楼房，户户有轿车，村民过上了与城里人一样的好日子，且激励116名青年返乡创业，吸引聊城、临清及周边村庄500多人来村内打工，带动了更多群众增收致富，被习近平总书记赞誉为"鲁西小寿光"，耿遵珠成为全国人大代表，并被任命为第十四届全国人民代表大会农业与农村委员会委员，耿店村也先后荣膺"全国文明村"、"全国一村一品示范村镇"、"全国乡村振兴示范村"、全国乡村治理示范村等荣誉称号。

……

斗转星移，岁月更迭。时光照进21世纪，一个个从鲁西大地走出的先锋力量，在建设中国特色社会主义事业伟大征程中勇当开路先锋、争当事业闯将，在敢当复兴栋梁中赓续红色基因，不断创造新的辉煌，立下了不可磨灭的功勋……

张国忠更是其中最为传奇的一个，他凭着笃诚的信念和坚定的意志，执着地演绎着新时代的神话传奇——

2009年10月23日，人民日报刊登了连任村支书60年，83岁依然身居一线的张国忠人生"三奇"的稿件，文章开宗明义：从1949年迄今，连续担任农村党支部（总支、党委）书记60年，创下"新中国任职时间最长的村支书"纪录；83岁高龄，依然身居一线"领头羊"位置，创下"新中国年龄最大的村支书"纪录。

一个普通农村干部，先后当选为党的十一大、十四大、十五大代表，连任山东省第五、六、七、八届人大代表，荣膺"全国劳动模范""全国老有所为奉献奖"称号……山东省茌平县小杨屯村党总支书记张国忠的传奇人生，堪称"共和国村支书之最"。

三

翻开张国忠和小杨屯村的档案，一枚枚沉甸甸的勋章，一个个至高无上的荣誉，更令人称羡不已，让人啧啧称奇。

1947年7月，张国忠加入中国共产党，任村自卫队长，1949年至2022年任村党支部（总支、党委）书记，1953年6月，任村初级社社长，1954年7月，住东方红高级社社长、大辛信用社主任。

1972年10月后，历任中共茌平县委委员、常委，中共聊城地委第一届委员会委员，茌平县贫协副主任，聊城地区贫协第一届委员会常委，茌平县贫协主任，茌平县革命委员会委员、常委、副主任，聊城地区革命委员会委员，山东省革命委员会委员，茌平县人大常委会委员、常委，茌平县王老公社党委副书记、王老乡党委副书记，政协茌平县委员会常委、副主席等职务。

1977 年 8 月，张国忠当选中国共产党第十一次全国代表大会代表。

1988 年 2 月，小杨屯村被山东省人民政府授予"畜牧先进单位"称号；4 月，中共山东省委、省人民政府授予"88～89 农机化先进村"荣誉称号。

1989 年 7 月，张国忠被中共中央、国务院授予"全国劳动模范"称号，参加了全国劳模代表大会，应邀在主席台就座，就在党和国家领导人的身后，参加了新中国成立 40 周年庆祝大会；张国忠被山东省科协授予"科技致富带头人"荣誉称号。

1991 年 6 月，小杨屯村党支部被中共山东省委授予"先进党支部"荣誉称号。

1992 年 9 月，小杨屯村被山东省人民政府授予"村镇建设明星村"称号；同年 10 月，张国忠当选为中国共产党第十四次全国代表大会代表。

1995 年 3 月，小杨屯村被中共山东省委、省人民政府授予"省级文明单位"称号，8 月山东省民政厅、人事厅授予小杨屯"模范村民委员会"称号；10 月，中共山东省委、省军区、省人民政府授予小杨屯"拥军优属模范单位"荣誉称号。

1996 年 7 月，小杨屯村党委被中共中央组织部授予"全国先进基层党组织"荣誉称号；中共聊城地委、行署授予"小康示范村"荣誉称号。

1997 年 4 月，小杨屯村被山东省精神文明建设委员会授予"文明村庄示范点"称号；5 月，张国忠当选为中共"十五大"代表；6 月，小杨屯党委被中共山东省委组织部授予"先进党组织"荣誉称号。

1998 年 10 月，张国忠获得国家民政部、全国总工会、团中央等六部委颁发的"老有所为奉献奖"。

2000 年 7 月，小杨屯村党支部被中共中央组织部授予"全国先进党支部"荣誉称号，被中共山东省委、省人民政府授予"思想政治工作先进单位"荣誉称号。

2001 年 1 月，张国忠被中共山东省委授予"山东省优秀共产党员"荣誉称号。

2002 年 6 月，小杨屯村党支部被全国农村"三个代表"重要思想学习教育活动联席会议领导小组、中共中央组织部授予"全国农村'三个代表'学习教育活动先进集体"荣誉称号。

2004 年 8 月，小杨屯村被山东省科学技术协会评为"全省科普工作先进村"。

2005 年 10 月，小杨屯村先后被评为"全省小康示范村""全省精神文明先进单位""全省村镇建设明星村"与"全国文明村"。

2008 年 1 月，张国忠家庭被全国妇女联合会授予"全国平安家庭示范户"荣誉称号；8 月，小杨屯党委获"全国农村'三个代表'重要思想学习教育活动先进集体"荣誉称号。

2009 年 12 月，张国忠当选"2009 山东新闻人物"。

2010 年 4 月，张国忠被中国经济报刊协会、世界华人当代企业家协会等 5 个单位评为中国时代十大风云人物；12 月，小杨屯村被中华全国妇女联合会授予"全国妇联基层组织建设示范村"，张国忠家庭被授予"全国五好文明家庭"荣誉称号。

2011 年 9 月，张国忠被评选为山东省第三届道德模范。

2012 年 9 月，小杨屯村被山东省委、省政府授予"山东省生态文明村"荣誉称号。

2017 年 1 月，张国忠、张士红家庭被山东省精神文明建设委员会评选为"山东省文明家庭"。

张国忠还是中共山东省第四届党代表，山东省第五、六、七、八届人大代表。

……

这一串串闪光荣誉的背后，是张国忠对共产党员的初心、使命、担当的深刻诠释；这一枚枚沉甸甸的奖章背后，是张国忠一生光荣而又伟大的真实写照。

下面，就让我们一起用心用情来解读山东省聊城市茌平区冯屯镇小杨屯村党支部（总支、党委）书记张国忠在 73 年的风雨历程中，不忘初心、甘愿吃亏、无私奉献，带领小杨屯村父老乡亲战天斗地、自力更生、艰苦创业，将一个逃荒要饭村变成了远近闻名的全国文明村、小康村的传奇故事吧。

　　俗话说，三岁看大、七岁看老。英雄人物高尚的原生志趣，再经革命斗争的实践提纯升华，就会产生不可估量的倍增和放大效应。早年间的坎坷历经、痛苦和劫难，对于张国忠来说都是财富，都是他人生的垫脚石，铸就了他百折不挠的斗志，一往无前的气概，凝练了他坚韧不拔的意志，吃苦耐劳的精神，并成为他矢志不渝听党话，发自肺腑感党恩，坚定不移忠诚党，天塌地陷，跟共产党走的心永不变的铮铮誓言……

昔日小杨屯村

苦难的童年

　　这个传奇故事，还应该从山东省长清县潘店区（现为齐河县所属）洪张村说起。洪张村有个近邻叫洪孙村，起初一个叫洪上张村，一个叫洪上孙村，后因黄河改道再也见不到洪水滔滔的景象，渐渐地，洪上张村就被简化成了今天的洪张村。

　　1926 年 4 月 21 日，农历三月初十，适逢二十四节气的谷雨。这天张国忠就降生在洪张村一个贫穷的农民家庭里。母亲张刘氏望着心爱的娇儿，甜在心里，喜上眉梢，盼望着张国忠及全家人能过上荣华富贵的好日子，她不相信自己命中注定的全是"穷"，她把希望寄托在孩子身上，盼着时来运转的那一天，纵然不是大富大贵，只要有吃有穿，丰衣足食就心满意足了，所以，她给张国忠起了个小名叫富荣。父亲张继梁厚道老实，希望自己的孩子也忠孝贤良，于是忠字当头，按"国"字辈起了大名——张国忠。

　　张继梁当年给儿子起大名国忠时，因限于文化背景，只考虑到这个名字对家庭对族人的重要含义，而没有放大到国家层面。1983 年，时任山东省聊城市委书记，后任山东省委常委、政法委书记的林峰海，以"为党为民为国尽心尽力尽忠"挂轴条幅对国忠的含义作了全面且精准的诠释。当然，这属于后话。

　　谷雨是"雨生百谷"的意思，按说在这个节气出生的人命理十分顺畅，但对于张国忠一生来说，却经历了无数的艰难和坎坷。

一

　　张国忠的父亲张继梁从小体弱多病，命运多舛，二十几岁娶妻生子，但没过多久妻子和儿子就先后离世，后续弦张刘氏为妻。张刘氏就是张国忠的母亲，其娘家是山东省茌平县（今聊城市茌平区）冯官屯镇杨官屯村人，距离洪张村约十公里。

据《茌平村名与姓氏志》介绍，溯其源，于前明洪武年间，杨官员带领王、张、李姓等从山西洪洞县迁来立村，故村名叫杨官屯，因村小人少习惯称小杨屯。小杨屯距茌平县城十四公里，东邻齐河县，北与高唐县王官屯村交界，西靠管氏河，南与北辛村相连。是两市（聊城、德州）三县（茌平、高唐、齐河）交界地。又因杨官屯村地域位于自南向北十二个十二里连洼的洼底，土壤特性非常特殊，晴天一块板，雨天一洼泥，十年九涝，村里人年年闹饥荒。新中国成立前，这个村子曾经饿死了38人。

张国忠的姥娘家在小杨屯村姓刘，单门独户，从两岁开始，断了奶的张国忠，时不时地来到小杨屯村，在姥娘家小住几天。

因张国忠的姥爷和舅舅为了活命，闯东北逃荒要饭，年复一年，日复一日，一去音信全无，姥娘在家望眼欲穿也没能把姥爷和舅舅盼回来，有人说他们早抛尸在东北。遭受失夫丧子双重打击的姥娘，一病不起，整日以泪洗面，痛不欲生。

疼爱国忠姥娘的母亲，只好忍痛割爱，将只有3岁的张国忠送到小杨屯，陪伴孤苦一人的老娘，缓解老人内心深处的悲切之情。张国忠只好依依不舍地告别爹娘，从此就成了小杨屯村的小村民了。

姥娘虽然有几亩薄田，她也有体力种庄稼，可力气再大，也大不过天灾啊。这年小杨屯村庄稼颗粒无收，起初姥娘还用杂面煮稀饭，虽然稀，还能充饥；后来，少得可怜的一点粮食快吃光了，稀饭变成了稀汤；再往后，连稀汤也喝不上了。他们只好挖野菜、煮草根，连吃带喝，后来野菜和草根都被抢光了。无可奈何姥娘只好带着张国忠以天地为家，走村串户，沿街乞讨，四处流浪，每天过着三餐不济，餐风露宿的生活。

"那段日子简直不堪回首，真没想到能活下来。"那时候农村到处闹饥荒，要饭这里一口，那里一顿，有时候啥也要不到，饿肚子是常有的事。累了靠着大树歇一会儿，困了寻个破庙或破屋岔子睡一觉。吃百家饭，穿百家衣，遭受穷苦生活磨难的滋味让张国忠回想起来，依然眼圈发红。

那些年，张国忠和姥娘相依为命，拼死挣扎着，饱受了人间疾苦，居然冲过了死亡线。但手中的要饭棍记载着他们那段饱受苦难和屈辱的历史。可以说，祖孙二人啥苦都吃过，啥话都听过，啥气都受过，啥脸都看过。

张国忠第一次跟随姥娘去高唐县琉璃寺一带串村讨饭，首先就遭遇了一头大黑狗疯了般的追咬，吓得张国忠差点一头撞倒正在过路的毛驴上。姥娘看到这一幕也被外孙子险些丧命吓得半天喘不上气，为避免外孙子再遭险情，每到一户人家门口，姥娘先敲门吸引狗追咬自己，调狗离宅，而后再让张国忠趁机进院讨叫要饭。

小国忠在小杨屯落户一年后，国忠娘又为他添了一个弟弟，叫国兴；又过了两年，娘又生下一个小妹妹，叫国香。但洪张村的全家人依然守着几亩盐碱地和两间破草房，过着贫困潦倒的日子。为此，张国忠和姥娘每天讨要的食物，除自己填满肚子外，总会挑选出那些好看像样的食物，送到洪张村。

冬天到了，北风萧萧，寒冷刺骨，道路与大地一样被冰雪覆盖起来。但为了能讨要到更多的食物，以便更多地接济爹娘他们四人，张国忠提出和姥娘兵分两路，各包揽几个村子，约好会面时间和地点，天黑时分再一起回家。

姥娘不同意让一个9岁的孩子在这大冷天自己要饭，但张国忠从小就朦朦胧胧地有男子汉的意识，养成了坚强刚毅、自立自强的犟脾气，他用一双冻红的小手替姥娘擦去脸上的眼泪，安慰说："姥娘，我这么大人了，没事，天黑咱碰头就是了。"说着，他挣脱姥娘的怀抱，背上那个破破烂烂的要饭袋子，拿起要饭棍，开门走了出去，寻找一家人生存的希望。

刺骨的寒风像刀子一样割着他的小脸，他昂着头，拄着棍，咬牙向前走去。姥娘张口想喊住他，但没有喊出声，她知道国忠的犟脾气，无论如何也改变不了小国忠的主意，穷人的孩子早当家，让他去闯吧！姥娘眼睁睁地看着外孙跋涉在风雪中，瘦弱的身影变成了一个小黑点，小黑点又渐渐地被漫天的风雪淹没了。

起初，一切都还顺利，但后来被狗疯咬的张国忠，也有迷失方向的情况，害得姥娘担惊受怕了好长时间，再也不让张国忠独自走村串乡了。

一日，小国忠顶风踏雪，走了大半晌才来到几里远的刘集村。他走到一家财主大门口乞讨，主人见是一个穿着破破烂烂的小叫花子，就像是见了瘟神一样，一边破口大骂，一边推推搡搡，吓得小国忠连连后退，一不留神摔倒在地。院子里有一个和他年龄差不多的小少爷，不由分说，唤来一只大花狗，这条恶狗对小国忠张牙舞爪，上蹿下跳，一阵狂叫！

张国忠讲述童年生活

那位小少爷吃着雪白的馒头，看着眼前蜷缩在墙角的张国忠，乐得直蹦高。

俗话说，狗仗人势。这条大花狗受到主人唆使，忽地向小国忠扑来。小国忠惊叫了一声，抢起手中的要饭棍向狗打去！

财主和狗腿子看到小国忠打了他家的狗，抄起棍了向小国忠打来。小国忠又恨又怕，连忙爬起来逃避。他发疯似地跑了好几个胡同，才摆脱了大花狗的追咬，但仍能听到财主在骂，恶狗在吠！

小国忠一阵狂奔，跑出了刘集村，但已迷失了回家的方向。他向东走去……

碰头时间已经过了几个时辰，姥娘仍然看不见小国忠的踪影，姥娘失魂落魄般地颠起小脚在张国忠包揽的那几个村庄四处寻找，直到天黑了才在好心人的引导下，找到了跑反方向的张国忠。

看到姥娘的身影，张国忠呼喊着向姥娘扑去，号啕大哭。姥娘找到了心爱的外孙，悲喜交加，也忍不住放声痛哭。

祖孙二人紧紧地抱在一起，哭成了泪人。哭声震动了河汉旷野，惊动了枯树老鸦，连过路的老牛都凝望着苦命的祖孙。

姥娘心疼地搂着受到惊吓的小国忠，看着被划破的双手，抚摸着磨破渗着血迹的双脚，泪水涟涟地说："命，这都是命啊。狗仗人势……这世道，财主的心都是黑的，他们的狗比穷人的命还值钱。这是什么世道呀！"

小国忠听了，一声不吭，但那双黑亮的眼睛里，却闪射着仇恨的光芒。

二

从此以后，姥娘再也不肯让小国忠独自一人走村串乡要饭了。但是，从小就宁折不弯的张国忠却不愿改变他的主意，一定要继续独来独往。姥娘知道无论如何也拗过孩子敢闯敢干的心劲，无奈，姥娘只好给他找了个小伙伴李公让一起乞讨要饭。

自从有了李公让做伴，张国忠讨饭的区域不断扩大，眼界也不断扩展，心胸不断开阔，他逐渐认识到，讨饭是这个世界上最没有尊严、最让人瞧不起的"营生"。浑身脏兮兮的，一手举着个破碗，一手拿根打狗棍，逢人喊"大娘、大爷、爷爷、奶奶"，有时候还要给人下跪磕头。

穷人家自己还吃不饱，哪有干粮打发叫花子啊，富人家害怕要饭的叫花子上门带来晦气，不是大声呵斥就是开口骂人，更厉害的是放出恶狗咬人。另外，要饭讨生这也不是人的终极目标啊，我们应该以自身的能力，来一场自我拯救！也应该像我们在讨饭路上遇到的小商小贩那样，做小本生意，如找饭馆掌柜的赊让些包子、馒头等，然后走街串巷叫卖。第二天早上，拿着叫卖所得去饭馆结清头天欠的账，随后再请老板赊让新账，也就是以头天清当天欠的约定方式，赚点辛苦钱。看来张国忠从小就有经商做买卖的潜质。

为此，张国忠在说服了一向正义感十足，人穷志不短的姥娘之后，与姥娘在高唐县琉璃寺以北区域，做起了赊卖包子、馒头的营生。开始，因为张国忠提前摸清了做小生意的门道，所以生意好时除了能顾上吃喝，还略有节余。但生意不好时，拿不起店钱，疲惫不堪的祖孙俩只好找个破庙或者废弃的草棚，相偎相依凑合一夜。要是遇上下雨下雪的天气，麻烦就大了，只好蜷缩在一起受冻挨淋，那个罪遭老了。

但这不算什么，最让张国忠记忆犹新的还是 1937 年的秋天。卢沟桥事件震惊了中外，日本鬼子随后全面进攻华北地区，并向河南、山东等地发起进攻，最终占领了中原地区，动用飞机大炮，对中原地区每天狂轰滥炸。甚至飞机在低飞中，追逐人群或个人，在惊呼惨叫声中不断射击，一声声痛叫，一个个人倒地，血流遍地，吓得老百姓终日躲在家中，大街小巷更是行人匆匆，不敢驻足停留，以至于地里的庄稼熟了没人敢收，大田里的棉花开了没人敢拾。

那段时间漂泊在高唐县的张国忠祖孙二人，由于心疼地里棉花，悄悄来到棉田。就在他们弯腰埋头摘棉花时，一架日本轰炸机朝着棉田俯冲下来，随即爆发出一阵阵机枪扫射声，子弹一颗颗在祖孙二人脚前身后炸响。

姥娘一把将张国忠拉到怀里，随后一只手紧紧地拉着他，在棉垅里连滚带爬，一口气跑出几里地，才躲过了飞机的扫射和轰炸。

等到飞机飞远了，他们才发觉，不但衣服全都被棉棵枝条挂扯烂了，而且遍体鳞伤。

当祖孙二人蹒跚着回到高唐县城根儿时，城门已经关闭。失魂落魄的他们说明原委后，好心肠的守门人破例把城门打开了一道缝，惊恐万状地说："你们真是死里逃生啊，大家都认为你们早就没命了呢！"

1938 年，日军鬼子在小杨屯大扫荡时，又枪杀了无辜村民李永成，打伤了村民张邦燕、李云山等人。这一切，张国忠看在眼里，记在心里，留给他的不仅是伤痛，而且是不可忘却的血与泪，更是对日本强盗刻骨铭心的仇恨！

三

1939 年，身单力薄的张继梁，因长年在宅基地、打麦场以及使用农具上遭受排挤和压制，加上无休止的劳作，积郁成疾，患上气鼓病，也就是肝腹水。又因家境贫寒，难以筹集昂贵的治疗费用，加之这种病本来就是不治之症，所以41岁的张继梁就彻底失去了劳作能力。第二年他扛不过病魔的啃食，撒手人寰了。

本来就艰难困苦的家庭失去了顶梁柱。张国忠的母亲哭干了眼泪，望着依偎在身边的三个孩子怔怔地出神。她的心就像堵上了一团乱麻，又像被什么坚硬的东西捣着、搅着、撕着、扯着……她是个历经苦难的女人，悲痛在她身上，激起的已经不是眼泪，而是久久的沉默。在那茫茫的黑夜里，这孤儿寡母像是大海中的一只小船失去了舵手，在惊涛骇浪中颠簸、漂流……

母亲抬起那昏昏沉沉的头，望着天空，苍天好像从没睁开过眼睛，看一看这人间的疾苦；她又低下头看看大地，白茫茫的盐碱地稀稀拉拉地生长着一簇簇瘦弱的小麦，就像秃癞的脑瓜。那龟裂的土地，仿佛张着恶魔的大嘴，像是要把穷人吞进人间地狱。她欲哭无泪地喃喃着，世上有路千万条，可哪一条是咱穷人的活路啊！

母亲悲痛欲绝，一阵阵晕眩，她多么想随着丈夫离去！

"娘，爹不在了，不是还有我吗？别难过，我已经长大成人了，我出去给您和弟弟妹妹要饭去。"张国忠用一双皲裂的小手替母亲擦去脸上的眼泪，安慰说。

国忠娘冰冷的泪水顺着瘦削的面颊流进嘴里，又苦又涩，她紧紧地把张国忠搂在怀里哭着说："孩子，咱穷人的命怎么就这么苦，娘真对不起你们，更苦了你啊！"

人们常说"穷人家的孩子早当家"，性格倔强的张国忠就是这样。当时，张国忠虽然还只是一个十多岁的孩子，但他懂得"父不在，兄为大"的祖训。他意识到自己已是姥娘和母亲两个家庭唯一的男劳力了，更有孝敬母亲、抚养弟妹的责任和义务。他走街串村去要饭，要了饭自己舍不得吃，一半分给姥娘，一半送给母亲和年幼的弟弟妹妹。

就这样，张国忠每天都要跑14里路，在小杨屯和洪张村之间来回往返，除了干两家的农活外，还要看看母亲和弟弟妹妹有没有自己做不了的事情，有没有受到外人的欺负。

童年的饥寒交迫，颠沛流离的生活，让年少的张国忠早早地用稚嫩的双肩挑起两个家庭养家糊口的重担，艰苦的环境造就了他坚韧不拔的性格，就这样张国忠成了真正的两头忙。除了打水做家务外，还要下田种地，除草施肥，从早到晚，忙个不停，直到弟弟成年。

为了养活两家人，张国忠到烧酒坊打过短工，每天天不亮他就起床，拎着一对大木桶，到井上打水。木桶本来就重，再加上满满一桶水，从井里往上提时，他不得不手脚并用，往烧酒坊送水，更是压得他腰都直不起来。但张国忠不怕苦不怕累，每天一大早就把几个大水缸灌得满满的，然后，在出酒之前照例回洪张村走一趟。

看看吃饱穿暖，不劳而获的富人，想想整日劳作，破衣烂衫，食不果腹，衣不蔽体的穷苦人，张国忠的心中开始萌动一种求平等，求自由，求天下人都能过上好日子的朴素愿望，也就是从那时起，他的心中开始燃烧起翻身求解放的火焰。

为了学技术养家糊口，张国忠还拜师学习扎扫把，由于他一向善于细心观察，认真思考，不出一年，张国忠就成了一把好手。凡是他绑扎出的扫把，把把平整紧实，美观大方，顺手耐用。来料加工的，把把都能顺利通过验收，自产自销的，把把都非常抢手。而且还独创和发明了不少新招式，不但节省大量时间，也使得扫把的使用寿命越来越长。在张国忠的带动下，小杨屯村扎扫把的人越来越多，队伍越来越大，以至于成为十里八乡的群众都来观看学习。

"天塌地陷，跟共产党走的心永不变！"

一

"我是要饭的，是干庄稼活的，跑什么？"当社会上传言，共产党，青面獠牙，共产共妻，所以，不少人都吓跑了。但张国忠没有跑，因为他无产无妻，赤身一条，没啥怕头。

抗日战争爆发不久，共产党就在冀鲁豫边区建立起革命根据地。在鲁西平原的聊城地区，共产党领导下的抗日斗争，由于得到鲁西抗日游击队总司

张国忠坚定跟党走

令范筑先将军的支持，极为活跃，特别是在茌平，因为有小杨屯村人任范筑先将军的军事指导员，则更加积极。

实际上，早在1942年1月，村民朱正宗就加入中国共产党，成为小杨屯村第一名中共党员。他带领抗联组织秘密潜入村里，发动像张国忠一样的穷苦人斗地主，闹革命。

朱正宗每天穿着一件破棉袄，迎着鲁西平原上的寒风霜雪，腋下夹着个包着钢笔和日记本的小包袱，赶集上店，走村串户，与贫苦农民广交朋友。时常把穷苦人聚集在小树林或高粱地里，宣传党的主张，他从讨饭、打短工、当长工的苦，讲到共产党的政策，从跟着共产党闹革命、求解

放，讲到新中国的好日子、好奔头，当家做主抗日救国的革命道理，播撒下了革命的火种。

张国忠受过姥娘和爹娘的教育，可这么新鲜的革命道理，他还是第一次听到。张国忠心里亮堂了许多，觉得跟党走错不了。在当时的社会里，张国忠也知道讨饭、打短工、当长工没出路，可是他感到自己被压在社会最底层，别无选择。他长期有着压抑、冤屈、羞辱、愤怒以至反抗的心理，但是从没想过能有彻底翻身、当家做主这一天。

共产党人和八路军给张国忠他们进行的革命启蒙教育，像雨露滋润着他们那颗干枯的心，他们再也按捺不住心中的激情，张国忠恨不得对着苍天大声呼喊：“我要革命，要翻身，要平等，要自由！”从此，“共产党”便在张国忠这个心胸宽广、信念坚定、不怕吃苦、敢闯敢干的年轻人心中扎下了根，成为他以后成长、发展的基础。

在党的领导下，张国忠组织其他长短工给地主富农开会，向他们讲共产党的政策，不允许剥削人，并与他们算刚学来的劳动价值账，要求增加工资。地主们哪里听得进去，一谈就崩了。为此，张国忠在朱正宗等人的指导下，采取了由易到难逐个攻破的斗争策略，与地主富农们一个一个地谈、一户一户地斗。就这样经过了一个多月，前前后后斗了十来个回合，终于把增资的事办成了。但有个地主家里雇了 4 个长工，他就是不答应给长工增资。上级党组织派张国忠和他面对面较量，经过一天一夜的斗智斗勇，此人终于低下了头。

过去，这些连地主家的狗都不如的穷哥们，抬起头，挺起胸。张国忠还与穷苦百姓踊跃参加了减租减息和增资增佃的斗争，对不执行减租减息、罪大恶极的地富分子进行批斗，理直气壮地踏进地主家的大门，同他们进行说理斗争，迫使那些平时趾高气扬，蛮横无理的地主富农，在组织起来的农民面前威风扫地，减租减息，给穷人们让步。

一次次斗争的胜利，改善了群众生存条件和生活水平，沉重打击了地主和富农势力，使农民在政治上得到解放，经济上得到翻身，更让张国忠高兴的是，他认定了共产党的正确领导，显示了穷哥们组织起来的力量和威力，一心干革命的思想意识进一步增强。

二

1947 年，在小杨屯的历史上是不同寻常的，是农民政治上的转折，也是共产党组织由地下活动到公开活动的转折。这一年，小杨屯成立了中共小杨屯村第一届党支部委员会，刘绪森任党支部书记。

这一年也是张国忠人生道路上的新起点。在一系列行动中，刘绪森断定张国忠是一块好钢，是一块璞玉，为考验他，培养他，这一年 6 月张国忠被任命为小杨屯村自卫队队长，这一年 7 月张国忠光荣地加入了共产党的组织，并任小杨屯村党支部宣传委员。

就是这年盛夏的一天上午，张国忠正在高粱地里锄草松土，小杨屯村地下党组织负责人朱正宗来到他跟前，压低声音对他说："国忠啊，俺已经暗暗地观察你几年了，俺们看你思想进步，立场坚定，心地善良，正义感强，不仅能干，还有一股子闯劲儿，并善于给老百姓做好事，想介绍你加入中国共产党，你觉得怎么样？"

"好啊，俺是穷苦人家的孩子，从小以讨饭为生，打长工、做短工，吃尽了苦、受够了罪，直到共产党来了才把俺从苦海里救了出来，还培养俺当了自卫队队长。俺更知道只有共产党才真正和穷人一条心，不为家庭，不为私利，专门为咱穷人办事，替咱穷人说话，俺知道只有跟着共产党才能翻身过上好日子，这样的组织俺早就想加入了。"张国忠崇拜八路军，更崇拜共产党，只是没有足够的思想准备，这一天来得这么快，他感到万分惊喜，很爽快地答应了。

"那好！明天还是这个时候，咱们仍然在这个地方会合，我来带你去一个非常秘密的地方。"朱正宗交代完毕，便悄悄地走出高粱地，消失在转弯处。

第二天，张国忠肩扛锄头，再次来到高粱地里，与朱正宗接头之后，张国忠把锄头用土和高粱叶盖起来，便和朱正宗匆匆忙忙地赶到望鲁店村，在一面画有镰刀锤子的红旗下举起了拳头，庄严地进行入党宣誓。

朱正宗紧紧握住张国忠的手说："从现在起，你就是一名中共党员了。"听到朱正宗这么说，张国忠的眼泪瞬间就流了下来。

宣完誓后，张国忠又回到浓郁葱葱的青纱帐中，在高粱地里，他戴好草帽，扒出锄头接着干活。与以往不同的是，他心情久久无法平静，他觉得自己已经成为一名真正的共产党员了，从此以后，一定要终生践行自己的诺言，处处带头，事事想着大家，想着别人，想着集体，想着党的事业，为党增光，不能为党抹黑。

加入中国共产党的组织，这是张国忠盼望已久的，但是他没预料到会来的这样快，他虽然没有足够的思想准备，但他冲着锤头和镰刀宣誓这庄严神圣的一幕，始终镌刻在他的脑海里，几十年来，每每回忆起这次秘密行动，张国忠仍激动万分，热泪盈眶。

从此，张国忠对党的信仰便熔铸在血液里，燃烧在生命里，他暗暗发誓："是共产党把俺救出了火坑，不管谁咋说，俺张国忠一辈子要听党的话，跟党走，只要天塌不了，地陷不了，俺对共产党的心就永远变不了。"

三

童年的艰辛磨砺，造就了张国忠吃苦耐劳的品格，入了党并成为支部的宣传委员和自卫队长后，他更加严格要求自己，积极追求进步，开会、学习、劳动，配合部队去县城拆城墙，打汉奸等各项工作样样争先。

为阻断据点内敌人与外界的联系，张国忠的行动便从割敌人在公路和田间架设的电话线开始，他们白天休息，夜里行动；敌人正好相反，他们白天出动，晚上则龟缩在据点里不敢出来。张国忠他们怀揣钢钳夜里剪断电线，敌人白天接上，而后他们夜里再剪断电线，敌人白天又接上了。如此，剪了接，接了剪，多次反复，张国忠认为这样也不是办法，干脆把敌人埋的电线杆给锯了，省的来回折腾，大家都认为这是个好办法。一夜之间张国忠他们就把这一带的电线杆全锯了，敌人再立电线杆就没那么容易了。据点里的敌人，一旦失去通讯联系，便提心吊胆，六神无主，日夜胆战心惊。

1941 年，日寇在冯屯、潘店修筑据点，在刘集村建岗楼、挖封锁沟，妄图卡住八路军的交通、运输咽喉。一开始，张国忠组织群众填埋封锁沟，但第二天敌人又强迫群众重新挖开。这样，挖了填，填了挖，光折腾群众，疲劳百姓。张国忠他们集思广益，与干部群众商议后，决定发起政治攻势，以智胜敌。

张国忠先派人把刘集村岗楼里 10 多名伪军的姓名、家庭地址以及亲友的情况调查清楚，然后分头到伪军家庭及亲友处，宣传抗日斗争的大好形势，最后动员他们做好伪军的规劝和教育工作。那段时间里，伪军家属及亲友，时常利用夜晚，在敌岗楼附近不断喊话，展开政治攻势。为进一步分化瓦解敌人，张国忠还给伪军逐个建立了"黑红账"，做好事，记红点；做坏事，记黑点，每隔一段时间就向伪军们公布一次。在强大的政治攻势下，伪军大多数人开始回心转意，再也不敢为非作歹，有的还和八路军暗地建立了联系。夜晚，八路军需要过封锁沟时，只要与伪军打个招呼就放心通行。

抗日根据地的创建给华北日军造成了巨大的威胁。为了摧毁根据地，日军派出大量汉奸特务潜入根据地，不断收集情报、策动叛乱、造谣污蔑、捣乱破坏。一些在减租减息、合理负担等运动中利益受损的地主富农等也暗中敌视抗日民主政府，拉拢腐蚀党员干部，散布谣言污蔑党的政策，甚至和一些汉奸、土匪勾结起来破坏抗战、发动叛乱。为了保卫胜利果实，清除敌特汉奸，防止敌人破坏，配合党和抗日政府锄奸反特，张国忠根据不同群众开展不同形式的反特教育，大大提高了农民的政治警觉和反特意识。

小杨屯村的地主富农和恶霸及敌对分子大都不敢公开与张国忠做对，但外村就有不信张国忠真能打地痞流氓。有一天深夜，一伙从高唐流窜过来的地痞流氓，偷偷溜进小杨屯一位村民住宅内，对这位村民挑衅滋事，在理屈词穷、处于下风之时，竟鸣枪示威。张国忠听到突如其来的枪声，端起步枪，快速爬上自家的房顶，冲着枪声来处放了一枪，同时一声怒吼："打婊子生的！"与此同时，自卫队员纷纷跑来，向发出枪声的宅院围拢过去。鸣枪示威的地痞流氓听到枪声和有人向这边跑动的动静，这才知道张国忠不怕邪，敢碰硬，绝不是光说大话的人，他们一看大事不妙，甘拜下风，夹起尾巴，灰溜溜地逃跑了。

张国忠那段时间，每天带领荷枪实弹的自卫队员在村部集训，坚持昼夜分组巡逻、站岗放哨、防奸、防特、盘查可疑行人，清查户口，监视地主富农等坏人的行踪，宣传党的政策，还组织儿童团趴在大树上，或站在围墙上、屋顶上放哨、查岗、检验路条，守寨护村，对来犯之敌开展自卫自救，并在防止特务向井内投毒、查禁"资敌"、发现敌情及接待中共地下工作人员等方面起到积极作用，深得部队首长和广大群众的好评。

张国忠在支前战场抬担架

告别身怀六甲的妻子，毅然踏上支前战场

1948 年 9 月，血气方刚的张国忠毫不犹豫地接受了支前任务，匆匆告别身怀六甲的妻子和年迈的姥娘，毅然决然地踏上了支前之路，用行动诠释了一个共产党员的担当。

一

1946 年 6 月至 1947 年，晋冀鲁豫野战军的主要战场在鲁西南。野战军采取避实就虚、大踏步进退的战略战术，与国民党军队在巨野、金乡、鱼台地区和豫皖边地区进行了两个阶段的战役，歼灭敌军 45000 人。在这两次战役中，冀鲁豫解放区和茌平人民不但全力进行战勤支前，而且按照上级要求，带领群众参军参战，扩大正规军，保卫解放区，粉碎了敌人进攻。

1947 年 1 月 1 日，鲁西北重镇聊城解放，土顽势力也被彻底扫清，茌平战略地位也由抗战时期的前沿阵地转变为人民战争的战略后方。特别是经过反奸诉苦和土地改革后，广大人民从政治上、经济上翻了身，焕发出空前高涨的革命热情，"打倒蒋介石，解放全中国"已成为全县翻身农民的强烈愿望，为支援全国战争提供了组织保证。

张国忠目睹过日本鬼子、汉奸蹂躏老百姓的种种卑劣行径，这也激发了他保家卫国的决心。当穿着灰布军装的长清大队八路军直属团来到小杨屯后，张国忠看到他们严格遵守"三大纪律，八项注意"，不拿群众一针一线，帮助农民生产劳动，广泛宣传《抗日救国十大纲领》，抗击日本帝国主义，保卫农民的生命财产安全，特别是看到八路军游击队走起路来，利利索索，格外精神，红色的绸子在匣子枪把手的地方随风飘动时，他既怯生又羡慕，长这么大见过不少兵，国民党、土匪、汉奸和日本兵，都是

禽兽不如的杀人魔鬼。他还从没见过这么身强力壮，纪律严明的队伍，就萌发了参军的念头，他要像这样的部队里年轻人一样，扛起枪打仗，杀敌立功。他恨日本侵略者，恨不能一下子把他们赶出中国；他恨地主老财，恨不能端起机枪，一下子把他们统统扫射光。

张国忠经过了两年的艰苦斗争，从武装自卫与翻身的经历中完全清楚了武装斗争的重要性，并在"报仇""保卫胜利果实"的号召下，积极宣传抗日救国，还参加了抗战演出队组织的文艺演出，大力宣传共产党的方针政策、共产党的胜利成果，特别是他在参演《茌平反扫荡》剧目时，更是引起强烈共鸣。每当演到敌人用机枪点名、把人捆起来填井、用刺刀刺杀时，台上台下一片哭啼声、愤怒声和"打倒日本帝国主义"的怒吼声，当演到八路军大反击时，台下一片掌声，有效地传递了抗战时期的英勇精神。因此，张国忠他们的演出队演到哪里，哪里的群众就纷纷为抗战募捐，青壮年就踊跃报名参军要求扛枪杀敌。

在小杨屯张国忠更是积极发动群众参军，拿起武器保家卫国，他登门入户找动员对象亲属促膝谈心，做艰苦细致的思想工作，讲保家卫国的光荣责任，打消了他们思想上的种种顾虑，很快得到广大群众的拥护和支持，群众的抗战热情进一步高涨，很多青壮年踊跃报名参军，出现了许多妻子送丈夫、父母送儿子、兄弟争先上战场的动人景象，经严格审查，这个仅有几十户人家的小村，就有 20 多位热血男儿积极报名参军。

当时，张国忠第一个积极报名参军入伍，但部队首长考虑到张国忠年迈多病的姥娘需要照顾，身单力薄的母亲和年少的弟弟妹妹需要帮助等诸多实际困难，无论如何都不同意他当兵，使他参军入伍的愿望落空。虽然这样，但是张国忠革命的志向并未改变，不让俺去当兵，俺就把自卫队长的角色干好。

二

为保证野战军作战，晋冀鲁豫军区于 1946 年 7 月 20 日成立了晋冀鲁豫军区后方战勤总指挥部，各专署也都成立分指挥部，并在各重要村镇设立了兵站，储运军用物资。因为往平地处黄河以北，属冀鲁豫第六专署，加之解放较早，所以全力以赴支援战争，就成了一项必然的历史任务。

饱受战争创伤与敌人残酷摧残之苦的张国忠，报仇之心殷切，更深知这场战役的重要意义，所以他迸发出强大的支前热情。这期间张国忠没日没夜地动员群众支援抗战，发动全体党员开展抗日募捐活动，号召群众有人出人、有力出力、有物出物、有钱出钱，积极做好反"扫荡"准备工作。

为支援前线，张国忠和家人省出粮食，捐献给解放军，虽然比不上常香玉捐飞机的壮举，但拳拳报国之心，真心爱国精神，也是天地可鉴，同样可嘉。除自己把谷子筛了又筛，捡了又捡，把粒大饱满的交给队伍，自己吃筛过的差的或杂粮外，张国忠还千方百计筹集粮食，对开明的地主富农进行表扬，对顽固不化的地主大户有粮不拿的，他亲自率领群众登门说理，不交粮食不撤退。

为保证部队粮食快碾、快磨、快交、快运，张国忠发动男女老少，轮流推碾磨面，有时几天内要磨出三五千斤面粉，张国忠就和其他群众一起常常干到深更半夜，甚至通宵达旦。有时碾子不够用，张国忠就把破簸箕、锅盖等剪得和磨一样大小，再在中间剪一个孔，用水浸湿，然后套在磨脐上推，推出来的米干净，且速度更快，创造了以"磨"代碾的方法。他们眼熬红了，腿站肿了，但在张国忠的带领下没有一人喊苦叫累。

做军鞋、军袜，缝制米袋子，一突击就是几百双（个）、几千双（个），任务艰巨。张国忠就挨家挨户分配任务，督促检查，确保了按质按量按时完成任务，保证了部队打到哪里都有吃的用的，有巩固的后方。

在支援前线任务中，张国忠除不断地磨军粮、做军鞋、军袜，保证解放军供给外，还动员青壮年到前线抬担架，运送军用物资。在那个年代，支前上战场，就意味着需要付出血的代价，随时都有牺牲的可能。但张国忠正值青春，血气方刚，浑身有使不完的劲，为了应急战事，张国忠将20～40岁男性青壮年全部登记造册，作为常备担架队员，随时等待命令出发。

"现在的好日子都是共产党给的，共产党解放了咱们，给咱们分了田分了地，党号召我们支前，咱能不带头去吗？为了打倒蒋介石，早日解放全中国，让人民过上幸福的日子，是热血男儿就得上前线。"1948年9月16日，华东野战军山东兵团攻克济南的战役打响了。上级党组织决定让张国忠带领小杨屯支前队去济南支援前线，接到支前出发命令的时候，已是傍晚时分，面对忐忑不安的姥娘和身怀六甲的妻子，张国忠说："家国不能两全，我是自卫队长，就要保家卫国，支援前线。"

"你自管去吧，我们不拖你的后腿，我们会相互照顾好的。"一说到共产党姥娘和妻子脸上都闪现出兴奋的光彩。于是，张国忠深情地望了望姥娘和妻子，毫不犹豫地卷起铺盖往肩上一背，扛起步枪，带上16名队员，火速出发了。

"国民党部队的炮弹总在身前身后爆炸，我们只能小心翼翼地躲着。那时候，我们只能徒步前行，晚上在荒郊野外、死人堆里歇歇脚也是常有的事。虽然那时我刚二十出头，不过胆子是很大的。"说起自己年轻那段经历，张国忠爽朗地笑了。

作战期间正值雨季，面对部队缺少雨具的困难，张国忠动员群众，把所有麻袋、芦席拿出来，遮盖在运送弹药车辆上后，与其他16名自卫队员用毛驴驮、小车推、肩挑人背等连夜急行军，冲破敌人重重封锁，一路小跑了近50里，终于在凌晨两点赶到了位于济南远郊的安乐镇驻扎点，将弹药送至目的地。

天刚蒙蒙亮，张国忠又带领支前队员火速进入战场，连续几个昼夜不惧枪林弹雨，不怕流血牺牲，争先恐后，抢救转运伤员，抬担架，送弹药，送给养，一切听从指挥，圆满完成了一个又一个任务，直至济南战役结束。

随着战役的发展，运粮支前队的粮食越送越远。按要求每车装载150公斤粮食，可张国忠为超额完成装载任务，自动装了300公斤。而且他还编了"一趟赶（等于）两趟，一天赶两天，争取早日把蒋军消灭完"的顺口溜来鼓舞大家。

这次支前任务，从 9 月 16 日至 24 日，虽然只有短短 9 天时间，但由于张国忠组织得力，领导有方，既在第一时间抢救了伤员、运送了粮食和弹药，又保证了支前队员的生命安全，表现突出，受到上级的嘉奖。

三

继济南战役、辽沈战役取得伟大胜利之后，毛泽东主席又发起了具有决定意义的淮海战役，茌平县委、政府和战勤机构立即响应，组织广大人民群众开展了紧张的支前工作，组织大批的担架队、运输队，随军出征。

"一切为了前线，一切为了胜利；前方需要什么，我们就送什么；解放军打到哪里，我们就支援到哪里。"从济南战役支前回来没几天，张国忠的大女儿玉兰出生了，张国忠自然乐不可支，但他没有终日沉浸在添丁增口的喜乐中，而是继续将饱满的热情投放到支前工作中。

1948 年初冬，淮海战役打响后，张国忠带领担架队在风雪交加、泥泞难行的路上，在敌机日夜空袭的情况下，毫不退缩，奋勇前进，迅速奔赴前线。

在通过敌人的火力封锁线时，敌人用严密的火力封锁住了行进中河面上的木桥，担架队很难通过。张国忠首先带头泅水，渡过深到半腰的小河；通过高粱茬子地时，他们背着伤员，弯着腰抢运伤员，要飞跑穿过三里的开阔地，虽然有的支前民工腿被炮弹炸伤，有的脚上磨出了泡，有的在发着疟疾，但他们都顾不上自己的伤痛，咬着牙重新抬起了担架，积极参加抢运。"咱们多流汗，就能让伤员同志们少流血！"大家相互鼓励着。

部队首长为了支前民工的安全和得到充分的休息，让他们停止抢运。但张国忠他们坚持不停不歇，起初两人抬一个，后来一人背一个，一个上午就抢运下 50 多名伤员。

还有一次，张国忠和其他支前队员沿着冰河抬着伤员行进时，突然，一个炮弹在他们身后爆炸，他和本村支前民工李永太连同伤员一起被轰进了冰河。千钧一发之际，张国忠顾不上自己的安危，迅速去救助伤员，随后与李永太硬是把伤员拖到了岸边。张国忠冻得瑟瑟发抖，但他依然打趣地说，在太阳底下晒晒就行了。

就这样，部队打到哪里，支前队员就跟到哪里，及时把伤员从战场上抢送到后方医院。部队几天几夜没休息，担架队员们就几天几夜不合眼。另外，由于战争规模不断扩大和战线逐步拉长，担架队经常分散执行任务，有时是一个排，有时是一个班，有时甚至一副担架就是一个战斗单位。张国忠坚决服从部队指挥，凭着这种顽强毅力和不怕牺牲、不服输的精神，同解放军并肩战斗，圆满地完成了各项任务。

人民军队爱人民，人民热爱子弟兵。不管遇上什么样的困难，张国忠和其他支前民工都把解放军看作骨肉至亲，把伤员照顾护理好。在战斗打得正激烈的时候，张国忠从火线上背下了一名受伤的指导员，卫生员看过后说病情严重，急需转送后方医院。这时，后方医院的担架没上来，张国忠毫不犹豫地和另一个民工抬起担架就走。走出不远，张国忠见伤员呼吸困难，就立即放下担架，嘴对嘴地用自己的舌头给伤员湿润黏液，然后用手轻轻地把一块块胶状黏液抠出来。呼吸道通了，伤员慢慢睁开了眼睛，他们终于把伤员安全地送到了后方医院。

解放战争时期，在党支部和张国忠的带领下，小杨屯村不但有 20 多名青年参军参战，还有 100 多名民工参加了济南、淮海等战役的支前工作，几乎每家每户，每个有劳动能力的人都参加了支前工作。拥军支前"拥"的真诚，"支"的彻底，充分显示了小杨屯村群众的高度政治觉悟。

把"人生"作为"契约"履行

1949 年，随着毛泽东主席在天安门城楼上向全世界庄严宣告："中华人民共和国中央人民政府今天成立了！"这一声掷地有声的宣言，古老的中华大地从此迎来了一个崭新的时代，焕发了新的生命。

这年，张国忠这个年仅 24 岁的年轻人，因为铁心听党的话，跟党走，有胆识，有气魄，敢说敢干，刚毅有为，浑身充满着朝气和魅力，在党员和群众中有较高的威信和号召力，因此被全体党员一致投票推选为小杨屯村党支部书记，他这个"党支部书记"的"官"龄正好和共和国同岁。

张国忠带领群众建设新农村

"人生是一种契约，寄载着责任和承诺。小杨屯村的工作要上去，人民生活水平要提高，作为一名农村党支部书记可谓责任重大，使命光荣。

我一定会百倍努力地工作，一步一个脚印地走下去……"张国忠当选为小杨屯村党支部书记后他暗暗发誓。那天，他面对党组织的重托，全体党员和群众的信任，张国忠庄严地许下"把小杨屯村交给我，一定没有问题，请组织上放心"的诺言。

一

承诺了就必须践诺。

把"人生"作为"契约"来履行——这是张国忠73年人生路上一直坚守的信条。

从1949年底开始，张国忠就积极配合上级派来的工作队，带领小杨屯村的老少爷们风里来，雨里去，完成了土地改革和土改复查工作任务。这次土改是前所未有的一次土地革命，张国忠与其他贫苦农民一样分到了4.6亩土地，打土豪、分田地，实现了耕者有其田，彻底改变了几千年来被颠倒的土地所有权。

这是中国革命历史的转折，是中国人民翻身解放的标志。当时全国有4亿多人口，农民就占3亿多，他们政治上翻了身，又分得了土地，真正能顶天立地在自己的土地上站起来了，挺胸做人了！

土地是财富之母，劳动是财富之父，几千年来延续的黄河文明和农耕文化孕育的小农经济，把农民与土地紧紧地捆在一起。在这个地球上，没有任何一种崇拜能比得上中国农民对土地的崇拜。

张国忠手捧着湿漉漉的红色泥土，用鼻子嗅着它的馨香，闻着它的芬芳，回忆着世世代代、祖祖辈辈对土地的梦想，品味着做了土地主人的荣光，他决心把这浑身的力气和心血抛洒在每块红土地上，向贫穷告别。

群众有了自己的土地和一些生产资料，生产积极性也空前高涨。但是在农村个体经济基础十分脆弱的情况下，绝大多数农民单靠个体劳动发家致富也是不现实的。于是，就出现了像莘县董杜庄的曾广福，借助打长工时从东家无偿带回的一整套木工器具，自发自愿地联合几户村民办起了木工作业互助组，与村民开展互帮互助，走互助合作的道路，进行农业生产，这种形式称为互助组，也就是集体农业合作化道路的最初形式。

1950 年春，张国忠为促进农业生产，让全村人吃饱肚子，他积极响应"组织起来，生产度荒"的号召，开始在小杨屯村推行互助组，他带头与另外 5 户村民结成互助小组，在劳力、畜役、农具使用上换工互助。农忙季节，这 6 户村民抱团，互相帮助干农活，今天给你家干，明天给他家干，很快将各家的农活干完了。

"张国忠互助组"经过土地改革的洗礼，增添了力量，注进了活力，更加充满生机。在"张国忠互助组"的带动和影响下，一时间，全村共成立了 12 个互助组。互助组各有各的章法，有事大伙商商量量、亲亲热热，生产上遇到困难互相接济，互帮互助，人人享受着平等、民主、自由、互助的权利，它标志着一个群众性的建组高潮已经兴起，预示着互助合作的洪流即将到来。

张国忠在推行互帮互助时，没有局限在耕田种地上，农闲时节，或者一有空闲，他们就结帮一起外出扎扫把，做生意，甚至唱大戏。在手工制作上，他们除了扎以竹苗为原料的扫把外，还扩展到制作以高粱穗儿、黍子穗儿为材料的笤帚、炊帚，以及各种各样高粱秆儿制品和各种各样柳条类编织品。

在做生意上，他们主要从事稀缺物品的贩运和零售。比如，他们经常起早贪黑，推着一辆独轮车，五更天从小杨屯村出发，徒步百十里，当天赶到济南，批发一些猪血等新鲜食品，如果能找到便宜的旅店，就暂且睡儿个小时，然后再于五更天出发返回小杨屯村，如果便宜的旅馆没有房间，他们干脆连夜返回。特别是贩运流体物品，经常因外包装破损导致泄漏，绝大多数时间都要直接回返，路上走得稍微慢一点，损失惨重难以避免。

张国忠互助组的诞生，冲破了农村自给自足各自为战的小农经济束缚，农民开始组织起来了。这就是张国忠，在他的人生经历中不乏独立性思考和个性化行动，也不缺乏做人做事必须的责任、担当和毅力；当然，更重要的是，张国忠从来不缺乏灵活、机敏与胆识。

张国忠的大儿子张金昌在总结这一阶段情况时说："这个时期的张国忠，无论是互助种田，还是一起跑小生意，只是一些小打小闹，虽然不时地给家庭生活带来一些小小的添补，但还没有为乡亲们的幸福生活找到一条可以发生根本性变化的路子。他这个时候的思想还被禁锢在靠天吃饭、听天由命的思维定式里，虽然已经有了与老天抗争的勇气，但是抗争的方式方法还没有找到，而且也没有下功夫去找。"

二

1953 年 6 月，茌平县批准在小杨屯村进行初级农业生产合作社试点，张国忠带头参与并当选为社长。初级合作社的建立，标志着小杨屯村在互助合作的道路上又迈出了新的步伐，在农业合作化的历史上进入了一个新的阶段，掀开了新的一页。

初级合作社的成立，不仅是名字的更改，而且它与互助组有着实质性的区别，群众在自愿互利的原则下，将私有土地、耕畜、大型农具等主要生产资料归社统一经营和使用，按照土地的质量和数量给予适当土地分红，其他生产资料也付给一定的报酬。

土地入股分红，耕畜、大型农具等其他生产资料付报酬，这可是件新鲜事，不少农民猜不透是咋回事。于是部分单干户趁机吹出冷风说："入股就是归公了"，"自家的土地一充公就不能做主了。"单干户的谣言，使得入社的群众心里发毛。

"土地入股能使土地连片，既便于统一耕种，又能够节省劳力，更重要的是能够提高产量。入股不是充公，而是把各户土地折成股份。"张国忠发现这种现象后，耐心地向群众解释，并制定了农民入社欢迎，出社自由制度，彻底打消了社员的顾虑，大伙向张国忠投来信任的目光，决心跟着他走。

加之 1952 年春，阳谷县石门宋村成立石门宋农业生产合作社，宋长生为社长，为增加肥料，经过集体讨论，宋长生作出了养猪积肥的决定，不仅让社员获得了不菲的收入，而且产生了大量积肥，极大地促进了农业生产。毛主席都作出批示，倡导在全国范围内推广石门宋发展养猪事业的经验，这无疑推动了农业生产合作社的发展。

初级合作社属于半社会主义性质，因为它只是一部分（不是全部）实行按劳分配，但是，它是社会主义农业发展中不可越逾的阶段。由于张国忠学习石门宋的经验，实行了土地和其他生产资料的统一经营，在初级社的统一计划下集体劳动，产品分配部分实现了按劳分配，部分改变了私有制，促进了生产力的发展。就这样张国忠在社员分工和协作的基础上统一组织集体劳动，社员根据按劳分配的原则取得劳动报酬，产品统一经营，初级社很快有了一定的公共积累。

"农民单打独斗是没有前途的，初级社的建立，使农民感受到了集体的力量，也看到了生活的希望。"张国忠说。小杨屯村建立初级社取得成功之后，其经验迅速在全县推广。

1956 年 1 月，小杨屯村再次被茌平县确定为高级社试点村，张国忠又以极高的热情投入高级社试点工作中。经过上级批准，小杨屯村与邻近的邢庄、王老、南辛、北辛四个自然村建立的初级社合并为一个高级社，因为政治可靠生产过硬，张国忠担任小杨屯村支部书记的同时兼任高级社社长，使高级社里出现了空前团结和睦的新气象。

小杨屯村高级合作社区别于张国忠初级社的最大特点之一就是土地、耕畜、大型农具等生产资料归集体所有，在收益分配制度上，取消了土地分红，实行按劳分配原则，农民劳动记工分从这时候开始，标志着农业的发展，社会的进步，农民思想意识和观念的升华和提高。

因为土地的所有权，属于国家集体所有，在内容和形式上取消了私有制的观念，彻底消除了凭着土地占有而进行剥削的现象，实现了农民在集体的土地上各尽所能、按劳取酬，完成了社会主义大农业的改造，从此，使亿万农民从几千年来的小农经济中解放出来，真正走向了农业集体化的道路。

"困难吓不倒共产党员，没有困难还要我们这些共产党员干什么，要让群众吃上饭，党员必须领着群众干！搭上我这百十斤，也要把大伙拉出这穷坑！"张国忠和小杨屯人正是靠自力更生、奋发图强、人定胜天的积极进取精神，靠改天换地的壮志豪情、战天斗地的昂扬斗志和感天动地的担当作为，苦干、实干、拼命干，自觉打头阵、打前站，不信命、不服输、不畏难、不变色，一干就是20年，终于赶走了红土涝洼地里的"瘟神"，用平凡的血肉之躯书写了不朽的传奇，演绎了坚如磐石的信仰，实现了经济发展的第一次飞跃，在村民们眼中张国忠就是坚韧不拔的现代版"愚公"。

小杨屯用大型拖拉机喜交爱国粮

深入骨子里的记忆

小杨屯村隶属茌平县冯官屯镇，东邻德州齐河县，北与高唐县交界，是两市三县交界地。

小杨屯遭受涝灾

小杨屯村地处鲁西144里长的"十二连洼"的"洼底"，海拔只有24米，东西两侧，各有一条南北走向的河流，东边是普济沟，西边是官氏河，两河口在村北面交叉，整个村庄就位于河汊子上，自然条件非常差，历史上旱涝灾害像走马灯一样轮番光顾这片土地，种小麦都不长，只能种耐旱抗涝的高粱和黑豆，荒凉、贫穷、萧条。一首泪浸辛酸的歌谣，将它的过去形象地展示在人们面前：

雨天水汪汪，

旱天硬邦邦

地多不打粮，

年年闹灾荒。

年年种地年年苦，

祖祖辈辈受折磨。

……

一

往事不堪回首。遥忆小杨屯那沟深地贫的红土涝洼地，成为小杨屯人深入骨子里的记忆。

每年，小杨屯村旱涝灾害像走马灯一样轮番光顾这片土地，十年九涝，村民靠天吃饭。当了41年小杨屯村妇女主任的孟兰英回忆，1956年她从齐河县大张公社嫁到小杨屯村时，就在离小杨屯村五里的地方，脱了鞋，是蹚着水过来的。

那个时候，这个地方是非常贫苦落后，一句话就是，金、木、水、火、土什么也没有，而且"地多不打粮，十年有九荒，辛苦干一年，一顿吃个光"，正常年景都无法填饱肚子，所以只有逃荒要饭一条路，逃荒要饭成了小杨屯村大多数人家的看家本领，"穷"曾是小杨屯村的标签，因此，小杨屯村的群众不知上演过多少幕逃荒要饭、悲欢离合的历史话剧。

1949年张国忠当上了村支部书记后，在自古以来只能种高粱和黑豆的红土涝洼地里试种小麦，历经千辛万苦，到1960年亩产小麦过了50斤，总算试种成功。

1961年春，遇到严重干旱，小麦平均亩产5斤，全村只收了5000斤烂地瓜干。秋天一场罕见的大雨突袭，陆陆续续下了两个多月，平地积水一米多深，淹了地，漂了庄，整个村庄的土坯房经过长时间浸泡相继倒塌。

"十二连洼"似乎是个谁也斗不过的瘟神，这场大雨给小杨屯村带来了灾难性后果，那时的小杨屯村是：

看路歪七扭八，

看地坑坑洼洼，

旱了不能播种，

涝了不长庄稼。

300 多个老少爷们绝望了，要想翻身，只有搬村。

张国忠寝食难安，一方面他将全体社员转移到一处地势较高的地方，搭起救灾帐篷居住，安置好大伙的基本生活；另一方面组织社员尽最大努力从泡在水中的家里抢救一些可用财产。

二

这一年，为了度过饥荒，上级出台政策，安排小杨屯大队 40 个"新社员"名额，到曲阜短期移民，由当地生产大队管吃管住，生活到第二年夏季再返回原籍。

说是"新社员"，其实就是"难民"。张国忠与大队和党支部成员研究后决定：让老弱病残的社员去。

临走那天，老老少少聚集在破败不堪的村头，送行的亲属与暂时离别的亲人抱头痛哭，依依不舍，那场景真是悲切凄凉。

这时，一位被编入移民队伍的老人突然激动起来，指着张国忠的鼻子怒吼着说：解放都十几年了，你让大家连饭都吃不上，你当的什么支部书记？你还算什么共产党员？

刹那间，这些话犹如一根根钢针扎进张国忠心窝上，成了他心中终生抹不掉的痛。张国忠流着眼泪，满脸羞愧，无言以对，一下子热血攻心，仰面倒在地上……

"那时候，吃饱肚子成为全村人的最大梦想，成为刻骨铭心的共识。"送走了度荒的群众，张国忠辗转反侧，连续三天三夜没合眼、没吃饭，他的眼睛比血红，浑身比火烫。

三

那是 1961 年深秋的一天，北风怒吼，天昏地暗，一位血气方刚的汉子踉踉跄跄地走进小杨屯村北大洼，他迈着沉重的步子，走来走去，扑通跪在地上，面对苍天，号啕大哭。

他边哭边捶打着自己的脑袋，责怪着自己："乡亲们让你这个外乡人做了十几年的支部书记，可十几年来小杨屯依然是地里不收粮，浑身破衣裳，蘸咸水、吃菜帮，一年到头受饥荒，而且还让这么多人外出逃荒要饭，你对得起谁哟？你这个共产党员不够尺寸呀，你这支书没脸见人啊！……"

他遥望辽阔的星空和深沉的大地，苦苦思索，脑海里只有一个念头，应当怎样让老少爷们吃饱肚子，怎样带领老少爷们摆脱困境，走出一条致富之路呢？

他两手似乎要把土地抓起似的，死死地攥着。头慢慢地抵在地上，汗水和泪水融化了冻土层，使他的整个身体与大地连为一起，雕塑一般……

蓦地，他的血沸腾了，手在颤抖，他好像感到这泥土中散发出清馨的湿漉漉的气味，是生命的气味——是小杨屯生命的热在散发。他贪婪地吸吮着，这新甜的气息，这生他养他母亲的乳汁……

"我一定要带领乡亲们治理好这片土地，拔掉穷根！"此时，严峻的现实和强烈的责任感，使张国忠认定：贫穷不是社会主义，旱涝灾害是小杨屯的穷根子，只有拔掉它，才能让群众过上好日子。他更想起了 1947 年秋入党时的情景。就是在这片涝洼地的青纱帐西边，他面对画有镰刀和锤子的红旗宣誓：共产党员的作用，说到底就是要带领群众拔穷根，栽富苗，哪怕天塌地陷，我对共产党的心海枯石烂永不变！

张国忠一下子振奋起来，困难吓不倒共产党员，没有困难还要我们这些共产党员干什么？要让群众吃上饭，党员必须领着群众干！眼下当务之急是组织起来，生产自救，实现温饱！这是这个时期小杨屯共产党人的奋斗目标，也是全村人的共同追求。豁出去了，搭上我这百十斤，也要把大伙拉出这穷坑！他坚信，只要有自力更生、奋发图强、人定胜天的积极进取精神，就没有共产党人办不到的事儿，"三座大山"都被推倒了，我就不信治不了这片红土涝洼地。

艰苦的农村生活和曲折坎坷的人生经历，磨炼出张国忠倔强的性格，他擦干了眼泪，勒了勒腰带，在大洼里转起来，察地势、看水道……

没有赶不走的瘟神

"穷则思变，要干，要革命。"这场水灾让张国忠深切地感受到，必须下大力气进行农田基本建设，不断改变生产条件才行。

一

"要吃没吃，要喝没喝，谁也没好法。"有人说，"爹死娘嫁人，各人顾各人吧"，还有的打上了队里23头耕牛的主意，说："人都快饿死了，还喂什么牛，宰了分给社员吃了吧。"

……

"如果老少爷们瞧得起我，我就豁上这百十斤，咱们一块干，我就不信还有过不去的'火焰山'！"送走移民后的那些日子里，张国忠面对部分支委、党员、群众流露出的畏难和泄气情绪，不等不靠，和全体支部委员连夜开会，打气鼓劲，共同商议规划治理旱涝灾害、进行农田水利基本建设的蓝图，制定改天换地的大政方略。

"我们党员的责任就是要带领群众拔穷根、走富路！"张国忠语气铿锵有力。他要下决心带领全村干部群众，像愚公移山那样，平土地、挖台田、修水渠，大干不止，不达目的决不罢休。在村党支部和全体党员统一了思想之后，他们又反复鼓励动员群众，开始了志在改变小杨屯人命运的连年大会战。

张国忠和全体党员干部聚集到涝洼地里察地势，看水道，分析利弊，进一步完善和规划了农田基本建设的蓝图，他们要彻底

解决大伤脑筋的"下雨像包脓，晴天似块铜"，"早晨软，晌午硬，下午耪地大撅腚"的特殊土质，确保旱涝灾年有收成。

"就凭我们这些拳头镢、撩油锨、破框篮、硬扁担，还能把小杨屯的红土涝洼地变成良田？"有人嘲笑说。但张国忠偏偏就是要用这些普通的农具，起早贪黑，披星戴月，以超常的意志拉犁种地，对抗残酷的命运。

张国忠饿着肚子号召村民拔草晒草，保住了集体的23头牲口。当时，张国忠等村干部将县里为每位灾民申请每天四两的返销粮让给老人与孩子们吃，他自己则带领青壮年们在地里挖野菜、逮蚂蚱吃，后来还下水捉蛤蟆、捞小鱼小虾充饥活命，就这样他们过了大半年野人那样的日子，终于挺过来了。

1961年10月，大水慢慢退下后，张国忠及时组织劳动力开展生产自救，边清沟排淤，边在稀泥地里拉耧播种，撒上了麦种，再把社员家已倒塌的土墙、土坑刨出来，铺在麦田里当肥料，提高了土壤肥力。

拉耧种小麦时，正赶上灾后疟疾疫情，患上疟疾的群众忽冷忽热，全身肌肉酸痛、关节疼痛，大量出汗，浑身无力，但他们即使知道患上疟疾，谁也不说，仍咬着牙、拉犁播种，有的人拉着拉着就倒下了，但一人

倒下，九人拉，二人倒下，八人拉，再一人倒下，继续拉。渴了，沟中捧口水，饿了，逮个蚂蚱或捉个蛤蟆。经过 20 多天的奋战，全大队 930 亩水淹地全部种上了小麦，播下了全村人来年的希望。

第二年，小麦丰收，村民们笑了……

那个时候的张国忠除会扎扫把、唱大戏拿手外，还精通各种庄稼活路，不管是扶犁耕地还是摇耧播种，也不管是挥镰收割还是打碾扬场，十八般活路、几十道工艺，样样拿得起，放得下，游刃有余，深得乡亲们推崇和拥戴。

二

"当时条件艰苦，连个架子车都没有，张国忠书记每天都是第一个起床到村口敲钟，集合完劳动力后，他和群众一样参加劳动，用铁锨挖、用大筐挑，硬是把沟渠给修好了。"李永泰老人依然记得当年大会战的情景，念念不忘"困难面前不低头，老洼地上创高产"的奋斗精神。

1961 年那场水灾让张国忠深切地感受到，必须下大力气进行农田基本建设，不断改变生产条件，才能彻底扭转小杨屯"雨天像糖稀，晴天像铁皮"的状况。刚开始时，这里遍地是水，是泥，脚泡泛了，手磨起了血泡，身上泥水与汗水混为一体，一个个都成了泥人。

已是隆冬季节，一层厚厚的积雪，像巨大的棉被，覆盖在广阔的原野上，闪着冰冷的银光；阵阵寒风吹来，摇掉了树上的积雪，摇动了没有叶子的枝条，发出沙沙的响声，大自然仿佛是一个冰窟，一派萧杀悲凉。

可在小杨屯村的"千年大洼"里，却到处都是红旗招展，到处是大干社会主义有理、大干社会主义光荣的热火朝天场面，人们拿着铁钎、挥着铁镐和铁锨，凿开一块块冻土，干劲冲天。上百号男女老少"愚公"齐上阵，一天三送饭，地里吃，地里干，一镢、一锨、一锤、一钢钎，肩挑、手推、背扛，人来人往，行如穿梭。张国忠带领大家平土地，挖台田、修水渠，将小田并成大田。

正值数九寒天，十冬腊月，地被冻了一拃多厚，硬得像石板，铁锹掘不动，他们就用镢倒；镢倒不动，就用钢钎一点一点凿，他们像开山打石一样，用铁锤打眼，然后用杠子撬开冻土层。虎口震裂了，衣服磨破了，嘴唇干裂得渗出了血。百十号人都成了"骆驼背"，张张铁锹磨成了挖耳勺。然而，冻土层以下仍然是稀泥，人站不住脚，于是他们就早晨揭一层，等到晚上再揭一层，这样一层层往下揭，有的地方揭开冻土层后，张国忠一看泥水不多，就绾绾裤子跳下去，把泥掏出来，在沟沿上往外送。

在沟底挖泥，两脚陷进泥里，脚冻得好像不是自己的一样，而张国忠偏偏专挑这种活干，他每天都是出工时穿着棉鞋，收工时穿着泥鞋，有时鞋和袜子冻在一起，脱也脱不下来，要在屋里烤烤暖和暖和、活动活动才能脱下来，腿肿了，脚裂了，那种疼痛只有张国忠清楚。就这样，其他干部群众也都以张国忠为榜样，大干苦干加巧干，衣裳磨破了，背驼了，腿弯了，一个个身躯像一张张拉满的弓弦，磨钝了一把把镢头，挑弯了一根根扁担……但排水沟越挖越深，越开越宽。

"干到腊月二十九，吃了饺子再下手。"在那激情燃烧的岁月里，张国忠憋着一股子劲，始终带领群众走在前面，干在前面，日夜不停。而且，他一边干活，一边鼓舞士气："天冷，冷不了热心，地冻，冻不了决心，寒风吹不倒信心，这才是小杨屯人的骨气哩！"回首往事，张国忠感慨万千。

在张国忠的带领下，全体社员从秋季干到冬季，从冬季又干到来年的春天，全大队农田基本建设取得实实在在的成效。一个冬春，张国忠带领着乡亲们硬是在天寒地冻中挖出了一条长 2500 米、开口宽 5 米、深有 2.5 米的干渠，打开了北大洼向官氏河的排水通道。

三

1962 年下半年一场声势浩大的改土造田战斗在小杨屯打响了。

张国忠大搞农田水利基本建设，依照的是"先易后难，先近后远，闲时大干，忙时不干，干干停停，停停再干，坚持长年不断线，打他个持久战"的工作方针，他广泛发动群众，男女老少齐上阵，挖沟渠、修道路、打机井、造台田、修桥闸、栽树木，逐步建起和完善水利排灌系统。

接着，他们又发扬"人脱一层皮，牛掉一身膘"的干劲，将全村1400亩红淤地全部深翻一米半，将白沙土挖起来，覆盖到地表的红黏土上，翻沙压淤，使土壤结构得到了大大改良，生产条件得到很大改善。

从此，小杨屯的水开始听话了，地开始更好地长庄稼了。

这一年，张国忠组织全村群众在灾后泥巴地里抢种的930亩小麦，亩产80斤，共获得了7.44万斤收成，除给每个社员分了100斤口粮外，还向国家上交了4万斤公粮。

这一年，到曲阜度灾的社员陆续返回小杨屯，他们十分担忧家乡被大灾拖垮了，可万万没有想到回家一看，全大队的小麦喜获丰收，他们每人也分得了100斤口粮。大家喜出望外，有的人高兴得蹦了起来。

斗转星移，经过三年冬战三九、夏战三伏的大干苦干，艰苦奋斗，治理涝灾，张国忠带领全村老少硬是将这红土涝洼地翻了个底朝天，土地开始变肥了。小杨屯终于从"吃粮靠返销，生产靠贷款，生活靠救济"的生产队，变为粮食多贡献，家家富有余的先进大队。1963年，小杨屯的小麦增收增产，每亩地增长到了300多斤，创历史新高，共向国家上交公粮12万斤。

四

"火车跑得快，全凭车头带！"在一场接一场战天斗地的苦战中，张国忠身先士卒，既当指挥员又当战斗员。村里只要修路，每天天不亮，张国忠就第一个扛着铁锨上工。挖台田沟，他和其他人一样分段包干，挖得既快又标准。挖沟修渠，他总是抢着驾辕，有时拉土既装车又驾辕，干得比任何人都起劲。需要出河工，无论轮到谁，每次都能看到张国忠一声不吭埋头干活；大冬天跟大伙儿一起出义务工，忙完休息时，他往沟边一靠啃着带冰碴子的窝窝头有滋有味。需要淘井了，往往他抢着把绳子往腰上一拴，让人摇着辘轳把他送到井下去淘泥，什么工作张国忠都样样一马当先，时时处处起着模范带头作用。下雨天，一般人都从田里往家跑，但他却披上蓑衣、戴上草帽往地里跑，察看哪一块田地需要紧急排水。

"咱们这个老支书啊，跟别人不一样，哪儿最累哪儿最脏他就喜欢在哪儿忙，他不跟你讲什么大道理，也不喜欢跟你拉闲篇套近乎，你跟着干就行了，干啥啥带劲儿。"老支委周传银说。

1964年3月，在毛泽东主席的号召下，轰轰烈烈的"农业学大寨"运动迅速在全国范围内铺开。张国忠和全村老少爷们更是在"大寨精神"的鼓舞下，满怀豪情壮志战天斗地，敢叫高山低头，敢叫河水让路。

张国忠往前边走，全大队的老少爷们没有一个后退的。过去张国忠每天早上敲钟上岗，现在根本不用敲钟，许多人天不亮就跑到工地上，有人甚至抱着"你早我要比你更早"的心态，相互间较着劲拼命干，继续挖沟造田。那个时期的小杨屯人都是顶着星星唤醒早晨，带着月亮挑灯夜战，你追我赶，争先恐后。

这种神奇的力量来自哪里？谁也说不准确，但谁的心里都有一杆秤。毛主席的号召，各级党委的指示，自然也就从小杨屯人和张国忠的行动中体现出来了。当时的区、县领导不定时地到小杨屯检查指导，也不定时地总结推广他们的经验，这就给张国忠一种无形的压力和动力。

张国忠独树一帜，总要在一定阶段上组织党员群众总结评比，奖优惩劣。有次开会，他专门针对个别人散布的"千日打柴一火烧，一冬辛苦一水漂"的怪话进行说理斗争。讲怪话的人在会上被大家批驳之后，会立即作出检讨；带头作用起得不够的党员被点名批评之后，也主动在会上作自我批评。此时，昏暗的煤油灯照着张国忠那张威严的面孔，使整个会场变得那么严肃、那么紧张。农民的支部书记，农民的党员干部，农民那种粗犷的作风，农民特有的开会方式，也达到了除农民之外谁也想象不到的效果，它卓有成效地体现在生产实践上。

就这样，张国忠带领男女老少从没有向国家要一分钱，一不等、二不靠、三不要，靠蚂蚁啃骨头的干劲，靠自己的双手去创造，自力更生，坚持不懈地大搞农田水利建设，挖沟、修路、修桥、建闸总投资 100 多万元，在冻土地上开挖了一条 5 米开口、2 米深、长 1200 多米的主干渠，挖通了东西 6 条沟、南北 5 条沟，一边是沟，一边是路，以沟带路，疏通了官氏河、普济沟，农田水利基本建设初具规模。同时，张国忠还把土地每 300 米划成一方，沟路两边栽植了成排成行的树木，防风固沙，农田基本建设初具规模，形成了条块结合、十字交叉，遇涝能排、遇旱能灌，雨停水净，天晴地干的新局面，生产条件发生了根本变化，全村 1400 亩红土涝洼地变成了生"金"产"银"的宝地。

这一年，小杨屯大队的粮食丰产，全村不但解决了吃饭问题，而且全村社员的口粮标准实现人均 500 斤，还向国家贡献 17 万斤粮食，人均贡献粮食列聊城地区第一名，超过了山西省昔阳县大寨大队人均上交公粮 400 斤的纪录，在山东省创下了历史新高，彻底摆脱了饥饿的困境。

"虎恶狼恶，不如人饿了恶。我从小就深知挨饿是啥滋味，我担任大队党支部书记后最大的心愿，就是让群众吃饱饭。每当看到全体群众都能吃饱肚子，不再为吃饭犯愁时，我的心里要多高兴就多高兴。"多年之后，张国忠在家里接受采访时说。

此后，小杨屯大队粮棉生产一直在全聊城地区遥遥领先，实现了经济发展的第一次飞跃。而且上级分配的各项任务张国忠都能带领群众按时、按质、按量完成，年年都被评为先进大队。

1965 年 10 月，张国忠当选为山东省人大代表，1966 年春，张国忠被授予"山东省劳动模范"光荣称号。

"涝洼地"变成"高产田"

小杨屯麦田喜获丰收

"多打粮食做贡献，没错！让老百姓吃饱穿暖，没错！"张国忠始终认准这个理，任凭风云如何变化，他心中只有"看准了对广大群众有利的事就坚决干。"

一

"他刮他的风，我干我的活，农民的第一要务是种好地、多打粮食，想方设法让老百姓吃饱肚子。"1958年全国迅速掀起了"大跃进"，刮起了"共产风、浮夸风、干部特殊风、强迫命令风、生产瞎指挥风"等"五风"。张国忠在全国各地普遍"放卫星"似的上报粮食产量时，他坚持实事求是，既不高报，也不瞒报。

1959年，全国开展"吃共产主义大食堂"、大炼钢铁活动时，铁锅、铁勺、铁刀，铜洗脸盆、门钉，凡沾铁带铜的，大大小小都往土高炉里扔，变成一块块铁疙瘩，活像一个个渣窝窝。

"这样干，不是劳民伤财？不是糟践东西吗？"这一念头一闪出，张国忠不禁打了一个冷战，对党无限崇拜的他，认为党的话，党的每一个决策都应该是正确的，不然，上上下下各级干部为什么都这样干？难道张国忠就比别人高明？于是他义无反顾地响应号召，按上级的要求，晚上他带队挨家挨户将社员做饭用的铁锅收起来砸掉，用于土高炉炼钢。但张国忠始终不相信靠村里炼出的铁疙瘩，就能使我国的钢铁元帅升帐，赶英超美，跃居世界前列。所以，有的社员将锅藏起来时，他急忙把目光移开，他的喉咙发涩，眼睛潮湿，他不忍心看到他心爱的群众偷藏铁锅的狼狈形象，他了解他的群众，热爱他的群众，他们都是爱党、爱国、爱集体的，听党的话，跟党走的。可集体一旦停办食堂，让群众用什么做饭，又怎么吃饭，他只好睁一只眼闭一只眼，没有强行收缴。

果然不出张国忠所料，很快遍地开花的小高炉被相继推倒了，"共产主义大食堂"也纷纷散了伙，人们从"楼上楼下，电灯电话"的梦幻中醒来，像从五彩绚丽的天空跌落到平地，于是，社员们将藏起来的锅拿出来重新开火做饭，解了燃眉之急。

在1959年至1961年三年自然灾害期间，张国忠抱着务实的态度忙于农业生产，虽然小杨屯大队社员也经常会挨饿，但没有出现一起饿死人的情况。

二

1963年至1966年，中共中央提出了在农村实行以"四清"（清账目、清仓库、清财物、清工分）为主要内容的社会主义教育运动（简称"社教"），开始在全国农村大张旗鼓地进行"四清"，后来在城市也开展的"五反"（反对贪污盗窃、反对投机倒把、反对铺张浪费、反对分散主义、反对官僚主义）运动合在一起，统称"四清"运动，即"清政治、清经济、清组织、清思想"。

在那个多"风"的年代里，"风"起"风"落，深入人心，就连人们打扑克娱乐，都发明创造了"三反"和"五反"的形式内容。但那变幻无穷的阵"风"，自然也把张国忠吹成了重点清理对象，但这一切并没有吹落岁月在张国忠心中磨砺的老茧。

1965年5月，上级派出的"四清"工作队在邻近大辛大队举办大队书记"四清"运动培训班，实行封闭式管理，责令所有大队干部认真反省自己贪污了多少公款。张国忠认为自己没有贪污集体一分钱，坚持不写检讨。因他没有上过一天学，不识字，也不会写，故被工作队列入重点清理对象，准备组织召开群众大会，对不老实、不承认错误的大队干部进行批斗。工作队长还扬言，如果再坚持不改，就撤张国忠的职，并开除他的党籍。

在张国忠接受审查期间，村里很多干部群众纷纷替他鸣不平，他却对干部群众说："审查审查没有什么，受点委屈没啥了不起，娘打孩子也有打错的时候，相信党组织是会对我作出公正结论的。"

对审查组人员张国忠毫不畏惧，他说："你们审查可以，但不能不让我带领群众搞生产。我在一天职，就要为党为群众负一天的责。"于是，他一边接受审查，一边组织生产。

特别是在上级领导的关心爱护下，张国忠继续带领乡亲们排涝抗旱，改换土壤，精耕细作，优化品种，科学种植，不断提升粮食产量。那一年别的大队受灾减产，小杨屯大队却是空前的大丰收。而且，雨过天晴后，他们纷纷自发地将家中的被子、床单拿出来，铺在麦场上，一点一点地晒麦子，把要交的公粮全部晒完，交给国家。那一年一个只有300多人的小村子，竟然向国家贡献粮食9万公斤，人均300多公斤。

没过几天，张国忠应邀到茌平县冯官屯人民公社召开的大队干部会上作典型发言。当他在主席台上作完《俺认准了社会主义这条道，风吹雨打不动摇》的报告后，台下响起了长时间的掌声。紧接着，他又被安排到往平县委、聊城地委作典型发言。1965年9月召开的山东省四级干部大会上，张国忠作为劳动模范、大队党支部书记代表出席会议并发言，小杨屯人点燃了祝贺的鞭炮……

<h1 style="text-align:center">三</h1>

"作为农民，种好地是我们的本分。他们大乱，我们大干，抓革命、促生产，多打粮食，为国家做贡献才是正理。"可好景不长，1966年5月，政治风暴席卷了全国每一个村落，"文化大革命"在全国开展了。张国忠沉着冷静地进行了思考，他在大队党支部扩大会议上斩钉截铁地说。

"文革"期间，在一片大批判的呐喊声中，张国忠也成了所谓的"走资派"，多次被冲击，有时失去了人身自由。但他面对诽谤，总是实事求是，一笑了之；面对冲击，他总是泰然自若，信念坚定，他认为这一切都是暂时的，他总以泰山压顶不弯腰的英雄气概，坚持抓经济建设不松手。

"文化大革命"开始后，红卫兵造反派到处串联，多数大队停止了生产，去搞所谓的"革命"，但小杨屯大队在张国忠的带领下始终照常下地劳动，坚持大干。一天，几个红卫兵兴冲冲地来到小杨屯，找到在田间干活的群众，大喊："谁是张国忠呀？"

"我是！"正在给庄稼喷药的张国忠回答道。

"找的就是你，你把小杨屯搞得一潭死水，我们来了要给你搅和搅和。你怎么光抓生产，不搞革命呀？"红卫兵指责张国忠说。

"毛主席说要抓革命，促生产。搞生产没有错呀。"张国忠理直气壮地说。

那时，气急败坏的红卫兵要围攻批斗张国忠，张国忠又说："毛主席说要文斗，不要武斗，要摆事实讲道理。给你们一个喷雾器，干上三天三夜不吃饭，那才是真革命哩！"张国忠据理相争，质朴的语言，激起了在场的群众对这几个红卫兵的愤怒,他们见状不妙,就灰溜溜地离开了。

"内部不乱照样干,外部来乱干瞪眼。作为一名大队党支部书记,不能随风倒,不能只看自己的得失,不要凑热闹参与这派那派。"张国忠明确表示,小杨屯大队不支持任何形式的派性斗争和打砸抢行为。"不管你是哪一派,都得跟着党干社会主义。只要咱们抓生产,多缴粮食给国家,就没有什么错,哪一派咱也不怕!"

好地才能长出好庄稼。就这样十年"文革",张国忠以"挖山不止"的精神,带着小杨屯群众开挖疏通了10条主干渠,总长19公里;修路29公里,动土8万多立方,修桥涵30多座,打机井21眼。全村全部实现了路、沟、井、桥、林五配套,小杨屯的土地,旱能灌,涝能排,雨下水净,雨停地干,粮棉产量直线上升。

小杨屯今非昔比了。"看路歪七扭八,看地坑坑洼洼;涝了不能播种,旱了不长庄稼"的时代,已经一去不复返了,取而代之的是"看地方成片,看路一条线;旱涝保丰收,连年做贡献"的新格局。

四

"要想不被打倒,就不能随风倒,跟风跑。不管遇到什么情况,都要克服干扰,带领群众实干,一向国家多贡献,二让群众吃饱饭,三带动邻村都发展。贡献大了领导说好,日子富了群众说好,邻村发展了都说好。这样你就永远不会被打倒。""文化大革命"席卷全国各地,绝大多数干部都被打成"走资本主义道路的当权派",唯独张国忠成了远近闻名的"不倒翁"。

"文革"十年大乱,可张国忠靠临危不乱、遇挫志坚的出色表现,受到社会各界的热切关注,包括他的对手,也以敬畏的姿态与他保持着不远不近的日常来往。

张国忠这段时间,带领干部群众把每五天分为一小段,并创造了小段计划、小段检查、小段评比、小段奖罚的"四小管理"模式,促进了全村工作，使村外十年大乱，小杨屯十年大干，十年大变，也是小杨屯为国家作贡献最多的十年，是为群众谋利益最扎实的十年。"文革"十年，周围村连年减产吃"统销"，小杨屯大队却是连年增产作贡献。

"大干大变，小干小变，不干不变，成了大家的共识。"回首这段时光，张国忠说："别人在折腾，我们在大干。"不靠天，不靠地，不靠政府，靠自己的双手，靠没日没夜地苦干，小杨屯的土地变得水通土肥，粮食连获丰收，村民吃饱了肚子，还上交了国家。

就这样张国忠从 1961 年开始，按照"先易后难，先近后远，闲时大干，忙时不干，干干停停，停停再干，坚持长年不断线，打他个持久战"的工作方针，一直坚持不懈地大搞农田水利建设，靠着自力更生、艰苦奋斗的精神，频年奋斗，大干苦战，用辛勤的汗水，先后挖主干渠 35 条，修路 19 公里，修建大小桥涵 50 多座，打机井 21 眼，植树 10 万棵，经过持续 20 年的改造，填坑造田 300 多亩，1400 亩原来的红土涝洼地被沟、路、渠分割成整整齐齐 14 个大方，每一方里都有一眼机井，机井和引黄灌溉相结合，水利设施实现了网络化，彻底改变了生产条件，曾经"只收蛤蟆不收庄稼"的红土涝洼地，实现了涝时"雨停水净、天晴地干"，旱时"机井宝丰，河水补源"。农田机耕路纵横交织，地平整、田成方、路相通、林成网、沟相连、渠通畅，抗灾减灾能力显著提升，为农业的振兴打下了坚实的基础，使小杨屯人在之后的几十年间持续获益，迎来了农业经济的持久发展，为粮食连年丰收、农产品稳定供给提供了坚实支撑，也为子孙后代过上幸福的日子铺平了道路，托稳了种粮农民的信心，小杨屯慢慢告别了"靠天吃饭"的历史。

1977 年，小杨屯大队的粮食种植由每年单季种植小麦，改为两季种植小麦和玉米，这年的粮食亩产达到 1500 斤，成为"聊城人均贡献粮食第一村"，棉花亩产 65 斤，人均收入达到 320 元，超出聊城地区农民人均收入的 6 倍，小杨屯大队成为聊城地区第一个真正解决了温饱问题的村庄。在聊城五级干部大会上，张国忠关于小杨屯"文革十年大乱，小杨屯十年大干"的发言，赢得了雷鸣般的掌声。

这年，张国忠作为农村党支部书记被推选为中国共产党第十一次全国代表大会代表，从鲁西平原小杨屯的红土地上，走向首都北京人民大会堂的红地毯……

"要不是国忠支书，俺们村里或许现在还以地瓜、窝头为主食。自从改造完农田，村里的地能种小麦了，我们终于尝到了吃馒头的滋味。"张国忠这一功劳至今仍让村里的老人们津津乐道。

"粮棉一齐抓，重点抓棉花"

1978 年，里程碑式的党的第十一届三中全会召开了，党的神经中枢的意识中心已从"斗争哲学"转向了"建设哲学"，完成了从剑拔弩张的"以阶级斗争为纲"到以经济建设为中心的战略大转移，实现四个现代化成为时代的最强音，如春风般融化了全国人民思想上的坚冰，正式揭开了中国社会大变革的序幕，预示着一个新时代的开端与一个旧时代的退隐。

小杨屯大队也同全国广大农村一样，冲破了"左"的思想束缚，此时，张国忠意识的兴奋点一直围绕"现代化"这三个字上下翻飞，来回跳动，尽管他还不十分明白"现代化"这三个字千钧之重的要义，但小杨屯大队要实现"现代化"农民没钱不行，不致富不行。于是，他紧紧抓住党在农村的好政策和国家大力发展棉花生产的大好机遇，大力推广棉花种植，着着实实让小杨屯大队的农民发了财，推动了经济的大发展，集体家底越来越厚实，群众的物质、文化生活水平越来越高。

一

"粮棉一起抓，重点抓棉花。"张国忠带领全村群众认真学习领会党中央的各项富民政策，充分认识到单纯地搞粮食生产，只能是高产穷队，只有在抓好粮食生产的同时，大搞多种经营，才能既有粮，又有棉，还有钱。于是，小杨屯大队也和全国其他村庄一样提出除继续提高粮食单产外，下大气力狠抓棉花生产，进行粮棉结构调整，号召家家户户种棉花，促使群众的干劲就像启开闸门的春水一般汹涌奔流。

荏平是多年的棉花主产区，棉花与人们的生活息息相关，透入基因，它是油料，用来餐饮烹饪煎炸；它是柴火，用来生火做饭；它是衣被，用来防风御寒；它还是钱袋子，用来养家糊口……这里的人们对棉花有着很深的情结，习惯叫它"娘花"，其中很大原因是在以往缺衣裳少铺盖的年代，特别是寒冷的冬天，棉花确实就像娘一样亲切温暖。还有女儿结婚时，娘家最重要的陪送就是被子。被子，与"辈子"谐音，农家陪送女儿被子，也是寄希望女儿家辈辈世世红红火火兴旺发达之意。由此而延伸，棉絮被很多人称为"养子"，不仅农民这样写，也有作家这样写。既叫"娘花"，就能"养子"。早年间，就有乡村老师这样教人识字："棉，娘花的棉。"

棉花被称作"娘花"，也符合人们从生产实践中得出的印象。伺候棉花需要像妇女照护孩子一样细心，播种要拌上农药；没有农药的年月，就用草木灰"拌种"。

"枣芽发，种棉花。""枣芽冒疙瘩，开始种棉花。"意思是春天枣树开始发芽的时候，说明春天的气温已经达到基本稳定的高度，提醒大家播种棉花的季节到来了。

"谷雨种棉花，能长好疙瘩。"谷雨时节，正是播种棉花等作物的大好季节，这时播种，棉桃就可以一直开到秋。如果播种迟了，棉桃就会结得少。在小杨屯劳动力少的家庭，有些冬闲地，他们还会播种春茬棉花。麦收之后，也有播种夏茬棉花的。

"这些年棉农的积极性被充分调动起来了，但最苦恼的一个问题就是品种。因为一直没找到最优品种，几乎每年都换新品种。"张国忠脑子活络，很愿意尝试新品种，喜欢琢磨新技术。当他得知山东省临清棉花科学研究所培育的高产棉种"鲁棉一号"，品质好、质量优、产量高时，他立即前去购买，而后在全村广泛种植了"鲁棉一号"，使全村群众种出的棉花不仅高产，而且优质，还卖出了高价钱。

"群众要的是眼见为实，他们看到确实好才容易接受。"张国忠说，在"带着群众干，做给群众看"的推广模式中，他积极引导群众选用和扩繁适合本地种植的优质棉花新品种，越来越多的棉农开始统一种植优质棉花。

张国忠与技术员一起探讨棉花种植技术

二

"十年育一种，好品种没有配套的好技术也无法发挥效能，我播种的棉花，行距都是 70 厘米。"解决了品种问题，关键还要解决配套生产技术。张国忠为让广大村民大发棉花财，不断探索植棉技术，并指导村民管理好棉花。

"过去我们传统的种棉模式，行距是 40 厘米左右。"说起种 70 厘米行距的棉花，张国忠说："首先是通风透光条件好，棉花受光更充分，棉田不会出现烂铃现象。其次是保水保温性更好。第三是行距增加到 70 厘米，株距却缩小了，一亩地保持 6000～8000 棵棉花，品质好，棉桃大，算下来不仅不减产，还实现了更优质和增产。"

这期间，张国忠还进行了"粮棉间作"试验，推广了配方施肥、棉花营养钵育苗移栽和病虫害综合防治等保优节本新技术，而且在田间，张国忠手把手地向村民传授棉花整枝等技术。

推广新品种、新技术不容易，搞好棉田管理更难。施肥、播种、覆膜提温保墒，六七天出苗后还要靠人工放苗，还需要棉苗培土、锄草、施肥、打杈、喷药等几道工序，哪一项都马虎不得，都需要精细地完成，很不轻松。

俗语说："有钱买种，没钱买苗"，棉花苗期管理的好坏对棉花能获得丰产至关重要。棉花苗期是指从出苗到现蕾这段时间，棉花在此期间主要以营养生长为主，即根、茎、叶的生长。这期间，张国忠为抓好全苗，培育壮苗，促苗早发，及时破除土壤板结，查苗放苗封土，及时补种、间苗和定苗，中耕松土，合理水肥管理，促使棉苗根系生长和地上部的正常发育，为棉花稳成长、早现蕾、多现蕾打好了基础，奠定了高产基础。

"棉花想高产，土壤整地技术很关键，整地要确保较高的质量。"张国忠要求大家无论倒茬地还是连作地，整地都必须达到墒、平、松、碎、净、齐"六字"标准，以保证播种质量，达到一播全苗。"墒"即土壤有足够的表墒和底墒；"平"指地面平整无沟坎；"松"指土壤上松下实，无中层板结；"碎"指表土细碎，无大土块；"净"指表土无残茬、草根及残膜，全田清洁；"齐"指整地到头到边，达到角成方，边成线。另外，张国忠更清楚棉花生长期的关键是锄草松土，于是他还根据小杨屯大队红黏土质的特性，带领广大村民出大力流大汗，勤锄深锄，保证了棉花苗壮成长。

治虫更是棉花管理的重要环节，张国忠向专家学习了一套过硬的治虫技术，啥季节啥病用啥药，用多大量他都胸有成竹。这其中最费体力的要数打杈和喷药。棉花开花的季节，也是棉铃虫最猖獗的时候。为了提高杀虫效果，张国忠经常选择太阳最毒的中午时分，背着几十斤重的药桶到棉田里喷洒农药，肩膀常常被勒出一道道血痕。

棉铃虫到了二代或三代，竟产生了抗药性，聪明地躲进花蕊里，进而钻到稚嫩的棉桃里继续为害，连当时最剧毒的"1605"也打不死它们。没办法，张国忠只好号召全村干部群众一齐上阵。一人拎着一个废旧塑料瓶，天蒙蒙亮就到棉花地里捉虫子。这又是一桩枯燥乏味、劳累伤神的活儿。后期，张国忠还引进新技术，通过安装杀虫灯等物理性防虫手段，减少了化学农药使用和病虫害的发生。

棉花的中后期管理直接关系到棉花是否能取得大丰收。张国忠和周长平等村干部经常到棉田里察看棉花长势，研究制定出新的管理方案，并及时提醒和指导广大群众加强棉花后期管理。

三

金秋十月，秋风催开了一颗颗棉桃，那些由青绿变成紫褐的棉桃一个个绽开了笑口，露出了雪白柔软的棉朵。小杨屯大队的棉田便如千里白雪覆盖，又如天上大朵大朵的白云抛洒到了田野上，一望无际的层层白浪翻涌着丰收的希望。

大半年的辛苦，科学精心的管理，小杨屯大队终于迎来了收获的喜悦。此时，雪白的棉花齐齐绽开，棉田仿佛被覆盖了一层厚厚的白雪。那时，一提拾棉花，品味过日子艰难的妇女们眼睛都放光，脸上洋溢着过节的喜悦，宁肯少睡觉也要准备充分。小媳妇、大姑娘身背条筐，挎着布兜子，一双双灵巧的手，在棉花棵上欢快地游动着、舞蹈着，拾得又急又快还不拉下一丝一缕……棉朵开了，小杨屯的社员们的喜悦，也像棉朵一样膨开了。

说到棉花在人们心目中的重要地位，运河经济文化研究中心的常务理事李宽云收集到一首《娘（棉）花谣》，形象生动地描述了棉花从种到收再到纺线织布的全过程。

娘（棉）花种，找灰拌，
耩到地里锄九遍。
打娘（棉）花心，
落娘（棉）花盘，
开的花，黄艳艳。
结的桃子一连串，
开的娘（棉）花白泛泛。
大姐扎着包，
二姐挎着篮，
三姐拿着一个白卧单。

箔上晒，箔上摊。
担到家里轧车轧，
这边下"冷子"，
那边下"雪片"。
沙木弓，牛皮弦，
枣木锤子对着弹，
大嫂不弹二嫂弹，
弹得"荞子"熟泛泛。
一个挺杆一块砖，
搓得布剂长衫衫。
一个纺车十一个翅儿，
一个锭杆两头尖，
纺得穗子滴流儿圆。

拐子拐，篗子缠。
牵机就是龙跑马，

镶机就是拉旱船。

收拾机上阳梭钻,

这边蹦,那边窜。

织的布,门扇宽,

送给染房染老蓝。

剪子铰,钢针钻,

娘们儿家揍(做)给爷们儿家穿。

在我国,一种农作物能形成一首长歌谣,实属罕见。它道出人们发自内心的喜爱,因为"棉花全身都是宝"。棉绒可以制造火药,还能用于制造人造革、人造纤维、电影照相胶片和塑料等;棉籽除作棉种外,棉籽破壳后的棉籽仁可以用来榨油,黑棉油经过加工提炼,变成了当年国人最常吃的卫生油,剩下的油渣还可以制作肥皂;棉籽壳和棉籽仁榨油时产生的棉仁饼,又是一种牲畜特别爱吃的优质饲料;就连价值最低的棉花柴,在缺少柴火的年月也是宝贝,平时舍不得烧,专门留着过年下饺子用,后来人们还用棉花柴为原料进行造纸。

20世纪80年代初期,群众致富就是从种棉开始的。当时国家对这块优质棉产区给予了优惠政策,售棉享受70%的加价,比南方产棉区高出30%,卖一次棉花就拿到三四千块钱的比比皆是。

1980年,小杨屯大队的棉花获得大丰收,现场堆起一个个白色的小山,卖棉花的车辆排起长队。手捧厚厚的售棉款,广大社员喜在心里笑在脸上。到1984年,小杨屯大队种植的棉花达到900多亩,亩产184斤,人均贡献皮棉在聊城地区连年数第一,人均收入达到1340元。

捂着鼓起的钱包,人人喜笑颜开。另外,棉花副产品的返还,使群众向土地投入更多的饼肥,进而促进了粮食及其他作物的生产,实现了农业生产的良性循环,呈现出农民家家吃细粮、油满缸、有存款的局面,使广大棉农摆脱了贫困,实现了由贫困型向温饱型的过渡。曾经位列高档食品行列的馒头,逐渐走向普通百姓的餐桌;的确良、解放鞋、喇叭裤、蛤蟆镜成为小杨屯年轻人竞相追逐的炫酷时尚日用品。自行车、缝纫机、手表、收音机"三转一响"，甚至电视、摩托、新家具等都走进小杨屯大队寻常百姓的家里，阴暗潮湿的土坯房翻盖成了"扁砖到顶、洋灰灌缝"的大瓦房，农民第一次有了自己的存折。他们由衷感慨地说："这都是沾了种娘花的光啊！"

一年四季吃细粮，
住着新建砖瓦房，
衣服被褥里表新，
车子一骑上银行。

钱包鼓起来的小杨屯大队的老少爷们，精神面貌也发生了根本改变，过去想富不敢富，富了不露富，怕当"暴发户"，现在是争着富、赛着富，谁富谁光荣。群众对党的路线认了，对党的政策信了，对党更亲了，对干部更近了，党的威信得到明显提高。

　　"只要用好科学技术这把'金钥匙'，在土地里巧做文章，想办法做到'人不闲，地不闲'，让一亩地顶几亩地用，照样可以'奔小康'。"张国忠和小杨屯人正是用智慧赋能，依靠科学技术这把"金钥匙"，才打开了高效农业之门，从依赖土地和劳动力为主的"资源依存型"向依靠良种选育、立体种植、保护栽培等为主的"科技依存型"农业转变；从"温饱型"农业向"商品经营型"农业转变，促使传统农业向现代农业转变，大幅度提高了土地生产率、投入产出率和劳动率，创造了平原农业开发的新模式，实现了经济发展的再次飞跃，成为"鲁西北农业的一颗璀璨的明珠"。

1989年，时任山东省委书记的姜春云到小杨屯调研农业生产

莫道农家无宝玉，沃野千里皆是金。如今的小杨屯村，一片片红土涝洼地改换新颜，一个个粮棉大户争先恐后，一家家优秀粮食企业竞相涌现，一张张农民的笑脸写满幸福，他们在一起奋力书写着新时代扛稳粮食安全及多种经营的担当。

不能"外挣一块板，家舍一扇门"

1984 年，根据中央决定撤销作为国家政权在农村的基层单位人民公社，建立乡、镇政府，茌平县也将 19 个人民公社撤销，改为 22 个乡镇，建立了 22 个乡镇政府，撤销了生产大队及生产队，建立了村民委员会。小杨屯大队也随之改为了小杨屯村，建立了村委会和党支部。

1984 年之后，由于国家调减棉花种植计划，加之化肥、农药、柴油等农资价格大幅上涨，种植粮食、棉花的经济效益逐步下滑，农民收益开始下降。一些地、县领导来到小杨屯村也热情地鼓励张国忠说："老张，你的粮棉产量，都是全区最高的，再从地里刮，没多大油水啦，去胶东、温州开开眼界，上项目吧。"

听了这些开导，张国忠只是嘿嘿地笑，就是不吭声。

一

怎么办？一连几天，张国忠食无味，觉难眠，反复琢磨着，苦苦思索，盘算着，合计着……

仲秋的深夜，喧嚣了一天的小杨屯村沉入了梦乡，但小杨屯村支部的"诸葛亮"论证会仍在进行着，这可是关系到小杨屯村发展前途的重要会议。

张国忠显得特别激动，极力阐述着自己的独特见解："胶东、温州上乡镇企业的经验固然好，但却与咱地处偏僻，信息闭塞，一无技术，二无资金，三无人才的实际情况不相符，咱绝不能照抄照搬。"

他们有他们的长处，咱们有咱们的优势，一方面咱人少地多，有闲散劳动力可转移；另一方面咱们祖祖辈辈在红土地里劳作，有丰富的种田经验；再一方面就是经过20多年的大干、巧干，咱们这1000多亩土地全都实现了林网化，园林化，建成了高产稳产田。加之咱们村如今是猪羊满圈，牛马成群，土杂粪肥丰富，形成了农林牧相互促进的经济格局……

丢开了这些优势，一股脑地去办厂，去经商，那不就等于"外挣一块板，家舍一扇门"吗？作为20世纪80年代的新型农民，我认为咱们光种粮是不行了，也应该像工厂厂长办企业那样，像公司老总经商那样，预测市场行情，收集各种致富信息，时常更新农作物品种，在土地里巧做科技文章，让一亩地顶几亩地用，从而提高自己产品竞争力，这样黄土地里照样会抱出金娃娃来。

张国忠与社员一起畅谈农业发展前景

"另外，我始终认为农村致富有千条道，不能强求一律，咱要选择适合咱自己的路子走才行。老踩着人家的脚印走，准走不稳，走不快。自己怎么走？还要发挥自己的优势。"张国忠认真总结了以往发展农村经济的经验教训，与支部一班人冷静地分析了小杨屯的优势和劣势，经过反复权衡、探讨、论证后，统一了思想，得出的结论是：经商务工我们没条件，我们的优势在农业，潜力在土地，靠土地生财才是最近便的道。

"党的十一届三中全会后，经营体制的完善，为农业发展创造了条件，虽然农民生产积极性很高，但我们沿用的仍是旧的种植方式、耕作制度和劳动工具，尽管农业增产幅度很大，科技因素所占比重却很小。这样以来，单靠出力流汗挖掘土地潜力，农业就带有必然性地进入徘徊时期。这种徘徊实质上就是农业生产率和劳动生产率的停滞。要改变这种状况，唯一出路就在于依靠科学技术，大搞农业开发，创建高效农业。"

二

土里淘金，谈何容易！张国忠思来想去认识到，产业要振兴，科技必先行，科学技术是挖掘土地潜力的"牛鼻子"，要想奔小康，就必须打破传统的种植习惯和耕作方式，依靠科技的巨大力量，实现农业的第二次飞跃。

毛泽东主席早在 1963 年就说过："不搞科学技术，生产就无法提高。"邓小平同志更加具体地指出："科学技术是第一生产力。"江泽民同志也警告说："在科学技术上落后，就会被动挨打。"他号召全党，要"自觉地把经济建设转到依靠科学进步和提高劳动者素质的轨道上来。"习近平总书记特别强调："必须坚持科技是第一生产力、人才是第一资源、创新是第一动力，深入实施科教兴国战略，不断塑造发展新动能新优势。"

张国忠一辈子没离开过红土涝洼地，论种地，他有一套经验，称得上是庄稼地里的好把式。论接受新事物，谁也没有他快，在生产关系上，他敢于冲破几千年的个体私有制，率先组织起来，走集体化的道路；在农业生产上，他敢于否定和摆脱传统经验的束缚，给农业插上科技的翅膀。

于是，当别的地方忙于办企业、上项目、向农业告别的时候，张国忠与支部一班人却制定了"投入为本，科技开路，大面积土地抓粮棉，小面积土地抓金钱（指经济作物），一收改多收，低产变高产，小田收入投大田，粮棉瓜菜都增产，农林牧商齐发展，科技开发，综合开发土地资源"的战略方针。

在一家一户生产经营形式下，张国忠好像找到了国家、集体、个人三者关系的共振点，他既服从了国家规划，又保证了国家对粮棉等关系国计民生的重要物资的需要，特别是在治理整顿的形势下，务农致富不但不与国家企业争能源、争材料，还能为社会和市场增加有效供给。

张国忠先后到山东省农科院访专家，到济南市郊访菜农，到胶东访良种教授，并聘请山东省农业大学、山东省农科院、县科委等六个单位的专家教授进村指导或提供技术咨询服务，并根据本村土质的特点，开始了立体种植结构的优化实验。他们不断总结经验教训，对各种作物进行反复筛选、组合，最后终于形成了多种作物、多层次、多时序立体交叉的种植结构，获得了种植高效益。

"昔日种田靠流汗，今日种田靠科学"。土地是小杨屯村赖以生存和发展的基础，也是深层次开发农业的主要资源和依托，把1400亩土地作为再攀登新台阶的立足点，张国忠紧紧抓住了科技这根攀高的缆索，又带领农民冲破传统的农业种植经验的束缚，向科学进军，向科学要粮，靠科学致富，实现由体力型向智力型的转变，让广大农民成长为具有现代科学意识的一代"四有"新人，拉开了向农业内涵深度开发的序幕。

"地膜盖一盖，一亩增收近千块"

为使农作物尽快加入商品经济的行列，张国忠三下安阳，六赴济南，到中央棉科所，山东省农业科学院，山东农业大学等科研单位，觅信息，学技术，求门路，购良种……

一

当他得知省农科院有繁育白菜籽的任务，可赚大钱的消息后，激动得彻夜未眠。

按传统种植习惯原有 300 亩棉田，每年只能种植一季，从秋后拔了棉柴到第二年播种棉花，要闲置四个多月，小杨屯村有三分之一的剩余时间需要利用，四分之一的劳动力需要转移。因为种白菜籽是冬天温炕育苗，这不但解决了冬季许多农民无事

张国忠摸索地膜覆盖方法

可做，不是"蹲墙根、晒日头"就是打扑克，下象棋的问题，而且变冬闲为冬忙，还解决了地闲人闲的问题，提高了土地的时间利用率，就地消化剩余劳动力和剩余时间，这真是实现农民增收致富的好路径。于是，天不亮张国忠就与张协家奔赴了省城。

可见了面，人家说什么也不同意。过去这个研究所收购的白菜籽，都是在胶东定点繁育的，他们根本不相信鲁西平原这个贫瘠的土地上，也能结出优质的白菜籽来。究竟行不行？张国忠心里也没有底。但，他相信，只要按要求严格去做，科学施肥，精心管理，就不信俺那块红土地上长不出优质白菜籽来。

于是，他和张协家找到了在省农科院专门培育大白菜的专家哥哥张焕家，软磨硬缠，总算在张焕家的帮助下，签订了 50 亩"鲁白 2 号"白菜籽繁植合同。

他们顾不得口干舌燥，饥肠辘辘，买了车票，连夜往回赶。

二

张国忠一路春风回到小杨屯，可出人意料，谁也不愿种。一是冬天育苗，地膜覆盖，这是老辈子都没见过的新鲜事，他们不敢；二是无种植技术，他们无从下手；三是种了没人要怎么办？他们担心。各种忧虑都出来了。

"乡亲们，这可是订单农业，咱地里收多少，人家农科院要多少，咱种植白菜籽，不但土地得到最有效的利用，还降低了咱们种植的市场风险。以这样的订单农业作为咱们增收的渠道，咱不但不用为销售发愁，也基本不用为生产发愁，因为在白菜籽种植生产环节，科学院还对咱订单农户实行统一供种、统一技术指导等方面的服务，这是多好的事啊？"找准了道路就要坚定不移地走下去，张国忠走东家，穿西家，磨破嘴唇，总算动员了29户村民。

张国忠不但是科学种田的倡导者，而且是实践者，先行者。他就像当年搞互助合作时一样，首先带头做示范，带头在自己的责任田里种植白菜籽。

按技术要求，白菜籽种子萌发最适温度是20～30度发芽率最高，张国忠一想，这不和人的体温差不多吗？于是，他不由分说，解开腰带，将湿漉漉的种子袋系在腰里。好几天时间，张国忠热了不敢脱衣，睡觉不能翻身打滚。老伴见了又好气又好笑，抱怨说："咱家的孩子也没见你这么热心过。"

但张国忠这一招还真管用，白菜籽发芽率几乎100%。

播下去的种子，在红土地里孕育着新的希望。这一关过了，可老天好像有意为难他似的，就在温炕育苗的关键期，老天纷纷扬扬一连下了好几场大雪。天寒地冻，气温急骤下降，为提高幼苗成活率，张国忠严格按要求去做，每天顶风冒雪，清扫积雪，增盖麦草，有时连续几个通宵守候温床旁，像照料刚出生的孩子一样观察照料幼苗。手裂了，脚肿了，他全然不顾……

有时他也想，有吃有穿的，何苦受这份罪，但为了群众早日致富，为了争这口气，为了保证小杨屯人信誉和质量，他咬着牙，度过了这段艰苦的日子。

三

雪过天晴，张焕家和省农科院的同志，怕幼苗经不住这几场大雪的袭击，带来种子，想让他们突击补种。但呈现在他们面前的却是水灵灵的幼苗你争我抢地往上长，展现的是绿油油的春天。他们惊呆了，望着满身泥土的张国忠，连称"奇迹！奇迹！"

有几分辛苦，就有几分收获。张国忠一边摸索着种植技术，积累着种植经验，一边测算着土地的亩均效益，为下一步继续推广种植白菜籽打下了基础。

冬去春来，遍地黄花，分外馨香。仲夏，张国忠带领小杨屯乡亲们种植的白菜籽喜获丰收，平均亩产84公斤，高产地块达到150多公斤，收入1008元，经农科院专家鉴定，无论产量和质量竟在全省排上了第一号。

"张国忠书记给我们做了示范和表率，我们都愿意跟着他种白菜籽。"1985年，小杨屯的群众看着产量高，而且是订单种植和兜底收购的白菜籽，吃下了"定心丸"，大家的顾虑烟消云散，越来越多的村民询问种植技术和方法，希望加入种植白菜籽的队伍。

这年，小杨屯村的村民争先恐后地种植了200多亩白菜籽，平均亩产123公斤。而且在小满收白菜籽之后，张国忠又提前20多天种上了夏玉米，产量又是250多公斤，两项合计，亩收入达到了1200元。这期间，张国忠还在实践中探索出了"温坑育苗、苗成移栽、开沟施肥、地膜覆盖、合理浇水、虫不成灾"的保护性栽培新技术。即"冬至"在棉田用温坑育苗；第二年"春分"移栽后，用地膜覆盖保温、保水；"小满"菜籽收获后，又充分利用农田的休闲期，再在原地膜内点种夏播棉，这样每亩棉田的利用时间由 8 个月增至 11 个月，由一年一作变为一年两作，等于增加土地 200 亩，夏播棉抵上春播棉收入，白菜籽亩收 200 斤，价值 1000 元，仅此一项人均增收 500 元。按自然温度，西瓜一般在 4 月中旬下种，9 月中旬拔秧，由于张国忠充分利用地膜覆盖，促使西瓜播种期和收获期均提前两个月，由两年三收变为两年四收。

这年小杨屯有育苗温炕 87 个，地膜覆盖率达到了 35.7%。仅实行保护性栽培，全村每年增收 40 万元。群众高兴地说"地膜盖一盖，一亩增收近千块"。

用张国忠的话说："如今小杨屯，冬天遍地是温室，夏天到处是窝棚，一年四季不断青，土地收益成倍增。"他高兴地说："如果全村都这样搞，变单一生产为综合生产，让土地'连轴转'，四季效力产出更多农作物，效益就会'连轴生'，产出率也会成倍增加，既稳定了粮食生产，又提高了农田效益，村民的收入将会大幅度地提高。"

省农科所的专家们看到颗粒饱满，成色好看的白菜籽，他们再次感动了、信服了："小杨屯有这样的当家人，群众有这样的干劲，还有什么事办不成？"为此，省农科院在这里建起山东省农科院白菜籽第九繁育处和种子库，并专程前来拍摄了白菜籽种植科教专题片，在全省推广小杨屯村白菜籽种植经验。

"由于农业资源的充分开发和利用，不仅使剩余劳动力、剩余时间就地转移和消化，使'冬闲变冬忙'的口号成为现实，而且消化了邻村的部分剩余劳动力。还是国忠书记有道道，有眼力！只要跟着张国忠干，我们就有钱赚。"小杨屯村的群众更佩服国忠书记了。

小杨屯村经过 1984 年和 1985 年两年的徘徊之后，终于突破了"板结层"，迈出了关键一步。

"粮蔬间作套种忙，全年丰收不断档"

初获成功，下一步又该如何走？虽然白菜籽的种植面积已扩大到200亩，可张国忠总感到不解渴，不过瘾。

思路决定出路，打破才有生机。张国忠的劲头更大了，他要对农业进行全面深度开发，把冬闲的土地全部利用起来，一收变多收，把冬季种白菜籽的栽培技术用于其他经济作物，对传统种植结构来一次革命，走精耕细作、科

张国忠探索多种形式的种植技术

学管理、集约经营的路子，逐渐开始从劳动密集型产业向地膜覆盖、配方施肥、秸秆还田、优良品种、立体种植等科技密集型产业转化。

为充分利用小杨屯土地资源丰富的优势，张国忠怀着一腔热情，南下北上，东奔西走，沾满泥土的双脚一次又一次地跨进中国农业科学院、山东农科院、安阳农科所等十多所大专院校和科研单位的科技殿堂，拜老师，请能人。同时，坚实的身影一次又一次地出现在胶东半岛、济南郊区的试验田里。

张国忠的执着和虔诚，感动了一大批专家，他们都毫不保留地向张国忠传授"真经"，把科学技术和优良品种送到群众手上，帮助小杨屯村制定了依靠科技对土地进行全方位、多层次、立体式开发和发展商品生产的具体规划。

一

粮棉瓜菜要高产，优良品种最关键。种子是农业的基础，是农业的芯片，是在同样条件下，不增加投入即能获得丰收高产的一条捷径，而且好的良种不仅可以获得丰收高产，也是抵御农业自然灾害，降低农业损失的关键，特别是红土涝洼地综合利用，必须从良种入手，否则就如无根之木难以长久。

种地不选种，累死落个空。一直以来，张国忠十分重视优良品种的引进和推广，他把良种、良法、土壤改良作为立身之本。张国忠先后分别与"中棉所""山东大白菜研究中心"等科研单位建立了固定的经济技术协作关系，在选优品种、提升品质上下功夫、求破题，在中国农科院、山东省农科院、安阳棉科所等科研单位引进高产新品种的同时，从适应性、品质、抗性、产量等多方面考量，从引进的数十个品种中不断筛选淘汰、选育出更适合红土涝洼地种植的农作物品种，建立了良种繁育基地，以良种良法进一步挖掘土地潜力。其中，他引进的西瓜优良品种"碧单2号"和"新红宝"，亩产高达8000多斤，比一般品种增产2000多斤，亩均增收200多元。夏播棉品种由"中棉10号"更新为"混合系"后，亩均增收皮棉50斤，加上推销的棉种，每年增收294元，使全村粮、棉、油、果、林、瓜、菜和畜、禽全部实现良种化。

良种强"芯"，红土生金。1987年张国忠投资10万元成立了良种推广繁育中心，且培育出夏播棉、西瓜、玉米、白菜籽等十几个粮棉瓜菜优良品种，远销吉林、浙江、安徽等27个省市自治区，每年为小杨屯增收18万多元，形成了自育、自种、自加工、自销售的制种模式，让种植户"少了一分耕耘，多了一分收获"。

"我与土地打了一辈子交道，对土地的脾气摸个八九不离十。一样的土地，对付出不同劳动的人，报偿大不一样。产几斤粮食挣几十元钱是这块地，产上千斤粮食挣上万元钱，也是这块土地，关键看你怎么个种法，有没有优良品种。现在搞农业，最要紧的是从实际出发，找准自己的路子。有了良种更需良法相配套，才能发挥最大效应。"张国忠回顾那段经历，深有体会。

二

有了新技术和新品种，张国忠带领乡亲们开始了"立体种植结构"的优化试验和大面积推广，他把开发土地和光、热、水、气等自然资源，提高种植业经济效益，作为实现经济振兴的立足点、生长点，根据不同作物的秸秆高低差、根系深浅差、生长时间差、需肥营养差、光湿需求差等特点，结合市场导向，一样一样地分析组合，对农作物进行多类型、多品种、多形式的间作、混作、轮作、套种；种种不同种类农作物种植方式的选择运用，以空间争时间，提高复种指数，以时间争空间，挖掘土地潜力，优化种植结构，最大限度地提高土地的产出效益。

张国忠采用劳动密集型种植方式，带领干部群众以市场需求为导向，在稳定粮食棉花生产的前提下，对农作物布局进行科学运筹，扩大麦套棉、瓜套棉、菜套棉面积，扩种价值高、效益好的经济作物，探索白菜籽、西瓜、黄瓜、甘蓝、西红柿、茄子、草莓、葡萄、大蒜以及棉花、小麦、玉米等几十种作物的立体种植方法，采用林果与经济作物配套，高低温作物配套，生长期长与生长期短的作物配套措施，推行了"一坑两用""一膜两用"等新技术。

如白菜籽与夏播棉间作，这些地块全部采用保护性栽培技术，"冬至"在棉田建温炕育苗，第二年"春分"移栽后，用地膜覆盖保温、保水，白菜籽在"小满"收获，地膜不动，在地面上抠个洞，栽上夏播棉。一膜两用，不仅不影响种夏播棉，而且白捡一季白菜籽的收入，省工省钱，仅此一项，人均增收500元。又如高低温作物的配套，西瓜与大白菜、菜花配套，按照自然气温，西瓜一般在4月中旬下种，到9月中旬拔秧，拔了西瓜秧，正好种大白菜或菜花，两者互不影响，形成了层次分明，互生共长的立体复合型种植结构，由二年三收变为二年四收。再如生长期长与生长期短的作物配套。西瓜与甘蓝都是同时育苗同时栽，但西瓜爬秧时，甘蓝也该收了，互不影响。

不仅如此，张国忠还带领全村群众先后探索出用材树——果树——农作物；白菜籽——夏播棉——西瓜；棉花——甘蓝——玉米、杂粮；甘蓝——白菜——西瓜——小麦等十几种"三种三收""四种四收"的立体种植模式，有单一粮棉型转变为多类型、多品种、多形式粮食与经济作物间作套种格局，使土地、时间、空间、劳动力等生产要素得到优化组合，冬季作物覆盖率达到95%以上，土地的平均复种指数达300%以上，如林果与经济作物的配套，也即苹果、白菜籽与夏播棉的配套。苹果从种树到结果需要五年时间，在这段时间内不影响农作物生长。夏播棉与白菜籽又是早、晚季作物，在当年内它们的成熟期也各不相同，既充分利用了土地、光、热、水、气等自然资源，又充分利用了劳动力资源，发展壮大了特色农业产业，还使传统种植方式出现的剩余劳力和剩余时间得以消化和转移，形成了独具特色的粮、棉、瓜、菜综合经营，农、林、牧、商全面发展的经济格局，走出了一条后进地区发展经济的新路子。

三

在黄河流域，传统农业模式是二种二收，小麦过一个冬季在夏天成熟，随后的酷热气候让玉米成长，秋天收获，这种传统农业模式在漫长的农业文明中形成了定式，几千年来就这样一直延续着。生性爱农业的张国忠，总是爱琢磨，他们结合农作物的特点，在有限的土地上，摸索出一套二种三收，三种四收，四种五收的农业模式，将单元土地的利用率极值化。他的种植颠覆了农业的传统，对延续了几千年的农业模式来了一次彻底的革命。

经过春夏，度过秋冬，奇迹出现了。小杨屯村形成了"春季菜花艳、夏季瓜果香、秋季粮棉丰、冬季温炕多"的新景观，靠种植业提高了农业比较效益，1400 亩地，产值平均达到 733 元，每亩纯收入 512 元。主要种植业产品一个劳动日的净产值在 10 元以上。立体种植农田使光能利用率由 0.3% 提高到 1% 以上。复种指数提高到 300% 以上，在同等面积的耕地上获得了更多的物质产量，一个劳动力年创纯收入 7000 多元，生产粮食 2500 公斤，皮棉 250 公斤。

1987 年小杨屯村仅实行保护性栽培，全村每年增收 40 万元，经济作物收入占种植作物的 54.5%，经济作物亩均收入达 1900 元以上。1988 年小杨屯地膜覆盖率达 37%，仅此一项措施，全村每年增收 50 万元。

这一年，小杨屯村收获的不仅是沉甸甸的秋，还有黄澄澄的春，金灿灿的夏，绿油油的冬。小杨屯的"经济田"亩收入达到了 1600 元，是常规种植收入的 8 倍，人均收入比 1986 年增加了 500 元。

"黄瓜女'嫁'南瓜郎"，多样西瓜拓市场

早上 6 点，小杨屯村在晨曦中醒来，村头那 20 多亩蔬菜基地里的人们早早地开启了一天的忙碌。

热气升腾的大棚，日产上万斤黄瓜，不用出家门就销售一空，张国忠笑得合不拢嘴，"销路不愁，运营成本低，价格还有保证。"

丰收时节，饱含着汗水和期待的豆角、西瓜、黄瓜、西红柿扎堆上市，南来北往的收购商也纷至沓来。坐拥茌平"菜园子"的小杨屯村，每天都有成批的农产品走出村庄，走进城市超市、市场。农民们数着票子，尽情享受着产业增收带来的惬意。

虽然这时小杨屯已成为十里八乡有名的蔬菜村，可小杨屯村的蔬菜出村路，走得并非一帆风顺。几年前，受市场影响，村里的蔬菜销售一度遇冷，72 岁的刘延珍回忆说，村民大棚里种的黄瓜得了病，张国忠四处奔走，他亲自跑到寿光请专家，嘴上都急出了泡。

一

"早期的拱棚样式简陋，最高只有 1.5 米，坡度又缓，站在里面最高的地方都直不起腰来，得弯着腰在棚里干活，翻地要拿个小铁锹半蹲着挖半天，累得腰酸背疼不说，关键是效率很低；菜苗浇水要提个水桶拿个马勺一勺一勺地浇，有的苗子浇得多，有的苗子浇得少，长势总是参差不齐。"

"刚开始建棚没有经验，就是摸索着弄，先买回长条的竹竿子接起来，再折成半圆形插在地里，用铁丝把每个半圆的竹板连接起来，上面罩上塑料布，再把棚子固定好就可以了。"张国忠介绍说，"技术落后，效益低下，收入不高，这是传统农业给人们留下的印象。"

产业振兴是乡村振兴的基础和关键。为更好地培育和发展特色瓜菜产业，为进一步向土地要空间、向空间要效益，推动有限的土地资源释放更大的产出效益。

张国忠在蔬菜大棚劳动

1988 年，正当张国忠因地制宜、综合施策，积极发展设施农业，培育特色种植产业项目，带领群众向高产高效农业进军的时候，他的"后院"失火了，老拱棚中的生产开始遭遇瓶颈。一方面老拱棚投资低、保温性差、抗风险能力差；另一方面拱棚低矮，种植采摘全靠人工，费工费时费力；再一方面机械化、智能化、自动化等技术难以使用；还有一个问题，就是老一辈农民普遍年龄大，因常年棚内劳作，普遍患有腰腿痛、关节疼等，新一代农民因劳动强度高等原因，不愿意靠老拱棚种植，更为严重的是塑料棚里的黄瓜大面积枯死。经省农科院的专家会诊，是连年重茬所致，重茬连作导致黄瓜病害增多、品质不高、效益不佳，群众种植棚菜积极性受挫。专家们脸色凝重地告诉张国忠，除建高标准蔬菜大棚外，别无办法。

既然问题出在这里，就在这里解决，既然改棚能解决问题，那就建设高标准蔬菜大棚。为此，张国忠专门召开村"两委"会研究，统一思想，决定以瓜菜产业转型升级为主题，组织发动群众代表，到寿光等地参观学习，向他们学习建棚和种植技术，改变村民的种植观念，张国忠明确指出，这次一定要把发展大棚蔬菜产业作为全村发家致富的重要途径来抓，积极引导群众在建新棚、小棚改大棚、基础设施配套和提质增效上下功夫，促进瓜菜产业转型升级，帮助农民持续增收。

在建设蔬菜大棚过程中，张国忠注重提高科技含量降本增效，他坚持从本村实际出发，突破传统建棚的"老套路"，从生产环节着手创新，采用新技术、新方法高标准建设大棚。他把过去用普通托膜竹建棚，改为用实心竹竿代替，满足了卷放厚草苫的要求；将过去使用的22号钢丝变成26号钢丝，改变了棚面钢丝的型号、缩小了密度，提高了棚室承载力；并补一条绕绑钢丝，更大程度地对钢管进行弯曲绑定，大大提升了大棚棚面的稳固性，使21个农业大棚升级为高标准日光温室大棚。而且从抢时育苗、培土浇水到蓄热保温，张国忠和村干部都精心指导，亲力亲为。

"当时，我们建的蔬菜大棚不但面积大，宽敞明亮，通风透光，而且在棚的前端建有工具间、休息室，随手就能找到农具，累了还能休息；水电配套，喷灌、滴灌设备齐全，浇水既匀称又节省，种地轻松了很多。"张国忠自豪地介绍了小杨屯瓜菜种植由露天、小拱棚、人工作业发展到大拱棚、日光温室大棚种植的发展历程。

二

在一个风和日丽的上午，我再次来到小杨屯村，在高标准蔬菜大棚里，我见到一株株黄瓜苗舒展出嫩绿的叶片，俯身一看，4片嫩叶的黄瓜苗竟掩映着两片南瓜叶，10余名村民正将长出的南瓜芽一一摘掉。

"干了这么多年活，我还是第一次遇到黄瓜长在南瓜上。"村民孟兰英情不自禁地告诉我。10多天前栽下的黄瓜苗，现在已经长出4片叶子，现在摘掉南瓜芽是为了避免它吸收黄瓜的营养液，影响黄瓜的生长，真是长见识啦。

"我们利用靠接或插接的方法，把黄瓜秧苗嫁接到南瓜根上，并同时掐掉南瓜的子叶，如此一来黄瓜就可以生活在南瓜的身体上了，黄瓜的身体里也就有了南瓜的'血液'。"张国忠介绍说，"我们嫁接好的黄瓜苗移栽进大棚后，只用了45～50天的时间就坐果了，黄瓜不仅鲜嫩清爽可口，而且个头儿更大、长势好，挂果期比普通的黄瓜延长了六个多月，产量和收入都高出普通黄瓜好几倍。"

用拇指和食指捏住这个砧木胚轴，慢慢用嫁接签切去南瓜苗的腋芽，只保留两片子叶，然后把黄瓜叶与南瓜叶呈十字形接穗、插牢，眨眼间，一棵苗便嫁接完成，指尖上的操作令人眼花缭乱。在这群熟练的嫁接工手中，整个过程只需要几秒钟。为让大家掌握科学的蔬菜种植管理技能，提高大棚果蔬产量和质量，助力温室大棚果蔬增产增收，张国忠积极鼓励和支持群众不断学习新的农作物种植技术，并举办了种苗嫁接技术培训班，让群众拥有更多的实操机会，逐渐掌握了芽接、劈接、贴接、插接等技能。

"以前黄瓜上有层白蜡，而且只有头两茬的颜色会好看一些，后期黄瓜的着色就差。自从用了南瓜砧木新品种，从开始结瓜到最后，瓜条一直都是乌黑发亮，商品外观性非常好，一斤黄瓜能多卖5毛钱。"嫁接是减轻重茬障碍、提高产量、减少病害的有效途径，因为南瓜苗的根系发达、瓜苗粗壮，将黄瓜嫁接到这上面，能使黄瓜的生命力更强，还耐酸、耐盐、耐寒和耐旱，能够提高黄瓜抗病能力、提高产量，种植出来的黄瓜笔直匀称，个大清爽，清甜多汁，油亮鲜嫩，比不嫁接的黄瓜产量增长4倍，既解决了黄瓜种植中重茬、减产、易发枯死病的问题，又能有效提高黄瓜产量，增加经济效益，也成为现代设施农业这棵藤上结出的"新果"。

"凭借过硬的嫁接技术、良好的信誉和超高的嫁接成活率，我们不仅在本村搞嫁接种苗，有时其他乡镇和村庄的种植基地也聘请我们帮助嫁接，管吃管住，还每月给四五千元。"周桂香高兴地说。要知道那时的四五千元，至少要顶现在的上万元吧。

特别是春节期间，小杨屯村的大棚黄瓜一上市，就卖出了2.6元一斤的好价钱，每个大棚仅出售黄瓜的收入就达4000元，黄瓜收了种豆角，豆角收了种西红柿，西红柿里套芹菜。"西红柿在春节前上市，芹菜在春节后收获，都是淡季菜，都能卖出好价钱。"张国忠说起当年的大棚蔬菜种植，高兴之情溢于言表。

三

在黄瓜种植上，张国忠从黄瓜种植温度条件、光照强度、土壤的选择、浇水、施肥、嫁接和湿度作业等方面进行了探讨，掌握了科学增产技巧，让黄瓜喜获丰收，在西瓜种植上他也是妙招频出。

走进小杨屯村种植户张辉家的西瓜小拱棚，翠绿光亮的西瓜铺满了瓜棚走道两旁，这些西瓜已经成熟，比露天西瓜足足提前了45天。因为西瓜是经济效益较高的经济作物，所以在专家的指点下，张国忠带领全村群众在鲁西率先种植了陆地和拱棚西瓜。

小杨屯村东北角方向，一排排整齐的拱棚支架挺立在开阔的田地里。举目望去，远处一片白色的海洋，一排排塑料拱棚首尾相接，错落有序地排列田间，在阳光下熠熠生辉，传递出浓浓的田园气息。

小拱棚栽培是以竹条作为骨架，用薄膜覆盖，成本低廉，再加上地膜覆盖，解决了多变气温对西瓜生长的干扰，减少了春季"倒春寒"带来的不利影响，并且可以保持土壤湿润，促使农作物提早萌芽，促进蔬菜生长，实现错峰上市，增加群众收入。

小拱棚西瓜种植是个"赶时间"的活儿，必须巧打时间差，把握最佳上市期，"赚头"才会更大。张有家的拱棚西瓜2月中旬移栽，5月中旬就成熟上市了，正好和露地西瓜成熟期形成错峰销售，市场价格较好，他家的拱棚西瓜亩产量约2500公斤，收入相当可观。

一连几年，小杨屯村的西瓜大丰收，每亩增收2000多元，群众笑逐颜开。带动了周边几十个村庄的群众种植西瓜，全乡一下子发展6000多亩，总产达2500多万公斤。可瓜多无人买，价格直线下滑，4分钱一斤还无人问津，群众愁眉苦脸，张国忠心急火燎，于是他与乡里领导一同带上样品瓜和宣传资料，直奔省城济南，一天跑了30多个瓜摊和好几家大型商场和企业，当晚，一大批商户，随着他们涌进了小杨屯和王老乡，解了瓜农销瓜的燃眉之急。

接着张国忠又不断引进优良品种，学习先进种植技术，配合乡里建起了鲁西最大的瓜菜批发市场，而且每年举办赛瓜会，评选"瓜王""瓜后"种植典型户给予奖励，有效地促进了全乡西瓜种植业的发展，每年成交量达1.8亿斤，仅此一项，全乡人均增收500元。

但随着社会的发展，人们需求的口味越来越多样，"大又甜"的西瓜却遭遇市场的"冷脸"，每逢西瓜集中上市时，成堆的西瓜摆满一公里长的西瓜市场，乡政府请来剧团唱大戏，也吸引不来多少客商。为此，张国忠和乡领导对社会和市场需求进行了深入分析思考，他们深刻认识到西瓜种植也有大与小、甜与淡、冷与热等多方面的辩证关系，不能一条道走到黑。

就说西瓜的大与小吧，在南方市场上，他们发现，一两公斤重的小西瓜不但畅销，而且价格也格外高，其畅销的原因就是，随着计划生育政策的落实，三口之家越来越多，买一个十几斤重的西瓜，一次吃不完，处理起来也不方便；再说甜与淡吧，随着人们生活水平的提高，需求的口味越来越多元化，加之糖尿病人的增加，个小味淡的西瓜自然就十分抢手。张国忠说得头头是道。

"农村娶媳妇要先'相亲'，咱瓜农种瓜也不能光低头干活不问路，今天请大家来'相瓜'，谁相中了哪个品种，今秋明春咱就大胆地种哪个品种。"张国忠经常请专家和群众一起召开西瓜市场分析会，这就是小杨屯村西瓜"相亲"会的一个镜头。

这年初夏的一天上午，张国忠在西瓜棚前的长条桌上摆着5个不同大小圆滚滚的西瓜，分别是"京欣1号"、"鲁青7号"、黑美人、小兰和新引进的日本品种"川山子"。

"相瓜先比个头、瓜色，再看内容。"张国忠招呼大家静一静后，用刀背在"川山子"上敲了几下，瓜体安然无恙，又用刀背在京欣西瓜上轻轻一敲，"啪"地一声裂开了一道口子。

"瓜商最看重开刀，不耐储运的西瓜不愿收购。"接着，他把5个西瓜一劈两半传给大家看，瓜瓤也不相同，"川山子"呈大红色，赏心悦目，黑美人、小兰呈黄色，悦目娱心，另外2个瓜呈水红色，红中见白。

"今年共种了3亩拱棚西瓜，一半'川山子'，一半'京欣1号'，'川山子'因瓜形、色泽俱佳，每斤平均多卖1毛钱。"川山子西瓜的试种者，也现身说法。而黑美人、小兰的试种者认为，他的品种更受群众欢迎，前景更好。

......

就这样，张国忠在提出"人无我有，人有我精，人精我专，人专我变"的发展理念后，及时把"相"瓜会变成了生动的西瓜市场分析课，变成了试种西瓜"示范户"的带动会，他积极引导群众摈弃传统的种植习惯，变露天种植为大拱棚种植，使西瓜上市时间提前了3个多月；而且舍弃大追求小，引进了一批瓜色好、口味淡的新品种，从而吸引了全国各地的客商纷纷上门订货。

张国忠还专门在发挥农业科技示范户的"示范"功能上下功夫，他认为"示范户"的作用就在于引领带动农民怎样干，倘若示范户不依本村的实际情况，不看农民和市场的需要与否，就不具有"示范"的功能，但若虽具有"示范"功能，却教不会农民，也同样没有生命力。

瞧瞧，张国忠的见解多富有哲理，要不小杨屯村的农业能活力常在，其道理不就在于它既示范，又包教包会，让大家认可。

四

"磨刀不误砍柴工，种植结构调整也是如此。那些年，我们发展拱棚西瓜，不给群众分任务，下指标，不出台免义务工、补助土地等所谓的优惠政策，而是靠市场调节，靠示范户和科技带动。"站在村前成方连片的拱棚前，张国忠深有感触地说。起初，有些村干部认为这样做见效慢，但张国忠却坚持"支部的责任就是服务，群众才是调整的主角"。

"电话一喂，信息就来了。"群众高兴地说。张国忠在不断引进瓜菜优良品种和科学种植技术，请农业技术员搞好服务的同时，还安排专人分门别类地收集和整理致富信息，及时提供给大家；并发动群众利用外出时机捕捉信息，指导农业生产。还为有条件的农民安装宽带和电话，让大家及时了解全国各地的市场行情，如果价格不理想，上网查查，哪里贵就卖到哪里去；今年种什么最值钱，电话一喂，市场信息马上来；瓜菜产量低，到信息平台"逛逛"，最新品种及其种植管理方法也能一目了然。

正是这些各种各样的服务，小杨屯村很快在原来 20 个拱棚的基础上又新上 60 多个，几乎达到两户一个棚，使小杨屯村的西瓜产业发展在品种上呈现特色化、多样化、优质化，在规模上呈现适度规模化、专业化，在生产技术上呈现标准化、简约化，在产品上呈现优质化、品牌化、长季节，在组织模式上呈现链条化、专业化、园区化等特点……村里的群众舒心地说，没有行政命令的西瓜种起来才起劲。

农业产业结构调整，是加快农业转型升级、推动实施产业高质量发展的重要支撑，也是巩固提升脱贫攻坚成效、助农增收、推动乡村振兴的有力抓手。张国忠不但能把"相"瓜会变成一堂生动的西瓜市场分析课，而且还能因地制宜，根据土壤条件、气候环境、资源禀赋、市场需求等因素，用辩证的方法调整农业结构，破解了农业发展中的难题。

1989年，小杨屯村的每个蔬菜大棚收入超过一万元，仅此项收入，全村增收20多万元，人均增收500元，实现了人均纯收入3000元的目标。

一张张幸福的笑脸，一句句满意的话语，从他们身上，让人切身感受到，在小杨屯，农业成了有奔头的产业，农民成了有吸引力的职业，农村成了安居乐业的家园，乡村振兴之路越走越宽广。

农业结构调整离不开党支部的支持，但"官逼民富"的做法，肯定不能取得满意的效果，即所谓"欲速不达"，张国忠的实践证明，引导群众根据市场变化，自主调整种植结构，党支部据此加强市场信息和实用技术服务，效果才会好。张国忠做法揭示了"快与慢"的辩证法。

现在，每年春耕开始，不少农民又在发问"种什么"，答案只能到市场上去找，市场的需求，就是生产的宗旨。张国忠在种植西瓜上的大与小、甜与淡、快与慢的辩证法，紧紧拉住了市场这根"主链条"，很值得大家思考。

提升土地利用率，实现效益最大化

"宜粮则粮、宜经则经、宜牧则牧、宜渔则渔、宜林则林"。张国忠在积极种植粮棉瓜菜等农作物的同时，坚持了大食物观的理念，积极拓展其他适宜的农作物，最大限度地挖掘了红土涝洼地的潜能，提升了效能。

一

什么样的生产方式与产业结构，决定了什么样的生态环境。那时候张国忠虽然还不能从系统思维角度厘清"绿水青山就是金山银山"的理念在经济发展与生态环境保护之间的关系，但他知道树多了就能防风固沙，涵

张国忠与村干部等规划农业生产

养水土，大风刮来庄稼就不倒伏、不风干；就能美化环境、使空气清洁新鲜，他听说一亩树林放出的氧气够 65 人呼吸；而且能留住鸟语花香、田园风光、发展畜牧业，还能把林果优势转化为商品优势、经济优势……

张国忠虽然是个地地道道的农民，但他却能站在人与自然和谐共生的高度，算效益账、长远账、整休账、综合账。

几十年来，张国忠始终把美丽生态作为可持续发展的最大本钱，将"绿色"作为高质量发展的底色，将绿色发展视作最大财富、最大优势、最大品牌，不断构建小杨屯绿色农业融合发展新模式，畅通了"绿水青山"向"金山银山"的转化渠道。早在 1971 年，张国忠就带领大家整修农田，在搞好路渠、排灌配套的同时，拿出 400 亩土地先育苗，建林场，继而大搞四旁植树。

"1987 年全县小麦遭受干热风侵害减产，我们这里却免遭其害，每亩小麦还增产 50 斤，单产 920 斤，全年粮食单产达到 1800 斤，其中百亩丰产田，亩产超过 2000 斤。"张国忠介绍说。

为充分利用土地平面空间的广度、垂直厚度，张国忠对农田进一步进行了优化布局，实行了以沟带路，将全村土地划分 14 块"井田"，路边栽植用材树，沟旁栽植紫穗槐，沟渠路旁全部实现了林带化，林带总长达 18 华里，栽用材树 8.5 万株，紫穗槐 2 万株，小杨屯村土地亩均有树 75 株，人均 2658 株，1400 亩农田全部实现了农林间作，林木覆盖率达到 16.3%，初步形成了田间小气候，有效防御了干热风和冰雹的侵袭，推迟了霜期，形成了经济林、用材林结合，生态效益和经济效益统一的优化林业体系。

旧的问题解决了，新的问题又来了。张国忠将沟旁、路边都栽上了满满当当的树木，但那都是清一色的用材木，没有林果，见效周期长，经济效益比较低。用张国忠的话说，就像养鸡，光养了公鸡，没养母鸡。为优化大农业的发展结构，张国忠精打细算，精心规划，科学安排，动员群众积极参与水果产业的发展，而且一次就更新栽植了 400 亩苹果树，栽植果树 2 万株，实现人均一亩果，形成了经济林与用材林、经济效益与生态效益相统一的林果体系。

这里真漂亮！来给我拍张照片发朋友圈……"一阵细雨过后，不少城里人趁着一丝凉意来到小杨屯村的苹果园里或瓜菜棚里采摘体验。张国忠不失时机地组织村民当代言人，操着方言味十足的鲁西普通话向客人们介绍产品，让瓜果蔬菜之香飘得更远。

"苹果甜了，我们心里就甜了。"绿树红果上寄托着小杨屯村民们增收致富的希望。"小杨屯村走出了一条产业发展、农民增收，经济林与用材林、经济效益与生态效益相得益彰、和谐发展的道路，为乡村振兴发展树立了样板，发挥了示范、带动和引领作用，既充实了群众的'钱袋子'，又丰富了城里人的'果盘子''菜篮子'。"村党支部副书记周桂香向我们介绍着。

二

正说着，村头突然传来一阵人喊马嘶，只见马、牛、驴等大牲口挤满了小杨屯村的街头，一个个追逐嬉闹、膘肥体壮。"林业促进了农业；农业又促进了畜牧业，有树有草，有粮有料，才有了今天的牛马成群，猪满圈，羊满栏，鸡满窝。"张国忠笑着说。

"现在，全村有大牲畜 270 头，户均 3 头；有猪 230 头，户均 2.5 头；有羊 400 只，户均 4.4 只，有家禽 2.4 万只，户均 266 只，仅养殖一项，就使全村户均收入 3000 多元。"接着，张国忠又掰起手指头数说起来。1988 年 2 月小杨屯村还被山东省人民政府授予"畜牧先进单位"荣誉称号。

为从根本上改善生态环境，实现有效益、有质量、可持续发展，张国忠进一步发挥小杨屯村地多、树多、草多、作物秸秆多的优势，充分利用家庭空余时间和剩余劳力充足的有利条件，大力推广了"农作物秸秆—青贮—家畜家禽—过腹还田"，"农作物—饲料加工—家畜家禽—有机肥加工—过腹还田"等生态循环养殖模式，引进先进的畜禽优良品种，积极带领群众发展养殖业。

在农业内部建立起了林护农、农促牧、牧养农、相互促进、协调发展的良性循环圈，不仅使粮食转化增值，而且大量的作物秸秆、树叶经过畜禽业的转化，变成了优质有机肥，每年向土地提供优质农家肥 5000 多立方，增加了土壤腐殖质，使土壤结构和肥力大大改善，培肥了地力，减少了化肥的使用量，降低了种植业的成本，增加了农业的后劲，促进了粮棉瓜菜等农作物稳定增长，形成了林护农、农促牧、牧养农的生态结构，促进了资源循环、能量转化的速度和效益，呈现出"种养结合、农牧一体、绿色循环"的良好发展态势。同时，解决了老人和妇女地里忙、家里闲的问题，获得了可观的收益。

树多鸟多，还减少了农作物的病虫害；经济林果业面积的不断扩大，还带起了养蜂业，那时小杨屯光养殖蜜蜂就有 40 多箱。同时，张国忠还对村庄、庭院、坑塘等进行了统一规划，综合开发，开挖出养鱼池塘 26 亩，苇塘 5 亩。

1987 年，小杨屯村农、林、牧收入的比重为 7：1：2，全村生产商品粮 47 万斤，商品棉 5.4 万斤，向市场提供肉 6 万斤，蛋 12 万枚，西瓜 150

万斤，蔬菜 30 万斤，白菜籽 4 万斤，木材 270 立方，商品率达到了 89%，实现了自然经济向商品经济的转变。

1988 年，小杨屯村在遭受多种自然灾害的情况下，粮食和皮棉单产仍分别达到 1800 斤和 180 斤，亩均收入 733 元，其中 400 亩经济田亩均 1600 元，每个劳动力年创总收入和纯收入分别为 6891 元和 5063 元，是全县人均水平的 3.3 倍和 2.59 倍，全省平均水平的 5.55 倍和 3.15 倍，人均收入 2000 元，提前达到了小康水平。全村公共积累达到 100 万元，全村存款 40 万元，人均超过千元。

"小杨屯家家都是万元户，出现了林茂粮丰畜禽旺，籽多肥多百业兴的繁荣景象。"张国忠如是说。

三

每到秋收秋种的季节，农村的高收入群体就开始活跃起来了，那些开着庞然大物的农机手们，白天黑夜连轴转，恨不得 24 小时都不休息，毕竟一天有数百元的收入作为支撑，想没有动力都难。

"一天赚几十元，甚至上百元？那不是高收入群体还能是什么，在农村能拥有这样的收入，即便是辛苦活儿，那也是值得的，即便是没有条件，想方设法创造条件也是要进入的。"这不，小杨屯村倒插门的女婿史文忠思想就是先进，激情澎湃，干劲十足，当时全县引进两台联合收割机，他就要了一台。

史文忠是一位粮棉种植大户，是当时在县里表彰的三个万元户之一。按他的想法，自己种植十几亩粮食棉花，每年雇机械耕种收获也是一笔不小的数字，如果自己购置一台联合收割机，不但自己能用，还能边打理自家土地，边给其他村民耕作土地，闲暇时间还能帮其他人收割粮食，岂不是一举两得。

在把"听诊器、方向盘、人事干部、营业员"作为最红火职业的年代，史文忠"离地三尺活神仙"的行业自豪感溢于言表。

过去，小杨屯村的农业生产和运输靠的是肩挑手提和小板车，随着农村基础设施的日益完善，农民收入和生活水平逐步提高，解放农业生产力，节约劳动时间就提上了日程，何况还有高额的回报呢？

实际上勤劳务实的张国忠带领群众致富后，还不忘用农业机械服务村里群众，让小杨屯村走上了农业机械化耕作的道路。早在1977年，他就为改善村民们劳动条件，投资2万多元购进大型联合收割机，实现了集体统一机械化作业，使耕牛让位给了"铁牛"，人力换成了电力，马达轰鸣取代了悠长的吆喝，打、压、耕、耙、种都实现了机械化，让农业机械化种植成为现代农业耕作的新趋势。张国忠手里转动着方向盘形象地说：

"俺村过去用的是花轱轮（木头轮子），

花轱轮换上了小胶皮（地排车，胶皮轮子），

小胶皮套上了小毛驴，

小毛驴又过了时，

家家户户换上嘣嘣嘣（拖拉机）。"

1978年，张国忠又投资购进了55马力拖拉机2部，25马力拖拉机2部，12马力拖拉机3部，成立了村级运输队，运输能力达8000吨。全村还有26台拖拉机从事运销业，农产品销售旺季还有80多人从事推销业务。他高兴地说："这一切不但解放了生产力，还缩小了城乡差别，那拖拉机拉土拉粪拉庄稼，拉棉拉菜拉西瓜，大姑娘穿的是麦尔登，小伙子也是穿西服、系领带，双脚还把皮鞋蹬，展现了社会主义新农村的新风貌新气象。"

到1988年，全村90户人家，光拖拉机就有55台、柴油机42台、电动机6部，风力发电机1部，共1263马力，耕地亩均0.73马力，高出全县0.48马力。此外，还有播种、收割、打轧、脱粒、粉碎、铡草机械20部，从耕种到收运脱粒基本上都实现了机械化，不但提高了农田作业效率，而且大大解放了农业生产力，节约了劳动时间，传统的农耕图景发生

了彻底的改变，乡村农业振兴的新画卷徐徐展开，1988 年 4 月，小杨屯村被中共山东省委、省人民政府授予"88 ~ 89 农机化先进村"称号。张国忠又即兴赋了一首打油诗：

满地庄稼喜死人，
满村牛羊成了群，
坐着沙发看电视，
学了技术看新闻；
开起车来是工人，
下车种地是农民，
销售瓜果变商人，
农工商一体化，
这就是社会主义新农村。

四

春夏秋季抓粮棉，
冬季空闲狠抓钱，
一年四季不得闲；
少数面积狠抓钱，
多数面积抓粮棉，
粮棉田里再加钱，
一收变多收，
春棉改夏棉，
少数地里抓了钱，
投入粮和棉，
粮棉瓜菜都增产，
农林牧副商齐发展，

实现农业良性大循环。

张国忠成功了。在全国农业生产连续三四年徘徊不前的困境下，小杨屯村闯出了一条"三抓一狠一条路"的科学农业发展之路，打破了农业徘徊局面，展示了全面振兴农村经济的新途径，成为广大农民务农致富的新模式，引起了党和国家领导人及世界农业开发组织的高度重视。

1989 年 4 月，中国科学院院长周光召、副院长李振声率 20 多名专家风尘仆仆地来到小杨屯村考察，专家们边听边看，惊叹不已，称赞小杨屯村走出了一条务农致富的新路子，创造了平原农业开发的新模式。

而且联合国粮农开发组织官员也随之来到了小杨屯村参观考察，对小杨屯村的惊人成绩给予高度评价，认为无论是硬件还是软件，小杨屯村在农业发展上所采用的高科技手段，都达到了同行业领先水平。

这年 7 月，时任山东省委书记的姜春云、省人大主任李振等领导冒雨来到小杨屯村，深入调研农业农村工作。当姜春云听了张国忠立体农业种植的汇报后感慨地说，小杨屯村的实践经验告诉我们两个问题，一是土地种植的潜力大不大？大大大！二是靠农业致富能不能？能能能！小杨屯村这两个问题回答的好，在鲁西北、在全省都有普遍意义，并称赞小杨屯村是"鲁西北的一颗明珠"。

这年 8 月，中共聊城地委、行署决定在全区开展"学习小杨屯村，学习张国忠"的"双学"活动。

1989 年，小杨屯全村人均收入达到 3000 元，高出全省农民人均水平2400 元，他被推选为全国劳模，并作为特邀嘉宾被邀请参加了北京国庆观礼活动。在天安门城楼上，张国忠热泪盈眶，他想不到一个逃荒要饭的穷孩子，能从小杨屯那片红土涝洼地里，走到了天安门的城楼上，这都是党培养的结果啊。

在一片赞誉声中，张国忠是那样的冷静，他知道小杨屯的土地潜力还很大很大，他要再次向农业高产高效的新目标迈进，透过欢庆的人海、缤纷的礼花，他好像看到了小杨屯更加灿烂的明天。

1991 年 3 月，国家农业部到小杨屯村摄制的"农村产业结构调整"专题片，并在中央电视台播放，其经验在全国推广。

为向全国展示张国忠在这段历史时期的突出贡献，1992 年张国忠的事迹还被中央组织部收入大型专题片《中流砥柱》第二集"为了人民之中"。这集共收入五位典型人物，第一位是周恩来总理事必躬亲，深入邢台强震地区，看望慰问受灾群众。第二位是新中国反腐第一人，原沧州地委书记李克才，第三位就是全心全意为村民服务的张国忠。

山东省人民政府简报专门推广了小杨屯的经验：党的十一届三中全会以后，小杨屯村经济有了很快的发展。特别是 1984 年以来，该村围绕实现农村经济的新突破，尽快达到"小康"目标，又开始了新的探索。面对当时兴办乡镇企业的热潮，他们冷静分析了自己地处偏僻，信息闭塞，办企业缺资金，少能源，就是靠国家贷款上个项目，也是缺技术，少人才，不会管理，到头来背上个大包袱，这条路在小杨屯走不通的劣势；也分析了小杨屯村有 1400 亩耕地，祖祖辈辈以农为本，种地为生，经过多年的农田基本建设，土地肥沃，水利条件好，群众对经营土地有感情的优势。最终，通过综合考察论证，他们得出的结论是，小杨屯的优势在农业，潜力在土地。因此，当别的地方忙于办企业、上项目、向农业告别的时候，他们按照"科技开发、务农致富"的指导思想，以科技进步，综合开发农业生产力，变资源优势为经济优势，形成了独具特色的粮、棉、瓜、菜综合经营，农、林、牧、商全面发展的经济格局。全村人均收入连续三年递增 500 元，1989 年人均收入达 3000 多元，集体公共积累达到 120 万元，被中国农科院的专家赞誉为"平原农业开发新模式"，省里主要领导同志先后到该村视察，称赞小杨屯是"靠种植业致富的典型"，"鲁西北的一颗明珠"。

小杨屯立足农业资源，大搞综合开发，发挥自然优势，振兴农村经济的路子，为我们提供了许多有益的启示：

一是科技开发农业，根基牢、潜力大、前景广阔。小杨屯村依靠科技进步务农致富的成功路子充分说明，种植业还蕴藏着巨大的潜力，当丰富的土地资源一旦同先进的科学技术相结合，就会产生新的生产力，使这种潜力得到充分的发挥和释放，土地的单位产量成倍增长，在较短的时间内产生出意想不到的效益。同务工经商相比，基本不受市场、能源、原材料等因素的制约，投资少、风险小，具有较强的经济抗震力。除发生严重自然灾害外，一般不会出现大的闪失，适应广大农民对土地的依恋心理、管理水平和经济欠发达地区的社会发展水平，千家万户都能接受。既能扬土地资源、劳动力丰富之长，又能避资金短缺、信息闭塞、管理落后之短，为广大农民立足土地资源、依靠种植业致富展示了光明的前景。当前，对于广大农村特别是经济欠发达地区的农村来说，覆盖面广，群众性强，规模最大的种植业仍然是其他产业不可代替的支柱产业。作为种植业最基本生产资料的土地资源也比较丰富，具备发展种植业的天然基础。因此，深化农村改革，强化农业基础，促使农村经济尽快走出徘徊低谷，再上新台阶的着眼点和立足点必须放在依靠科学技术，挖掘种植业潜力上。鉴于目前大多数农村种植业主要是运用传统耕作方式的状况，要把大面积推广和应用优良品种、间作套种、立体种植等常规科技成果，作为开发种植业的主攻方向，以充分运用科学技术这一"加速器"，推动农村经济进一步发展。

二是开发农业必须自力更生、艰苦创业，走自我积累、自我发展的路子。小杨屯村的腾飞经历了一个长期自我积累的过程。自20世纪60年代初，他们就围绕改变生产面貌，实现脱贫致富的目标，对全村的农业发展进行了长远规划。几十年来，他们始终不渝地按照这一规划大干苦干，不间断地进行农田基本建设。60年代"翻沙压红"，改良了红黏土地的土壤结构；70年代以来挖沟打井修路植树，改善了水利条件和生态环境，并且在改善生产条件的整个过程中从未伸手向国家要过一分钱，完全依靠农业自身的劳动和资产积累，走的是以农养农的发展路子。正是这些年来的创业实干，自我积累，才使小杨屯的生产条件得到了很大改善，为科学技术的推广和应用奠定了良好的基础，为农业的深度开发积蓄了后劲。小杨屯的发展过程昭示了这样一个基本道理，农业的发展是一个渐进的自我增值的过程，没有一定量的积累就不会产生质的飞跃。进行农业深度开发必须树立艰苦创业、长远规划、长期奋斗的观点。正确处理当前利益和长远利益的关系，着眼长远利益，防止和克服眼前利益的短期行为，坚持做好基础建设，为村庄经济发展贮备充足的后劲。

三是要善于寻找家庭承包制的新"兴奋点"，家庭承包制是适应我国农村生产力发展水平的经营方式，也是挖掘农业潜力，进行农业开发的基础和支点。但是，这一体制在一些农村仍然停留在家庭单一经营的层次上。由于家庭单一经营规模小、分散化、势单力薄，限制了家庭承包制优越性的发挥，影响了农业的深度开发。小杨屯村的成功之处就在于善于寻找家庭承包制的"兴奋点"，不断激发农民在家庭承包体制下向农业深度和广度进军的积极性。一方面运用科学技术激发农户经营土地的热情。小杨屯"科技进农家、家家搞开发"的实践显示了土地增产的巨大潜力，唤起了农户经营土地的兴趣和热情，为家庭承包制注入了新的活力。另一方面加强"统"的功能，架起了小生产与大市场之间的桥梁。几年来，小杨屯在种植业方面进行统一规划，在农户群体内形成了规模经营，有计划地把农村中相当分散的小商品生产，转化为社会化的大商品生产，发挥了整体优势，这不但有助于降低商品流通费用，提高质量，保证销路，提高市场竞争能力，解决小生产与大市场的矛盾，而且增强了农户抗御市场风险的能力，适应了农民从事小生产所独有的"担挣不担赔"的心理特点，保证农民始终保持高涨的生产热情。再一方面完善双层经营，搞好社会化服务。逐步建立起比较完备的商品生产服务体系，是商品生产赖以发展的基础，是合作经济不可缺少的运转环节。小杨屯村针对家庭经营中农户自身难以解决的困难，注重强化集体经营这一层次，利用集体的力量对农户进行产前、产中、产后服务，解除了农户在生产经营中的后顾之忧，保证了农民生产积极性的发挥。小杨屯的实践证明，家庭承包责任制目前仍具有旺盛的生命力，关键是要善于找到统分结合、双层经营的兴奋点，完善配套措施，搞好后续工作，不断为家庭经营注入新的活力，这样就能使家庭承包责任制的能量得以充分释放。

四是开发农业资源要坚持智力开发先行的原则，提高农民的素质。农民的素质对农业开发具有决定性的影响，没有一支科技素质好，能够适应农业开发需要的劳动队伍，进行农业开发就失去了起码的条件。近年来，小杨屯村在治穷致富的过程中，始终把治愚放在首位，狠抓智力开发，在提高农民的科技素质上狠下功夫。他们兴办农民科技夜校，聘请专家讲课，本着"骨干要精、群众要通"的原则，采取短期培训、现场指导、典型示范等多种形式，加强对农民的科学技术培训，使全村群众普遍掌握了开发农业资源所需要的科学技术，为农业资源的深度开发提供了保障。目前，大多数农村特别是经济欠发达地区农村劳动力素质低下，不少简单的科技知识掌握不了、科技成果推广不开的状况十分突出，已经成为农村经济进一步发展的桎梏。因此，进行农业开发，使农村经济有一个大的发展，必须坚持智力开发先行，把提高劳动者的科技素质放在首位，为科技兴农扫清障碍，铺平道路。

五是搞好农业开发，必须要有一个热爱农村具有强烈开拓意识的带头人。小杨屯村之所以有今天的局面，关键是有一个好的带头人张国忠。张国忠同志是1947年入党的老党员，从入党那一天开始，他四十年如一日，带领群众艰苦创业，拔穷根，奔富路，不管政治形势怎样变幻，从未动摇过走社会主义道路的信念，始终把实现全村群众的共同富裕作为自己的奋斗目标。自1949年担任村党支部书记以来，他带领群众大干苦干，使小杨屯这个昔日十年九不收的穷村早在60年代就成了聊城地区农业战线上的一面红旗，他本人也被评为全省农业劳动模范。党的十一届三中全会以后，在实行联产承包责任制的新形势下，经营方式变了，但他为群众服务的作风没有变，仍然带领群众走共同富裕的道路。他克服没文化的困难，同专家、学者、能人广交朋友，了解政策，学习技术，带头实践，不断探索新的致富门路，创出了依靠科技综合开发农业资源的新模式，使全村提前走上了小康之路。在带领群众致富的同时，他还非常重视精神文明建设，以"一人不变，全村不乱"，勇于吃亏，为人表率，身体力行的好作风带出了好党风、好村风，使小杨屯成为省级精神文明先进村，1989 年他被评为全国劳动模范。几十年来，他始终依恋着农村，把自己的一腔热血和一片真情倾注在振兴农村经济、带领群众致富上。他曾先后担任过县委常委、地委委员、县贫协主席，乡党委副书记，当选过中共十一大代表、省第三次、第四次党代会代表和省第五届、第六届、第七届人代会代表。有三次转干离开农村的机会，他都主动放弃了，仍然保持一个普通农民的身份。他的六个孩子，除一个考上大学外，其余全部在家务农。可以说，小杨屯村的发展史就是张国忠带领一班人的创业史。小杨屯村的发展模式是他几十年苦苦追求和探索的结果，在小杨屯村的发展中，张国忠真正起到了"播火者"和"领头雁"的作用。

　　"机遇是资源，也是财富，就看我们能不能抓住它和深度开发它！"历史是一座大熔炉，它铸造着人们的新观念，孕育了强烈的创造力。当改革开放的列车鸣着高昂的笛声隆隆奔驰，震醒祖国每一寸土地的时候，位于鲁西平原普济沟和官氏河畔的小杨屯才大吃一惊，睁开了惊惑的眼睛。老英雄张国忠再次紧紧抓住机遇，靠前瞻意识、守正创新精神和敢打敢拼的创业态度，让世世代代"在土里刨食吃的农民"，雄赳赳、气昂昂地走进工商企业，成了新型生产的经营者，并让小杨屯的小鸭飞向全国、飞向世界。

张国忠在宰杀车间检查

　　"我参加了党的十四大，当时中央提出了要搞社会主义市场经济，对我触动很大，我当即就觉得今后光靠深挖土地里的钱肯定不行了，要真正让农民富起来，就必须闯市场，发展市场经济。"1992年，张国忠作为来自基层一线的代表，出席了党的十四大。党中央关于发展社会主义市场经济的号召和邓小平南方视察谈话，道出了人民的心声，国家的心声，民族的心声，不停地激荡着张国忠的心，他感到带领小杨屯向更高水平发展的机遇又来了。

　　乡村振兴归根结底是发展问题，没有产业的支撑，乡村振兴就是无源之水、无本之木，就会成为一句空话。乡村振兴，产业兴旺是重点。农业农村工作，说一千、道一万，增加农民收入是关键。要想富裕起来，要想进一步发展，光靠面朝黄土背朝天的经济生产是不够的，必须开拓新的路子。

　　"荣誉不能当饭吃，成绩不能当包袱，带领群众致富路上不能有尽头，小杨屯也要搞市场经济"。在传达学习十四大精神的支部会上，张国忠说得铿锵有力。1993年，面对飞速发展的市场经济新形势，已67岁的张国忠没有在成绩和荣誉面前自满自足，他一直思考着如何在市场经济条件下大力发展小杨屯村的集体经济，让村民致富奔小康，实现共同富裕。

寻路，三赴白洋淀

　　"咱村不能光满足于吃饱穿暖，也要改革创新，搞市场经济，过更好的生活。"张国忠对乡亲们说。"社会主义市场经济"必须结合自己村子的实际，只有打破传统观念，才能真正让群众富起来。

　　张国忠不是墨守成规的庄稼人，他懂得要让群众加快致富步子，仅靠在二亩三分地上打圈子是不行的，张国忠在村前村后徘徊着、思谋着。

张国忠外出参观学习

一

　　凭着几十年抓经济的经验和在市场拼搏中的体会，张国忠深知，市场瞬息万变，机遇好比市场上的交易，只要你稍有延误，它就要掉价。此时不抓住好机会，就将错失大好时机，不善于抓机遇的人，永远只能做胜利的落伍者。

　　"天予不取，反其受殃，时至不迎，反遭其累。"讲的就是这个道理。

　　东风已与周郎便，正是催马扬鞭时。

　　1993年春节还未过完，张国忠就一连开了好几天支委会，议题仍然是小杨屯人均收入3700元，以后的路该怎么走？如何用"最新"理论，与小杨屯的"实践"结合起来。

　　鲁西乡村的夜晚，疏星炯炯，皓月当空，给房舍、树木洒下淡淡的柔情和清澈的银白光辉。在这洁白朦胧的轻纱薄雾里，显得缥缈神妙而绚丽。月光，透过窗棂倾泻进来，屋子里变得豁然明亮。

"党中央叫咱奔"小康"，只抓粮、棉、油，不搞多种经营，不上工、商、副业，致富的步子就迈不大，走不快。"张国忠在支委会上讲着自己的打算。他疾呼："机遇是资源，也是财富，咱要为群众寻找致富路，就看我们能不能抓住它和深度开发它！"老英雄张国忠要再次紧紧抓住机遇，创一番大业。

夜风阵阵，让人们好像感受到了春天的气息扑面而来，心情愉悦，仿佛一切都充满了希望。

支委成员们各抒己见，共献良策……

"咱一不临海，二不靠山，三没资金，四没技术，务工经商，咱有什么新门路呢？"

"眼下干大的、想洋的不符合咱村的实际情况，但咱小杨屯村地多、粮多、饲料资源丰富，如果发展养殖业，能让粮食转化增值，畜禽粪还田，又能改造土壤，降低生产成本，下一步还能加工增效，这是一条良性循环的路子。"

"养殖鸭子收效快，效益高，行情好，养殖技术也很成熟，是个很好的工农互补产业。"张国忠同村里的党员干部认真分析、充分论证、咨询专家，共同思考和谋划小杨屯村的产业发展路径，拓宽了发展空间。

雄鸡啼叫，东方地平线上升起了一轮红日。小杨屯村支委会整整开了一夜。支委们没有丝毫困意，他们像获得第二次解放一样，脸上露出笑容。这一夜为小杨屯经商办企业的发展奠定了坚定的思想基础。

正月初六，张国忠就主持召开了全村群众大会，经村民代表大会通过，最后他们把目光定在养鸭上，决定养鸭办场，并确立了"围绕农业办企业，办好企业促农业"的战略方针，走一种二养三加工的农业产业化的新路子，实现农业经济发展的良性大循环。按张国忠的说法就是：

"农业是个宝，

谁也离不了。

抓住不放松，

企业要大搞。

经济大发展，

新村能建好。"

"哗!"不知谁情不自禁地带头鼓起掌来，掌声，划破了小杨屯村寒冬的宁静，在掌声中，人们似乎听到了小杨屯人在新一轮经济浪潮中，咚!咚!咚!大踏步前进的脚步声!

<h2 style="text-align:center">二</h2>

旱地养鸭，史无前例。发展养鸭产业对小杨屯人来说谁也没有底，为打消村民顾虑，降低养鸭风险，在党支部形成意见和群众同意后，古稀之年的张国忠便冒着大雪，跑北京、赴河北、到江南等地考察市场，咨询专家，掌握第一手资料。他们经多次考察论证，三赴白洋淀，求购鸭苗，咨询专家，受够了"洋罪"，也坚定了搞好养鸭业的信心。

1992年10月，张国忠作为十四大党代表到北京人民大会堂开会时，就了解到河北保定市白洋淀有位叫马恩强的个体老板专门培育鸭苗，养鸭很有经验。张国忠在会议结束后，经多方打听，得到详细地址。

这天上午，张国忠带领4名干部和群众代表一起乘车来到马恩强的种鸭育苗场考察，了解鸭子的养殖技术和场地建设情况，当场商定购买1000只鸭苗试验养殖。

已经到了下午1点多钟了，张国忠一行还是一大早在车上每人吃了一个馒头就咸菜，此时已经感到饥肠辘辘，他们来到公路边的一个小餐馆准备就餐。

"你们几位想吃点什么呀?"一位年轻的女服务员问道。

"5个人，每人一碗面条吧!"张国忠随口答道。

5人焦虑地等待着面条早些端出来，可左等右等，就是不见服务员上面条。

一壶大叶茶喝完了，电风扇也不转了，他们还以为是停电了。几个人又急又渴，就是不见服务员的踪影。原来是张国忠考虑要急着赶路，同时也节俭，所以只为每人要了一碗面条，饭店服务员一看利薄，懒得接单。

个体老板马恩强看出了端倪，便起身来到餐馆厨房，点了 5 个菜和 5 份米饭。

没过多久，服务员就及时添茶倒水，饭菜也相继端上来了，房顶上的电风扇也开始转动了。

饭后马恩强告诉服务员，张国忠是全国劳动模范，出来是为村里考察项目，发展壮大集体经济的，他的生活一贯很节俭，从不乱花一分钱。临别时服务员笑脸相送，连说对不起。

三

回村后，张国忠审时度势，与其他村干部及党员参加义务劳动，将村集体的 22 亩机动地进行平整，并想方设法，筹集资金，盖起 30 多个鸭棚和一个养鸭场。

那时的小杨屯鸭棚建设工地，真是彩旗飘扬，喧闹沸腾。夯机的轰鸣声、运送材料的车辆鸣笛声、现场指挥人员发出的呐喊声，交汇成一支铿锵有力的赶工进行曲，成为小杨屯从农业化迈向工业化、城市化的激越交响乐。

连续多日没日没夜过度劳累，70 岁的老支书张国忠终于病倒在工作岗位上，高烧不退，必须住院治疗。

可张国忠为了方便了解鸭棚建设进展情况，他坚持在村卫生室输液打针，每天还不时地与村支委等干部联系，询问进度、了解鸭苗购进情况、谋划下一步工作，而且每个环节他都细心思索、全面掌握。他说，"只有了解情况，心里才有数，晚上才能睡得踏实"。

当他得知因鸭苗奇缺，催了几次，鸭苗迟迟未能运来时，正在生病打吊针的张国忠心急如焚，再也躺不住了，他顾不上挂着吊针的身体，不顾家人和同志们的劝说，忽地翻身坐起，一把拽掉扎在手面上的针头，急匆匆地穿好衣服，雇了个司机直奔河北，他坚持自己到白洋淀催运鸭苗。

"张劳模，我没碰着过像您这么大年纪还如此拼命为村里操心办事儿的，你放心，我宁可跑折腿，也要给您弄回1万只鸭苗来！"当河北鸭场的同志看到年逾古稀，嗓音沙哑，走路都气喘吁吁，身上没有力气，还仍在为了群众过上好日子而奔波的老支书张国忠时，深深被他不怕苦不怕累、任劳任怨、敬业奉献和忘我工作的精神感动。

他们立即召开会议研究，想方设法联系鸭苗，优先解决小杨屯村鸭苗问题。一周后，1万只鸭苗运到小杨屯村，自此，小杨屯鸭场规模越办越大，越办越火。

四

高粱地里砸坷垃的农民办企业，很多人捏了一把汗。随着鸭场规模的不断扩大，问题、难题也接踵而至。

有段时期，由于场地太小，引进鸭苗过多，待鸭子长大后密度过大，又加上阴雨天多，成品宰杀也很不及时，鸭子大批死亡。

当时鸭子存栏1万只，该宰杀的就有6000只。可是场内的宰杀工人太少，技术还不太熟练，再加上又逢麦收，人员不凑手，这些鸭子至少也要20多天才能处理完。再加上成品鸭已过生长高峰，每只鸭子每天吃料0.5公斤，这些待杀的鸭子如不采取果断措施，就会浪费3万公斤饲料，直接损失5万元。

面对这种情况，张国忠觉得当务之急是外出招聘宰杀工。几经周折，多方联系，他与刘长城等鸭场管理人员连夜去河北，下河南，为请到工人，他们几天几夜吃不下，睡不着。

为了赶路，他们曾在火车上站过十多个小时，也曾在河南焦作市一天没吃没喝。几天工夫，张国忠的体重一下子下降了20斤，险些病倒在外。

　　张国忠三顾茅庐，说破嘴皮，终于将技术工人感动了，他们及时来到厂里，在最短的时间内加班加点，帮鸭场渡过了难关，把损失降到了最低限度。

　　吃一堑长一智。经过这次磨难，张国忠与支部一班人认真总结，发现这次损失主要是由于工作人员的技术不过关，所建场地不足，饲养密度过大造成的，应该进一步到北京的大鸭场、老基地拜师学艺。

　　说了算、定了干，认识统一后，第二天张国忠就与刘长城踏上了去北京和白洋淀的征途。而且从出发到回厂，他们仅仅用了38个小时。这38小时里，首都的繁华他们顾不得瞧，白洋淀的秀色他们来不及看，渴了喝口自带的白开水，饿了啃口自备的干烧饼，他们一连跑了5个鸭场，走访了10多位专家，学到了科学管理的"真经"。

　　不看不知道，一看差距找到了。虽然只吃了一顿饱饭，但张国忠他们觉得全身都是劲儿，不累也不苦。回村后，他们夜以继日，一边筹措资金，一边修建鸭舍，一边精心饲养，做到了建一排用一排，修一间占一间，运用科学的饲养方法，根据不同的季节，不同的饲养规模，以及鸭子本身的生长发育情况，加以灵活地调整与控制养鸭密度大小，在最短的时间内，争取到最佳的经济效益。仅在建场地的四个月中，鸭厂就获纯利5万元。

探路，为了养鸭不要命

　　"养鸭的投资不是一个小数目，对于农村集体和家庭来说，都没有那么多资金，更不敢冒险，咱不能眼看着这么好的项目没人干，咱得带个头。"张国忠说。

　　一方面填鸭在山东并不多见，它要靠人工往鸭嘴里填食，没养过鸭子的村民不敢养；另一方面农村也有"家有万担粮，不养扁嘴王"的说法，村民心里更是没底；再一方面为打消群众顾虑，自己必须学习养鸭技术，掌握鸭子生长规律才行。张国忠在分析了这些问题之后，专门雇人喂养村集体的 800 只雏鸭，自己则带头在家认养了 200 只雏鸭，并有言在先，养好了挣了钱算伙里（集体）的，赔了钱算我自己的。

一

雏鸭运回小杨屯村后不久，天气慢慢转凉，于是，张国忠就在自家院子里搭起了一个简易的塑料大棚，将 200 只雏鸭进行试养，于是张国忠家里就变成了"鸭窝"。

进入冬天后，雏鸭不爱动，老往一块挤，为避免鸭群扎堆死亡，老两口就拿着系上红布条的竹竿，像杂要演员似的叫着跳着轰赶鸭子，不让它们站住脚。

哪知正赶上老天犯脾气，鹅毛大雪下个不停，气

张国忠养鸭成功

温骤然下降，年近七旬的张国忠怕雏鸭冻出个好歹来，昼夜守护在鸭舍里，控温、配料、打针、喂药、清扫粪便、精心饲养。

为让雏鸭安然过冬，张国忠就在鸭舍里点上了两个大煤炭炉，日夜不停地给炉子添炭，给鸭子添食、添水，天天蹲在里面伺候。

有天晚上，张国忠在棚中给小鸭添食、加水等工作时间过长，感到头晕目眩，而后被煤气熏昏，大小便失禁，家人发现后及时将他送到当地卫生院抢救，才脱离生命危险。气得老伴哭着数落他："为了你的鸭儿子，

天天蹲在鸭舍里，老命都不要了！"

"咱是干部，干部干部，难事险事咱就要先干一步，以后我多注意就是了。"张国忠耐心地做老伴的思想工作。

在卫生院里，一位和张国忠熟识的医生问他："为了养鸭子，您差点把命给搭上，你图啥呀？"张国忠说："图啥呀，我不一图吃，二不图喝，图的是为老百姓寻找一条致富路子。"

二

"刚出来7天的鸭雏，必须要在30～35度的环境里饲养；7～25天的鸭子，则可以在20～25度的环境里喂养；鸭子长到25天以后，大体上在14～20度这个样子喂养就行。养鸭是个细作活，喂养鸭子冷了不行，热了不行，通风不好也不行，差一点都不行，哪一个环节上温度控制得不好，要么死亡，要么生病。冬天要保温，夏天要盖上遮阳网降温，墙上挂的温度计不是白挂的，时时刻刻都得注意控温。"张国忠详细地告诉我。

"还有填鸭用的喂料管，天南海北都是一样，可这个管有一个缺点，开始喂鸭时，容易戳破鸭子的食管。"张国忠经过反复琢磨，进行了改进，先用一种稍微细一点的喂料管填食，填食4天后再改用标准管。别看这么一点小小的改进，用上它，至少把残鸭率降低5%。

再如填鸭的喂料，用料量、配料这些事儿大伙儿早就了解了，但是填喂料的稠稀度也有严格的标准，稠了不行，稀了也不行。张国忠把养鸭技术摸的"门清"，讲得头头是道。

就这样张国忠在实践中，经过细心观察和摸索，不但掌握了鸭舍的日常清洁消毒管理和肉鸭的喂养及预防等技术，而且总结出一套"不断水、不断电、不断食、不断人，每只鸭喂18斤饲料，就可以长到5～6斤重，养42天，便可出栏，进宰杀车间，进行屠宰上市销售"等易学好记的养殖"秘诀"。

张国忠真正从养鸭的"门外汉"变成了"养鸭达人"，他这些"秘诀"都是在亲身实践中总结出来的，成为养鸭人争抢学习的"真经"。

三

"这养鸭子可不比车间、工厂，机器能停，人能休息，养鸭子离不开人、添水、填食、看温度、清扫鸭舍，每天几乎 24 小时都要盯着，一点都不能含糊。"张国忠指着自己的鸭群边说自己养鸭创业史，边朝养鸭槽里续水。

正说着，张国忠发现一只小鸭子腿有点瘸，赶紧把它从鸭群里拿出来单独放到一边饲养，否则就会被鸭群踩死。

皇天不负有心人。正是凭着张国忠这种吃苦耐劳、敬业奉献的精神，一个多月的时间，他天天"蹲点研究"养鸭经，没睡过一个囫囵觉，没吃过一顿热乎饭，没离开过鸭棚一天，在他的精心饲养下，娇弱的鸭苗终于养成了肥大的成鸭，200 只鸭子存活了 199 只，出栏后，每只鸭净赚两块多。而张国忠的身体却一天天消瘦，病倒了。

初养成功，张国忠喜出望外，他把这些鸭子全部无偿地捐献给村里。1993 年，村集体共饲养 2000 多只鸭子，去掉成本，还有几千元的赚头。

村民们看在眼里，喜在心里，由原先的怀疑逐渐变成羡慕，有很多群众也悄悄地跟着养起了鸭子，养鸭热潮很快在小杨屯村里掀起来。当年，全村养鸭 5 万余只，净挣 10 万多元。

小杨屯村的养鸭产业有了生机和希望。

开路，擦亮"绿色养鸭"底色

"养鸭好，养鸭好，就是味道受不了。"这是养鸭业在很多地方不得不面对的困境。

张国忠在发展养鸭时，也同样要面对这样的问题。养鸭刚开始，由于

小杨屯网上养鸭

鸭粪和冲刷鸭舍的脏水，到处流淌，污染了水质，污染了空气，破坏了生态。环境被污染，遭殃的不仅是沟渠河道里的鱼虾，就连附近的居民和养殖户自己，也深受其害，喝臭水、闻臭气，成为村民心头的一大忧患。特别是随着鸭业养殖的不断发展，环境污染问题更是日益凸显。据有关部门调查，一只鸭子平均每天排出粪便 100 克，1 万只鸭每天产粪达 1 吨。按肉鸭饲养周期 42 天计算，就要产出 42 吨。一个年出栏 100 万只的鸭场，每年就要产粪 4200 吨，势必影响养鸭生产的正常发展。

养鸭造成的污染，达到惊人的程度：一只鸭子就是一个污染源，一个鸭场就是一个污染排放场，控制污染自然就成为张国忠等养鸭人必须面对和解决的问题。

二

张国忠积极探索创新生态养鸭模式，不仅改变了传统的养鸭模式，而且从源头杜绝了养殖造成的污染，推进了养鸭产业提质增效、转型升级。

有一句俗话说"赶鸭子上架"流传甚广，通常用来表示强人所难之意，那为什么会用赶鸭子上架这个说法呢？因为鸭子的脚因蹼把趾骨连起，所以看起来就是掌形，不能像鸡爪一样自由抓握，在实际养殖中赶鸭子上架就是一件相对很难的事情，从而衍生出了这样一句俗话。

但如今小杨屯的鸭子不用"赶鸭子上架"，而是直接就住进了以网架为床的"高档公寓"里，上料、饮水、喂食、清粪全部自动化"一条龙"。而且 2000 多平方米几万只鸭子的"起居室"内难觅鸭粪，也没有刺鼻的异味。10 月 28 日，笔者和张银昌走进了张发家鸭业养殖大棚，我们看到，鸭床离地面 1 米多高，是用金属搭设的支架上铺着塑料材质制成的网架。

"鸭粪通过网眼缝隙落到地面，生活在网上的鸭子始终干干净净。"张发家向我们介绍说。这里的鸭子全部住进了网上"别墅"，吃着标准化的名牌营养饲料，喝着无公害的纯净水，小鸭子们或踱步吃食，或高歌嬉闹，好不惬意。

这种智能高效的养殖模式，不仅减少了污染，提高了劳动生产率，还提高了产品质量，颠覆了我对传统养殖旧模式的认知。

"过去，不少养殖户采用土法养鸭，鸭粪大多用水冲刷，随意排放，污染严重。虽然后期养鸭户们将养鸭排出的水经过沉淀排放到人工湿地或用于莲藕种植，能畅通点养鸭生态链，减少了鸭子养殖区的异味，但终究不是解决的办法。"

刚开始养鸭那几年张国忠就向我介绍过。"在养殖业环保要求升级的背景下，全村的鸭子养殖必须向生态养殖转型。因此，我们自 2005 年就按照生态养鸭的要求，与科研院校合作，研发生态养殖技术，对原来传统'平地散养模式'进行改革，并运用生态原理，把农业、林业、养殖业及粪便无害化处理有机结合起来，搞起立体、高效、生态网上养殖。"

"绿水青山就是金山银山，千万不要以牺牲环境为代价换取一点经济的利益。"在小杨屯村，这句话不仅是刻在墙上的一句口号，更是融进张国忠骨子里的"绿色基因"。虽然张国忠还不知道 2005 年 8 月 15 日，时任浙江省委书记的习近平在浙江省湖州市安吉县余村考察时，就首次提出了"绿水青山就是金山银山"的科学论断。但产业要发展，生态更要保护，两者有益结合才是实现可持续发展的核心要义，不论是从刚刚开始的养鸭，还是到可以涵盖全产业链的龙头企业，张国忠始终将"绿色低碳"融入发展的血脉，致力于打造养鸭行业产业升级、技术进步绿色发展的标杆企业，他坚信保护生态，生态也会回馈。

"在省农科院专家的指导下，我们采用绿色循环小水系种鸭生态养殖技术，按照 2：2：1 的面积比例，规范建设鸭舍、进食区、戏水区，并配套养殖粪污处理设备。"张国忠给我介绍了小杨屯改革传统"平地养鸭模式"，建设占地 1300 平方米、能容纳 1 万只饲养规模的标准化肉鸭鸭舍 160 栋的过程，使小杨屯肉鸭全部实行了立体、高效、生态网上养鸭，标准化生产管理。

张国忠推行的"立体、高效、生态网上养殖模式"在山东省属首创，为养鸭业的发展创出了一条新路子，产生了极好的经济效益、生态效益和社会效益，得到了上级有关领导和专家的高度关注。2007 年 11 月 14 日，国家科技部、人事部、农业部在小杨屯专门召开了全国科技现场会，科技部副部长刘燕华、山东省副省长贾万志等领导参加，并向全国推广了小杨屯网上养殖模式。

"现在养鸭模式更先进了，鸭棚内统一安装了空气源热泵、自动喂水、自动喂料、自动清理粪便等现代化养殖设施，实现了控温、控光、供料、供水等全部智能化操作，让鸭子生长的更加舒适，不再受四季气候变化的影响和制约，减少了鸭子的发病率，大大提高了养殖成功率。另外，水、电、煤集中利用，网电与自备电随时切换，不但能源消耗低，而且不存在断电问题，实现了生产单位面积集约化、现代化、系统化、智能化的目标，且大大降低了生产成本、提高了生产效率。"张发家向我们介绍说，"传统的养殖户一座鸭棚一年最多能养 7 批鸭子，而张发家养殖基地的鸭棚却'全年无休'，一年能养 9 批。自动化程度提高后，我养鸭的效率也大大提高，一个人就能管理养殖几万只鸭子。"

"鸭粪从网床漏出进行生物发酵，转为有机肥，有人定期收集，用于蔬菜、瓜果种植，而且还有剩余，自己地里用。今年我承包了 30 亩地，每亩地产小麦 1200 斤、玉米 1700 斤，每亩收入 3000 元没问题。"张发家笑容满面。

那些年小杨屯村还先后在养殖基地、南辛、史河、广平老龙潭等统一规划布局建设了 8 处肉鸭养殖小区，建设占地 1300 平方米、能容纳 1 万只饲养规模的标准化肉鸭鸭舍 160 栋，全部实行网上养鸭、标准化生产管理，年出栏肉鸭达到 1200 万只。同时，依靠标准化生产，带动了规模养殖，更为种植业提供了大量的优质有机肥，不仅活化了土壤，培肥了地力，还节省了大量的化肥投入，带来小杨屯及周边村的农业连年大丰收，提高了种植效益。

二

"啪"地一声，周桂香走进厨房拧开了沼气灶开关，灶头蹭蹭而上的火焰呈浅蓝色，没发现燃烧后的黑烟。

"你们家里用的是什么气，火力这么大？"面对我的好奇心，周桂香解释："这就是沼气，1 立方米的沼气可连续烧 1 个多小时的饭菜，无污染又能节约家庭开支，现在小杨屯村里都开始用这种气体烧饭了。"9 月 8 日中午 12 时许，周桂香从地里回到家，笑呵呵地接上话茬，开始张罗全家人的午饭。

"沼气来做饭，

照明不用电，

卫生又方便，

实惠看得见。"

提起家里使用沼气的好处，周桂香先是用朗朗上口的顺口溜称赞了一通。接着她说"这个好事，都是俺劳模书记给办的"。

生态是基，绿色是魂。乡村振兴的底色是生态，关键在产业，而发展的落脚点是让老百姓得实惠。为此，张国忠着眼发展大局、着眼产业生存、着眼群众所需，坚持在规模化环保养鸭模式上探索新路子，全力推动传统养殖模式向规模化、集约化、智能化、自动化环保养殖方向发展，努力实现肉鸭养殖新旧模式转换。他痛定思痛，大胆实践，引进微生物除臭技术，通过利用有益微生物，对鸭舍进行雾化喷洒，达到快速除臭和抑制臭气产生的效果，从而杜绝了对周边人居环境的污染。

为实现养鸭业清洁生产，发展新能源，张国忠抓住新农村建设发展沼气项目的契机，利用得天独厚的生态基础和资源优势，投资400多万元建起了全省最先进的大型中心沼气站，使用先进的净化系统，对鸭粪废弃物进行资源化开发和多层次利用，变废为宝，将养殖粪污转化成沼气、沼液、沼渣等产品，形成"饲料加工—畜禽养殖—废弃物资源化"的良性循环系统，不仅没有臭味，环境也干净了不少。

这套系统每天可处理25.5万吨鸭粪，每年可产沼气27.4万立方米，这相当于上千瓶液化气的能源，相当于140吨标煤，实现了农户家居与生活环境的清洁化，促进了农民生产生活方式及生态环境的改变，也让小杨屯的村民们享受到沼气建设带来的"福利"。

沼气有用，沼渣和沼液也不能浪费，它们经过无害化工艺处理，变成了优质有机肥料，可供养鸭场周边村庄果蔬基地使用，既绿色循环又改良了长期施用无机肥板结的土壤，而基地产生的蔬菜废料又能为养殖场提供青饲料，还帮助农民增产增收，形成了"畜禽养殖—农业废弃物循环利用—蔬菜种植"互相促进、协调发展的循环生态农业发展模式，实现了畜禽养殖环境效益、生态效益、经济效益和社会效益的多赢。

三

保护生态环境就是保护生产力，改善生态环境就是发展生产力。党的二十大报告指出，必须牢固树立和践行"绿水青山就是金山银山"的理念，站在人与自然和谐共生的高度谋划发展。"绿水青山就是金山银山"是统筹高质量发展与高水平保护的根本路径。

当然张国忠那时还不知道后来"绿水青山就是金山银山"的理念，但是张国忠却清楚地记得毛主席在 1960 年给吴冷西《关于发展养猪业的一封信》中就曾指出："一头猪就是一个小型有机化肥工厂。"猪多、肥多、粮增产，形成了自然良性循环。如今，我们养鸭，同样能解决人民群众吃肉难和为农田积攒大量土杂肥的问题，实现把粮食生产搞上去的战略目标，也是关系民生大局的一个根本性问题。

鸭粪同样是一种非常好的有机肥料，本来是宝，可处理不好就是害。为解决发展养殖业与保护环境之间的矛盾，张国忠在完成粪污治理设施建设的同时，引导养鸭场开展标准化改造提升和粪污资源化利用，积极推行了粪肥还田工作，他流转了 800 亩土地，上马了园林绿化苗木项目，探索了种养结合循环农业发展和低成本、简单易行的粪污堆肥还田资源化利用模式，把肉鸭养殖场和养鸭棚的鸭粪，经过处理后，全部作为有机肥还田。帮助养殖户与种植户之间建立合作关系，选择合适的粪污堆肥地点，促进鸭业粪污就近就地还田，促进了小杨屯园林绿化苗木的提质增效。同时，张国忠还支持本村和其他村年轻人组建鸭粪运输队，把村里的鸭粪运到莘县、东昌府区等地，卖给大棚蔬菜种植户，不仅解决了本村鸭粪处理难的问题，还带来了货真价实的效益，改善了生态环境。

"现在种地比过去好种了，蔬菜长得也越来越好！"在小杨屯村北的一块菜地里，一位正在施撒有机肥的农民欣喜地说。"这都得益于张国忠书记绿色种养的循环模式。"为进一步变污为肥，张国忠积极推行了生物肉鸭养殖技术，把 CM 微生物制剂喷洒到饲料、饮水或粪便中，依靠微生物作用，改善了产品质量，控制了肉鸭疫病，减少了粪便臭味，净化了周围环境。

为让有机废弃物成功"逆袭"，2008 年，张国忠又投资 1000 万元，建立了一处大型鸭粪无害化处理制作生物有机肥企业——山东沃润生物科技有限公司，对所产鸭粪进行堆积发酵、高温烘干等科学无害化处理，大力推广了生物发酵技术，使之实现了粪污二次利用和有机物还田。同时，以鸭粪等为原料，又上马了有机无机复混肥生产线扩建项目，由年产3万吨扩建到年产6万吨优质肥料，既促进了产业发展，又保护了生态环境，还实现经济效益160万元。

为保持土地的可持续耕作，张国忠按照现代农牧业发展的要求，以扶持培育社会化服务主体、促进粪肥就地就近还田利用为重点，开展了绿色种养循环农业试点，用青饲料"过腹还田"，带动了秸秆、粪污收储运服务行业发展，打通了种养业循环发展的堵点。将"粪污"变"粪肥"，化害为宝，鸭粪肥田改善了土壤结构，增加了土壤有机质，保证了土壤有足够的有机肥料，促进了果蔬增产，减少了化肥使用量，降低了生产成本1000多万元，起到了良好的以草增畜、以草换肉、以草保水土的效应，夯实"农字号"农业绿色发展底蕴，助力了美丽乡村建设。

四

为发展好养鸭业这个主导产业，张国忠坚持以"一村一品"为抓手，持续推进绿色企业发展，他充分利用鸭业宰杀车间每年宰杀肉鸭600多万只，产生100多万公斤鸭血、鸭肠等下脚料，在村里还建起了一个现代化的养猪场。因为，用这些下脚料养猪，可以顶替鱼粉降低饲养成本。

他还在县科技特派员的协助下，建设了标准化肉鸭养殖小区8处，占地1300平方米，容纳1万只规模的标准化鸭舍120余栋。同时，还上马了饲料加工等四个新项目，帮助小杨屯鸭业成为国家无公害肉鸭养殖生产基地，叫响了小杨屯鸭业品牌，每年新增产值1.2亿元，新增利税2100万元，让职工、村民的收入继续提高。

"我们将坚定践行绿水青山就是金山银山的理念，进一步在推进实施绿色种养循环农业试点工作中，加强鸭粪污资源市场化运行机制和模式的探索创新，不断改善土壤地力，减轻农业面源污染，促进产业提质增效和种养循环农业绿色发展，把利国利民的好事办实，实事办好，为推动解决广大农村居民生产生活环境、建设往平宜居宜业和美乡村作出贡献。"张国忠信心满满地说。

"小杨屯经过六年的大胆探索实践，形成了一套完整的绿色养鸭技术和管理模式，为全国养鸭业提供了范本，使肉鸭养殖业走出了困途，是社会主义新农村建设树起的一面旗帜。"2007年11月14日，全国科技现场会在小杨屯村召开。与会的领导们认真听取了张国忠的汇报，张国忠在谈到小杨屯立体高效生态养鸭模式"节约土地资源、绿色发展控制污染、上中下相互促进、田林鸭良性循环，让'资源—产品—废弃物—再生资源'循环流动"时，农业部和科技部的领导都赞扬了小杨屯村的做法。

引路，让群众"零风险"养鸭

初夏时节，艳阳高照，在小杨屯村东的养鸭大棚中，一群群体态丰腴、憨态可掬的鸭子，或在吃食，或在饮水，或在不时拍打着翅膀，嬉戏玩耍，"嘎嘎嘎"的欢叫声清脆悦耳、此起彼伏，勾画出一幅产业兴、农民富、生机勃勃的乡村美景。

一

33岁的张发家是本村人，他的命运，和村里的发展紧紧联系在一起。他曾经外出打工，后来看到村里的鸭产业越做越大，便回到老家，在鸭业公司应聘做司机，一年能挣四五万元。他还认识了在公司打工的一位女孩，两人相恋结婚成家。2011年，他决定依托小杨屯鸭业科贸有限公司养鸭，在产业链上发家致富。在张发家占地6亩的鸭棚里，一只只肥硕的鸭子在吊网上"嘎 嘎"叫着。张发家说："我一次养1.5万只鸭子，每只鸭子的利润两三元，一年能养五六批，挣20多万元不成问题。"

为群众送上优质鸭苗

　　这是 2013 年 4 月 24 日大众日报刊发王兆峰记者介绍小杨屯养鸭致富的一个镜头。

　　"一人富了不算富，大家富了才算富。"这是张国忠常说的一句话。"凡是能让群众收入增长的发展路子，我们就要接受，这就是解放思想。让群众得实惠才是硬道理。"这是张国忠的"致富观"。

　　1994 年全村养鸭 5 万多只，净挣 10 余万元，而且粮油瓜菜大丰收。这更奠定了张国忠大力发展养鸭业的信心，他深有感触地说："对于村办企业，不能办时硬办，就会外挣一块板，家舍一扇门，而该办时不办，也会影响经济的发展，我们与其卖活鸭，不如深加工，办企业挣大钱。"

　　为减少群众养鸭风险，促进规模化养殖，张国忠审时度势，建立起了立体、高效、生态养殖基地，起到了示范带动作用，还从河北聘请了一名技术员指导养鸭。并多方筹集资金 300 多万元，建设了 5 处大型种鸭场和 2 处孵化场，做到自繁自育，保障了鸭苗的供应。还建起年生产能力在 10

万吨以上的饲料加工厂、兽药厂和 2 个冷库，新上了宰杀、冷藏、销售为一体的小杨屯鸭业综合加工厂。不仅村集体养鸭，张国忠还积极吸纳贫困户在养殖场就业，并以发展养鸭产业为突破口，实行了养鸭场＋农户的养殖模式，即由鸭场提供鸭苗、养殖技术，村民分户饲养，集体统一收购、屠宰、销售，实现了养鸭产业规模化发展，带动当地农民脱贫致富。从此，打破了小杨屯村只靠土地致富的历史。

旧的问题解决了，新的问题又来了。因小杨屯村户与户之间的经济收入、文化水平等条件不一样，有的经济收入少，买不起鸭苗、饲料，有的文化水平低，喂养技术差，就影响了养鸭户的收入。于是张国忠与鸭场的负责同志进行了认真研究，决定按照"分散饲养，统一经营，集体宰杀，全程服务，持续发展"的思路，通过企业与农户订立合同的方式，建立起紧密的利益关系，而且鸭场支付年薪 20 万元聘请技术员，专门为养鸭户传授科学养鸭技术和方法，统一为养鸭户建立档案，统一无偿提供防疫治病、科学饲养及管理等方面的跟踪服务，并将优质鸭苗、饲料赊给农民，分文不要，等 42 天养鸭户交成鸭时，再扣除鸭苗和饲料成本，不但全部包销成鸭，而且制定了保护价，至少让群众饲养的每只鸭子能赚 1 ~ 2 元钱。为及时给养鸭户提供更多的信息和减少购饲料、交成鸭时的拥挤，鸭场还无偿为 100 多个养鸭户安装上电话，预约服务。

于是，养鸭产业这把"火"，把小杨屯村村民的日子越烧越旺，吸引带动了大批农民走上了靠养鸭发家致富的路子。

二

"现在我与小杨屯鸭业科贸有限公司签约养鸭，鸭苗和饲料等都由公司垫资，他们还提供上门防疫技术指导，我只负责把鸭养好，公司保价上门回收，没有后顾之忧，我每年可养殖出栏肉鸭 6 批，每批肉鸭约 4500只，每年带来的纯收入有 12 万元左右，现在生活越过越红火。"齐河县潘店镇药王村村民李锦增说，他以前也养鸭子，但是风险较大，不敢大规模养殖。

"养鸭子累是累点儿，但是咱也真挣到钱了，我早就跟村里的鸭场签订了鸭子养殖合同，进料、进苗全部送货到门，这一棚鸭子40天能赚2万多块钱。"杜郎口乡大崔村的养殖户周长富带着憨厚的笑容告诉我。

周长富以前靠种十几亩地生活，夏天靠卖园子里的蔬菜挣点儿钱，由于经济来源单一，生活一直都不富裕，后来经村干部介绍知道有养鸭企业免费给农户提供鸭雏、饲料、防病疫苗，他就动心了，说啥也得整几只雏鸭养养。

"刚开始以为养鸭很难，因为我就是个农民，知道的知识也不多，万一真遇到点儿啥问题，那不就两眼一抹黑了吗，没想到，我去小杨屯养鸭场一看，人家场里头啥都给管，给咱鸭雏、饲料不说，还有专门的养鸭技术员来我家帮忙，鸭子出现问题，只要一个电话，人家就来了。"周长富说。

有的时候鸭子莫名其妙地死了，当地的技术员就当场把鸭子解剖，马上解答为啥鸭子会死。这5年养鸭的收入比以前强多了。周长富表示，要不是张国忠劳模给老百姓指了个挣钱道，咱上哪儿挣钱去啊？说到底还是得感谢党，感谢政府的好政策，感谢小杨屯的养鸭企业。"周长富黝黑的脸上神采飞扬。

当我对"零风险养鸭"提出质疑的时候，周长富连忙摆手说："养鸭场可不是骗人的，真的是零风险，前年冬天我家的鸭子闹禽流感的时候，死了200多只，人家鸭场可没让我亏着，都把赔的钱给我补上了，要不我都愁死了。张国忠劳模让咱干的事儿咋能是骗人的呢，他让利给老百姓，要不是赶上好时候，有他支持帮助，我们可没现在这么富裕。"

"一村富也不算富，一方富才算真富，社会主义就是走共同富裕的道路，我要带动区域协调发展，实现共同富裕才有未来。"出身贫苦的张国忠始终牢记初心使命、坚定理想信念，践行党的宗旨，他时刻关心周边村庄群众的生活，当他看到附近许多村民脱贫致富没门路，养鸭缺本钱时，下决心带领周边更多的父老乡亲"听党话、跟党走，同创业、共致富"，让人们过上"挣钱顾家两不误的好日子"。

为实现从闪耀的"明星"变成共同富裕的"群星"的新目标，张国忠把养鸭经营的重点放到带动、帮助、扶助大多数农民养鸭致富上来。他坚持村内村外养鸭户一样的政策，实行毛鸭保护价回收，订单养殖。每发展一个养殖户，首先诚信合作养鸭，与农户签订《商品鸭养殖合同》，让他们吃下"定心丸"，确保其经济利益。并制定"企业预投养殖成本，农户严格标准养殖，合同回收以质论价，结算扣除投入资金，每只利润两元左右，现金兑现农户手中"的养殖利润保护规定。

为建立可靠、稳定的利益连接机制，带动农户增收，张国忠始终把老百姓的利益放心上，坚持只要公司一旦与养殖户签订合同，就严格执行，绝不含糊。为切实保护好养鸭户的利益，企业还对一些因非人为因素的特殊情况而造成养殖效益低下的养鸭户，进行特殊利润照顾，保证不让农户遭受损失，深得农民朋友信赖，在农户中有较高的知名度和美誉度。

三

"一只鸭子净赚1元多，我3座鸭棚一年出6万只鸭子，能赚6万多元！"冯官屯镇三楼村党支部书记李习强谈及村里的养鸭，兴奋不已。2007年，李习强考察了小杨屯肉鸭养殖基地后，就决定发展肉鸭养殖产业，带领村民走上致富道路。

"咱家奔小康，全靠小杨屯鸭业集团这个龙头。而且，我养的是'傻瓜鸭'，无忧发家。"2005年，望鲁店村村民刘恒之把养殖1.3万只"订单鸭"，"赶"进了小杨屯鸭业集团宰杀车间，纯获益1.8万多元，数着厚厚的一摞票子，刘恒之高兴地说。

……

村看村，户看户，党员看干部。小杨屯村养鸭业的发展，也让周边的村民们看到了希望。在小杨屯周边乡镇，受益于小杨屯鸭业科贸有限公司龙头企业带动，类似三楼村李习强和望鲁店村刘恒之这样的养殖村户不在少数。他们依托养鸭产业链，企业和农户联手，形成一条多方共赢利益链。

"我是过穷日子过来的，看到有人穷我就心疼，最大的心愿就是让穷人过好日子，这是我的原动力。无论任何时候，我都坚信一点，共产党是要为大多数人民谋幸福的。什么是社会主义？人民幸福就是社会主义。"张国忠说。

为充分发挥养殖产业的优势，解除养殖户的后顾之忧，实现企业与农户无缝对接，2000年，张国忠积极探索，大胆创新，走出了"企业＋协会＋农户"的路子，及时组织成立了小杨屯鸭业协会，制定了"统一规划建园、分散农户经营，严格标准生产，科学规范养殖，提供全面服务"的运转模式，协会对养殖户承诺资金服务上门、鸭苗服务上门、饲料服务上门、防疫服务上门、技术指导上门、保价回收上门"六上门""保姆式"全方位服务，实行"统一供苗、统一供料、统一防疫、统一技术指导、统一回收加工"的"五统一"利益联结模式，把变幻不定的市场风险留给企业，最大限度地保证农户利益，让养殖户保持稳定的收益，公司指派工作人员定期到农户家中走访了解鸭子的长势和疾病防疫情况，并做好记录，短短几年就为养鸭户协调建棚资金460万元，而且还抽调技术和施工人员，帮助新发展农户统一建棚，解决了农户建棚无钱，无技术的困难。

养殖效益取决于养殖技术。为搞好养殖技术服务，公司专门成立了技术服务部，并制定了严格的技术服务承包责任制，由一名副总经理挂帅，定期举办技术讲座，及时发放明白纸，技术人员分片包干，积极推广标准化养殖技术规范。

防疫是养殖业中一个最重要的环节。为确保养殖效益，有效控制疫病的传播，公司还聘请县畜牧局的专家做现场指导，并专门请有经验的技术人员，分工负责，按程序定期统一防疫，免费服务。

为保证生产出无公害的鸭肉产品，企业建起了大型饲料加工厂，为每个棚编制饲料供应档案，免费按需送饲料上门，把好质量关。建起5处大型种鸭场和两处孵化场，自繁自育，配置了4辆鸭苗运输服务车，把优质健壮的鸭苗及时送到群众养殖大棚；并采用现代化设施和科学管理技术进行养殖，大大降低规避了养殖风险以及市场风险，养殖成活率提高到97%以上，养殖周期比传统养殖更高效，真真正正实现了让养殖户零风险养鸭，有效解决了小生产与大市场的对接问题，既让养殖户吃上"定心丸"，也有效保障了鸭源的充足稳定与食品安全，赢得了广大养殖户一致好评。

由于小杨屯鸭业科贸有限公司一直以来坚持讲诚信，实行合同订单养殖，并制定农民养殖利益保护规定，养殖户养得开心，干得放心，赢得了广大养殖户的信任和好评。每年都有大批农民加入养殖队伍，积极参与产业化经营，公司与农户建立起了鱼水关系和很好的利益联结机制，形成了"龙头企业围绕市场转，农户跟着龙头企业干"的产业格局。

这种成功的经济、生态、社会效益高效的养鸭运行模式，受到很多专家极大关注，连续两年被国家农业综合开发办列为产业化重点项目。辐射带动了3个县16个乡镇10多万养殖户受益小杨屯鸭产业链，这些农户参与小杨屯鸭业科贸有限公司产业化经营各环节，每户年出栏3万只，年收入6万元，按每个养鸭户占用劳动力2人计算，每人年纯收入3万元。

"我们村离小杨屯只有二里地，上下班很方便。这里离家近、待遇好、制度人性化、就业稳定，还能从零开始学技术，只要勤快、肯干，收入就稳定，得了'先进'还有额外奖励，我们挺知足的。如果地里有农活，我还会趁着一早一晚去干完。"在小杨屯打工的王连新满意地说。和王连新一样，当地农民通过肉鸭产业实现了就近就业，每年小杨屯鸭业科贸有限公司可直接提供就业860人，据他们提供的职工工资发放情况记载，每人每年平均工资15000元以上，合计带动农民增收1290万元。同时，间接带动了玉米种植、交通运输、流通经销等行业，养鸭产业成为一个实实在在的致富产业。

张国忠用智慧与爱心点燃了这方人民群众奔小康的荣光和梦想，走出一条由贫困走上富裕、由一家富带动了千家富足之路。

拓路，杨屯"卤鸭"飞上天

　　为把肉鸭这个主导产业做大做强，补齐产业链短板，1994 年小杨屯村创立了山东小杨屯鸭业科贸有限公司，张国忠兼任董事长，并逐渐发展成为一个集种鸭养殖、孵化、饲料、宰杀、冷藏、熟食加工、营销等贸工农一体化的龙头企业，于 2008 年被山东省人民政府命名为"农业产业化省级重点龙头企业"，连续两年被国家农业综合开发办列为产业化重点项目，标志着小杨屯的村办企业发展到了一个新阶段，登上了一个新台阶。

张国忠向来人介绍小杨屯鸭系列产品

　　张国忠是从一个旧社会扛活、讨饭、当长工的贫苦农民，成长为全国的劳动模范、全国的党代表；从互助合作的带头人成长为新时期能工能商的董事长。这是多么大的时代跨度，多么大的思想飞跃啊，他要经过多少次的战斗洗礼，需要多么大的毅力和开拓精神啊？张国忠真不愧为人民的楷模、社会的榜样，他的人格和精神，是党和社会的财富，是一座宏伟高大而又影响久远的丰碑！

一

民以食为天，食以安为先。那些年，张国忠坚持食品安全从源头抓起的理念，将绿色一抓到底，并以绿色食品为重点，以强链、补链、延链为方向，坚持不懈地实施绿色食品产业发展战略，全方位多途径开发鸭业资源，着力打造了贸工农一体化、产销融合、生态安全的全产业链体系。

为从源头上保障广大消费者吃上安全放心的鸭产品，真正发挥好加工龙头企业带动农民增收的作用，张国忠上马了大型饲料加工厂，每年所用10.4万吨的肉鸭饲料，全部自产自销，建立了饲料供应档案，统一供给，并严格按国家标准组织生产饲料，国产玉米、大豆、麦麸等原料必须占所需原料量的95％以上（其中大豆国产原料使用比例为85％以上），从而使当地的粮食转化率达到75％以上，有力地促进了种植业迅猛发展和农业增效，农民增收。

在肉鸭生产过程中，张国忠聘请了高端人才，严格组织标准化生产，对肉鸭生产的各个环节进行全程质量管理，从产地环境、投入品供应、饲养工艺、防疫规程等方面进行标准化建设，由此控制了肉鸭疫病的发生和流行，杜绝了滥用药物以及有害物质残留，生产的肉鸭质量全部达到无公害农产品的生产标准和客户要求。

现在消费者购买食品讲究绿色无公害，可疫病防治还得用药，怎么办？张国忠为达到无公害生产厂家产品标准，他尝试着在饲料中加入中草药制剂的方法，代替抗生素、生长素，利用生物发酵后饲喂提高鸭肉品质，这样一来不仅消灭了药残，而且增加了鸭产品的保健功效。

企业竞争实质上就是产品质量的竞争、市场的竞争。在农业上，种植农作物品质差，价格就低，对于一个企业来说，产品质量不行，价格便宜也没人要，这是企业生存之本。因此，张国忠在加强鸭业公司管理的同时，加大了硬件建设投入，完成了地下 420 米处无污染取水设施，一次通过了国家级有关部门验收，上马了成鸭分割生产线，并在全省率先采用了不加饲料添加剂的绿色饲料配方，有效地提高了产品质量。

为适应现代化企业发展的需要，张国忠还舍得在技术革新上进行投入。早在 1995 年，他就引进了当时颇为先进的计算机系统对企业进行管理，使企业通过了 ISO9000 国际质量体系认证。

为拉长鸭产业链，提升鸭产品综合利用率和产品价值链，张国忠投资 300 多万元，建起日屠宰量为 3000～5000 只的肉鸭加工车间，所有宰杀用品、消毒、卫生防疫设备均达到国际 ISO9002 质量认可管理标准。在张国忠眼里，标准就像一把尺子，它准确地表现出市场需求下的商品特性，同时它也规范、指导着小杨屯鸭业生产的各项环节朝着高效型、市场型发展。

"肉类食物容易滋生细菌，因此宰杀加工环境的卫生程度，对肉制品的保鲜保质尤为重要。"在山东小杨屯鸭业科贸有限公司的产品加工车间内，品控部的员工告诉我，整个车间从最初的待宰笼开始就严格消毒，操作用的器具都在不停地高温杀菌，以便抑制细菌生长。

在绿色鸭产品生产加工环节上，他们也利用先进的技术、设备和工艺，严格按 ISO9001：2000 质量体系认证操作标准和 HACCP 食品安全标准要求进行生产加工，并对生产的全过程进行有效程序化管理、标准化检测、科学化监控。使员工树立"下道工序就是用户，上道工序为下道工序服务"的市场意识，将质量控制融入每一生产工序中。做到了不合格的原材料不购入，不合格的产品不流入下道工序，不合格的产品不出厂，确保产品质量符合用户要求，使产品的适用性、可靠性、安全性达到国家标准。

"整个生产环节，我们设置了 10 多个关键控制点，9 道检验检疫关卡，实现了全程质量追溯，消费者可以查询到任何产品的源头信息。""做精做细、精益求精、追求完美、持续改进，是我们鸭业公司的精神，让客户满意是我们鸭业公司的质量宗旨，始终以专业、专注的精神把卤鸭坯做成精品，实现零投诉，是我们鸭业公司这些年来追求的目标。"张国忠介绍说，"我们小杨屯的卤鸭储运过程中也实现了全程冷链，而且对原料禁食、宰杀放血、褪毛净膛、清洗腌制、预煮、卤制、冷却、油处理、真空包装、高温杀菌、冷却、成品、检验、冷藏等十几道工序层层把关，并聘请了南京的卤鸭专业技师，对卤鸭坯加工的每一个细节都进行指导，对最终的成品质量逐只把关，确保了所要出厂产品质量始终如一，直至让客户放心。"

二

管理有标准，养鸭效益高。标准是个死数，科学的生产标准能降低成本、提高效率，而达到标准的过程就得丝毫不差。但有些标准是新制定的，落实到生产当中就需要重新总结摸索。

张国忠肯钻研爱学习，那些年他一天到晚忙忙碌碌，很大一部分精力是用在了摸索经验上，他经常寻思，让客户满意与否的那个杠杠到底是个啥？他发现小杨屯的鸭子和其他地方的鸭子相比，破皮率、淤血情况等差别很大，还有就是小杨屯的鸭子肥瘦度、规格分级一般也都符合客户的要求。但同样是小杨屯的鸭子，因为客户不同，标准也在随时调整。养鸭子光自个儿觉得好不行，还要摸清不同客户的不同标准，生产加工才有依据，要是搞不清这些事儿啊，闯市场，那才叫两眼一抹黑呢。

光傻干活，两眼一抹黑可不行。干啥得研究啥，慢慢地张国忠了解到，南方客户喜欢做盐水鸭、卤鸭、酱鸭、板鸭，因此要求鸭子的瘦肉率比较高，重量轻，2斤半到3斤半的最受欢迎；北方的客户一般都是做烤鸭，要求体型大、肥度高，重量要求一般是5斤到5斤半的；外商基本上是吃鸭胸肉，因此一般要求胸肉率比较高，胴体在6斤半以上的鸭。

"我们就是要针对不同的客户，聚焦技术标准化、经营现代化、品牌时尚化，通过完善工艺、丰富品种、提升品质，生产不同的鸭子产品，成功打开鸭业市场，带动整个鲁西鸭产业发展。"张国忠说。有了标准，心里头就亮堂了。可要达到这些标准却并不容易，重了不行，轻了不行；肥了不行，瘦了也不行。就拿这收鸭子来说吧，重量丁是丁卯是卯，而且毛血重已经精确到几克。

"怎么计算鸭毛血的重量？差一点不行吗？"在鸭子加工的现场，我问张国忠。

"称完鸭子毛重后，放了血，拔了毛，再称鸭白条，这样就能计算出鸭的毛血的重量。差一两也不行，客户就是上帝，客户既然提出每只鸭子重量相差不能超过一两的要求，我们就要想办法达到标准，我们一是宰杀前检查鸭子积食情况，另一个就是分毫不差通过毛血重控制。毛血重一般相差在 10 克左右。"

"客户要求的标准，一般都包括哪些内容？"我又问张国忠。

"重量、肥瘦、鸭皮、外观、规格分级……，出口尤其还得注意药残、胆固醇、蛋白质的含量等"。我想不到目不识丁的张国忠对鸭产品和市场研究的这么细、这么透，他这该下多大的功夫啊！

为了躲避价格风险，村里还投资新建了储藏能力 1000 吨的冷库，对产品集中上市带来的价格过低现象起到了市场调节器作用。

三

希望是生命的源泉，没有希望的地方，就没有奋斗。

理想是世界的主宰，理想就在我们自身之中，同时，阻碍我们实现理想的各种障碍，也是在我们自身之中。

越是到产业链下游，产品附加值越高，因此，作为全省的农业产业化"龙头"企业，张国忠始终向"新"而生，向远而行，以创新为硬核驱动力，蓄力竞争新优势，酝酿发展新势能，一直围绕鸭业公司高质量发展，布局谋篇养鸭新产业链，不断加快产品升级换代的步伐，不断向鸭业下游延伸，真正摆起"龙尾"。

到 2000 年初，小杨屯村的养鸭规模已达到 5 万只，将屠宰后的白条鸭冻在冷库里，然后进入批发市场销售。张国忠一直在思考一个问题：为何不进行养鸭深加工呢？为了进一步延长鸭业链，提升价值链，促进产品增值，他们投资 18 万元购买了一套加工设备，对白条鸭分割，加工成鸭头、鸭爪、鸭脖、鸭腿、鸭肝、鸭架等三十余种产品进行销售。

这年 6 月，在回访南方鸭胚用户时，张国忠发现江南熟食鸭生意做得很火，利润相当可观，这些用户长期用的就是小杨屯的鸭胚，这给他很大启发，小杨屯的养鸭基地，有厂房、有冷库、鸭胚质量高，与其让别人赚钱，咱何不搞熟食加工，何况本地市场只有北京烤鸭、德州扒鸡等外地产品，这一市场空当，我们不及时占领更待何时。

时间是现代市场经济竞争的灵魂，时间就是金钱，就是效益，是现代市场经济竞争经验的高度概括。

张国忠办事坚决果断，不拖泥带水，他决策快，行动也快。接着他又带领 3 名企业骨干到南京、无锡、苏州等地考察，并对卤味产品进行了全面分析研究，因为卤味是中国传统的休闲美食，深受消费者喜爱，所以卤鸭在这几个城市的销路都很好。另外，从产品属性来看，卤制品是属于快捷消费食品，也是我国的传统口味。再者，随着国民经济的快速发展，我国居民收入大大提高，城镇居民的生活节奏加快，消费观念也一直在发生变化，越来越多的人们选择吃卤制品。

参观考察回来后，张国忠说干就干，开始自己琢磨着试制，但无论如何试验，始终做不出人家那种卤鸭的味道。于是，他立即派张齐家等技术人员到南京老桂花厂培训学习卤鸭和盐水鸭制作技术，并引进了国内最先进的卤鸭熟食加工生产线，筹建起了熟食加工车间。同时，高薪聘请制作卤鸭的名牌大师，试验开发卤鸭加工等快餐食品、预制菜品，加快了科技与产业的深度融合，拉长和拓展了产业链条。

"卤鸭的制作程序并不复杂，关键是鸭子和卤料，讲究选、泡、配、看。选：即选鸭。鸭宜老，无病无残，个头一般，匀称，便于加工。泡：即将鸭处理干净后，须用生水浸泡，将血气泡出，免去腥味。配：即配料，卤鸭药料较复杂，一般常用三耐、白扣、草果、桂皮、丁香、肉桂、葵香、干葱、花椒、生姜等三十余种，也尝试过配以八角、丁香、山奈等二十余种调料加工而成的卤鸭。看：即看药料火候，看节令气温，看锅大小，看药水比例等等。药料配制既讲经验，又看实际情况，如三耐，放多了易闷头，少了不出味，其量极难把握。节令气候与卤色紧密联系。如冬季气温低，光照弱，色宜加重，春夏气温高，光照强，易蒸黄，色宜放淡。药、水比例须根据锅的大小来定，使药、盐、色比例的淡浓成分从始至终保持均匀。此外，卤鸭应用生卤，才容易进味。卤料也应适当多样化，使其味更浓郁。"张国忠讲起来，俨然像个老专家。

就这样重组、尝试、解构、再重组、再尝试……经过数百上千次反复腌制、试炼，加上味蕾的苛刻挑剔，终于制作出一种全新的、符合北方人口味的卤鸭产品。而且他们创新生产的卤鸭色泽金黄，皮酥肉嫩，卤香四溢、味道鲜美、不腻口；咸淡适度，其味入骨，香气醇正，香透里肌，回味持久；可趁热吃，也可凉了吃，搁置三五天时间是不打紧的。若将凉了的卤鸭子在油锅中涮一下，色泽更是金黄，皮酥肉嫩味鲜，色香味俱全。别具一格的产品一上市，就牢牢地吸引了人们，产品供不应求。

而后，张国忠等一班人又经过不断地潜心研究和技术创新，开发出人参卤鸭、芦荟卤鸭等系列产品，受到省营养学会会长徐贵发等国内营养专家的充分肯定，在全省专项品尝会上获得"中华卤鸭第一"的荣誉，博得广大消费者认可，获得大量市场份额，实现了鸭产品的价值最大化。

四

每只卤鸭的重量在 1.6 公斤左右，不仅味美，而且还有精致的外包装，每只售价 20 元，成为当地人们走亲访友馈赠礼品的首选。小杨屯物美价廉的鸭产品，把市场潜力开发出来了。一时间，小杨屯辐辏云集，来往客商，川流不息，其鸭产品成为市场上的抢手货。

"一个企业要想长盛不衰，产品升级换代是关键。"进入 2002 年，张国忠以对市场的敏锐触觉，又先后开发出分割、卤制、滋补、阿胶等系列鸭产品，平均每年有十几个新产品问世，企业不断做大，已成为集孵化、饲养、宰杀、分割、冷藏、深加工于一体、链条完整的鸭业集团，其加工生产的"生态鸭"系列产品又一次在高端消费市场全线飘红。

为进一步增强品牌效应、扩大产品专销区等，张国忠还和企业负责人刘长城一起在产品运输、储藏中实行了绿色冷链管理，引进了两台德国进口包装机，创新了产品功能和包装，不但把卤鸭放到精美的小盒子里面，还加上不锈钢的刀叉和精致盘子，拓宽了卤鸭产品的销售路径和使用空间，大有到高档贵宾酒店的感觉，而且餐具洗刷后还能继续使用。同时，积极组织企业参加省内外各种展销、洽谈活动，通过参观学习开阔了视野，拜访参展企业和全国各地的采购经理并进行交流，为进一步合作打通销路。每年张国忠都要举办各种展览、展示、展销活动等，大力推介、广泛宣传小杨屯的绿色食品，拓宽了小杨屯绿色食品的销售渠道，扩大了小杨屯鸭绿色食品在国内外市场的知名度和占有率，创造了较好的经济效益。

虽说"好酒不怕巷子深"，可在全国各地都在竞相发展绿色食品产业的热潮中，怎样才能让小杨屯的绿色食品脱颖而出，实现良好的销售业绩呢？这也是张国忠思考的问题，为更好地与市场接轨，把养鸭业做大做强，使产品顺利走向市场，张国忠于2002年11月在茌平县城设立了办事处，负责卤鸭产品的销售和推广。而且凭着茌平人的豪爽和诚信，经过多年打拼，公司逐渐发展壮大，先后在北京、济南等大中城市都设立了销售处，并采取多种方式与南京等地知名卤鸭餐饮企业真诚合作，搭建了以南京为中心辐射全国的批发配送网络销售渠道。

品牌就是效益。在绿色食品销售上，张国忠充分发挥"小杨屯"等商标的作用，继续扩大小杨屯绿色食品品牌的影响力，不断加大了对知名品牌的宣传力度，并瞄准小包装和中高端市场，进一步提升农产品的包装档次，全面叫响小杨屯绿色食品的知名度。工作中，张国忠还增强了商标意识、品牌意识，支持企业申办无公害农产品、绿色食品、有机食品和农产品地理标志认证，取得了良好效果，使"小杨屯"商标不但被评为山东省著名商标，还成为山东省知名重点禽类龙头企业，而且先后获得世界风联颁发的金奖、中国食品博览会金奖、全国旅游商品博览会金奖等。

小杨屯卤鸭的名气越来越大，这些世世代代面向黄土背朝天的庄稼人，生产出来的白条鸭、盐水鸭、分割鸭和系列熟食品，琳琅满目、闻名遐迩，其中他们生产的卤水鸭被誉为江北第一鸭，可以与南京的板鸭和北京的烤鸭相媲美，不仅在聊城地区占有很大的市场份额，而且还成为山东省的地方特产，产品销售到青岛、济南、烟台等地，并且"飞"向北京、西安、内蒙古、江苏等全国20多个省市自治区和港澳台，同时漂洋过海，"飞"向了日本、韩国、菲律宾、俄罗斯等国家和地区。

这，真是小杨屯人连做梦也没想到的！

在这改革开放的年代，张国忠有气魄、有胆量、有远见，立足农村雄厚的资源优势，建厂办企业，改变了农民的身份和形象，他们再也不像祖祖辈辈那样仅仅生产粮食，只顾填饱肚皮吃饱饭，而是懂得了无工不富的道理，抢抓机遇，大胆地跳出了农业生产的范畴和局限，兴办起托拉斯企业，显示了强大的生命力。他们走南闯北，推销着自己的产品，进行经商。谁说农民满头高粱花子，办不成大事？张国忠他们正用自己的聪明才智，开创着多种致富渠道和门路，迅速跑在实现小康水平的大道上。

　　对于大字不识的寻常百姓而言，农民和教授、"理论家"、"思想家"是风马牛不相及的概念，却让张国忠成功地将这些概念组合在一起了。73年来他始终把学习作为自己的第一需求，坚持不懈、如饥似渴地学习党的理论和各项方针政策，学习与农村工作有关的各种知识，不断提高新形势下做好农村工作的本领，不断把党的方针政策"输送"到群众心间，他不但成为十几所大专院校和科研单位的客座教授，还编出了一字值千金的"顺口溜"，成为村民心中的"定海神针"。

张国忠让儿子给他读书读报学习

把学习放在首位

"有人说我脑子好使，什么脑子好使啊！主要是靠学习。"不识字的张国忠以学习立身，经常提醒自己"不学习就不能提高，不学习就不能解放思想，不学习就没有方向。"他认为，作为一名党的基层干部就要做学习的标兵，并始终把学习作为一种政治责任、精神追求和生活习惯。

一

习近平总书记指出："在每一个重大转折时期，面对新形势新任务，我们党总是号召全党同志加强学习；而每次这样的学习热潮，都能推动党和人民事业实现大发展大进步。"纵览百年党史，中国共产党始终通过学习与时代发展同步同频，在每一个重要历史时期，都号召全党同志加强学习、与时俱进。可以说，重视学习是我们党的鲜明品质，也是推动事业发展的成功经验。我们党领导中国革命、建设和改革的历史，就是一部重视学习、勤于学

张国忠每天坚持听收音机学习

习、不断学习的历史，就是一部创造性学习、创造性实践的历史。"

"要饭娃"出身的张国忠不识字，但他却知道重视学习是我们党的优良传统。为克服自己没文化的不足，他坚持把学习提高放在首位，每天必

做的事情就是学习，他从不放过任何一次学习的机会。

张国忠具有很强的用耳朵接受语言的能力，他每天让儿女们给他念报纸、读文件从不间断，不断学习党的方针政策、文化科学知识等。

2014年1月2日，大众日报记者杨秀萍采访张国忠时，张国忠对大众日报宣传的作用及中肯的建议令杨秀萍深为感动，她想不到一个不识字的老农对党报宣传感悟这么深刻，见解这么高深。

"首先感谢《大众日报》给我们总结得这么好，我代表小杨屯全体村民感谢你们。多年来，大众日报就像一位老朋友，鼓励我们前行。大众日报刊登的《小杨屯：梦想三级跳》，很真切、很生动，层次也很高，是对小杨屯历史变迁的真实记载。《大众日报》对我们小杨屯进行报道，一方面大家都很高兴，周围的人也都称赞我们，让小杨屯的名气大增。另一方面，我们肩上的担子也更重了，因为我们每个人心里都明白，要对得起这些称赞和荣耀。可以说，大众日报激发出了我们的动力，我们的干劲。"

"最后，我给《大众日报》关于当前农村的报道提两点建议。一是希望贵报多加强对农村党员干部班子的报道。我认为一个村庄要发展得好，需要一个团结奋进的班子，这个班子要稳，要服众，要深得村民的信任。我想小杨屯能有今天，最重要的就在于我们有这个60年一脉相承的班子，我们秉承勤换思想、少换人的思路，换来了一方的稳定、发展与和谐。二是希望加强对农村集体经济的报道。一个村庄只有有了集体财产，才能将百姓凝聚在一起，建设自己的家园，才能使老百姓在享受国家政策扶持的同时，享受更好的待遇。当前，各地都在推进城镇化建设，我看到有的地方搞一刀切，这是不行的。三是党报是农民致富的好帮手，要帮助农民把经济发展上去，农民富裕了，自然而然就想改善生活，就会上楼。"

在小杨屯村，很多人都当过张国忠的"老师"。村党支部副书记周桂香经常被请去给张国忠念书念报，"他不光听着，还经常问一些意想不到的问题。"周桂香说，有一次，"劳模"突然问她，"小脑是管什么用的？"她只好上网查，给他解释。"

"我也多亏给'劳模'念书念报，收获的远不只报刊上的文字，收获的是知识面广，学习感悟多，思考多，我作为农村干部才能考上了公务员。"周桂香笑着说，本应上调镇政府的周桂香仍然选择留在小杨屯当一名村官，她说这也是受"劳模"精神的感染。

张国忠对各种知识的学习和掌握一丝不苟。有时一个字读错了，他也不依不饶，非搞准确不行。据张金昌回忆，有一年，县委组织常委例行学习，时间三天，晚上住会。张国忠因小杨屯村有晚间党员活动，特请假回村参加，但又怕耽搁深入理解常委例行学习内容，就把学习资料带在身上，准备让已经上初中的金昌再给他念一遍。

当金昌一字一句念到"人们对事物的认识，通常需要经过一个在实践中由浅入深、由表及里的过程，决不能把走马观花时获得一点粗枝大叶的印象，甚至一些道听途说的话，当作客观实际的全部，而且还自以为是，那样没有不跌跤的"这一段时，张国忠打断了他，说："不对，最后这句有一个字你念错了，俺听县委书记念的是摔，不是跌。"

金昌认真地审视了好一会儿，语气坚定地回答："没错啊，这个字就念跌！"

第二天一大早，张国忠蹬着自行车，急忙赶回集中学习场所，找到县委书记，指着手里的资料悄悄地说："俺听你昨天念这一段，你念的是没有不摔跤的，可俺大小子说，这里应该念没有不'跌'跤的。"

"是啊，这小子念的对！"张国忠和当时的县委书记都自豪地、爽朗地笑了。

金昌上高中住校后，给父亲读读念念的活儿就给了女儿玉春和次子银昌，后来又增加了五女儿玉红，张国忠看谁有空，就喊谁给他读书念报学文件。

二

"咱文化底子薄，要想发展，就得勤用功、多学习。"张国忠没有念过一天书，虽然是文盲，但天赋聪明，听力和记忆力特别好，喜欢学习，业余时间最大的爱好就是听广播、看电视，收音机随身带，随时随地、坚持不懈、如饥似渴地学习党的理论和各项方针政策，学习与农村工作有关的各种文化知识。

"无论是国家的还是世界的，也不管是省里的、市里的，还是俺们县的，只要是新闻，我就关心就要看，不是看着玩，而是用心看。上面有什么新政策，我就想着怎么和我们小杨屯的实际情况联系起来，这就算是理论联系实际和实事求是吧，我靠的就是这个。"张国忠认真地说，"不学习就不能解放思想，不解放思想就不能实事求是，就不能提高执政能力和为群众服务的本领"。

"这没啥，张国忠也是人，知道的多就是因为我不间断学习，我现在还在学哩！"2008 年 11 月 13 日大众网和齐鲁晚报的记者吃惊和好奇地看着对于中央"三农"政策张口就能说出一二三的张国忠。张国忠笑着告诉记者，他不识字，学习不靠读书，只能靠电视和广播，每天他专门拿出几个小时来收看、收听中央和省地县广播电视新闻。

"我的父亲坚持天天定时收听收看各级广播电视新闻节目，雷打不动的是中央新闻联播节目，他看新闻听新闻时总是聚精会神，不让身边的人弄出任何杂音，也不让人跟他说话，直到看完听完为止。"在这一方面张国忠的儿女最有发言权。

张金昌回忆，父亲无论是看新闻还是听广播，只要遇到解不开的事情，就会立即打电话找人解答。2001 年 9 月初的一天晚上，张金昌正在潜心写作，手机铃声猛然响起，他拿起一听，立马传出父亲笑呵呵地问话："还没睡吧？"

"早着呢！"父子俩从来都是开门见山，一点客套都没有。

"俺问你一件事儿。""你说。"

"刚才俺看中央电视台新闻联播，说今年 10 月份要在上海举办 APEC 会议，俺没整明白，什么是 APEC 啊？"张国忠幽幽地问。

"APEC 的意思是亚太经合组织。"

"亚太经合组织又是什么意思？"

"亚太经合组织就是亚洲太平洋地区经济合作组织，用英语字母组合在一起念 APEC。"金昌以英文专家的语气解释道。

"啊，俺明白啦，你懂好几门外语，俺就知道你肯定知道啥意思。这样俺就不担心记者采访或参会发言时出洋相了。"

"银昌，你把今天会上县委书记的讲话稿，要一份回来，你再给我念一遍，我对集体经济如何发展这一部分还没理解透。"这是张国忠给在县委组织部任常务副部长的儿子打电话嘱托的事，他有个习惯，领会上级精神不过夜，否则睡不好觉。

俗语说"好记性不如烂笔头"，不识字的张国忠显然指望不上"烂笔头"，只能靠自己的"好记性"。中央和省里召开的电视直播会议，他每次都端坐在电视机前，一句不落地认真聆听，时间再长也不去厕所，不接电话，不与身边的人交流。但凡有听不清或者没有理解的地方，直播结束后就立马找人求教，或者等待纸媒转载后请儿子银昌和其他人再读一遍。

"参加会议本身也是学习，不仅能听报告，而且还能在讨论中弄明白上面政策的意图，并且能向其他地方学习。"张国忠参加过大大小小无数会议，他认为外出开会也是学习的最佳时机，所以临开会之前他总是少喝水或不喝水，他说这样可减少去厕所的时间，有时憋得很难受，他也忍着不去厕所，直到散会，他才跑着去厕所。另外，张国忠开会还有个习惯，他总是故意坐在最前排，他说这样听得清楚，最前边，干扰自己听的人少，从始至终竖着耳朵听，生怕哪一句听不清楚，真有听不清楚的地方，他就趁散场追着讲话人问个明明白白。

张国忠天生是一个记忆力超群的人，他虽然无法实现过目不忘，却可以过耳不忘。只要有人给他念到，只要他在那儿听到过，他都会牢牢地记在心里。而且，不仅记得牢，还心领神会，理解得特别透彻。

开完会返回的路上，他还总是与同行的同志们交流不理解或是有疑问的问题，晚上睡觉之前，他还要把领导的讲话再过一遍"电影"，他说这样记得更牢固更深刻。

周末儿子张银昌回家时，张国忠也总是"缠着"他探讨问题，"机制是什么意思？体制又是什么？两个词儿有啥区别？"

三

"学习好比充电，工作好比放电。不学习就等于不充电，心里就不亮堂，就干不好工作。只有坚持不断学习新知识，才能增强为人民服务的新本领。"因此，张国忠从不放过任何一次难得的学习提高的机会。

"农村生活垃圾整治是每个村都碰到的问题，面临资金投入、管理人员缺乏等难题，国家和省市里有什么政策或好的办法？"

"我们村要建一个灌溉 500 亩土地的水利设施，有什么支持政策？"

"社会主义新农村究竟如何建设等问题？"

……

"我们这里每年都来好多领导视察指导调研工作，还有很多参观、考察、采访的各类专家、教授、记者等同志，我和他们交流本身也是学习，也是提高啊！"张国忠认为与来小杨屯指导调研工作的领导或专家、记者等交流，是他得天独厚的优势，也是一条学习的捷径。

他认为前来小杨屯指导工作的各级领导都具有较高的政治觉悟、丰富的理论素养、很强的工作能力，政策水平都很高，且不同的领导都有不同的绝招，指导工作方向更明，启发性更强，很解渴、很实用，是学习新理念、掌握新方法、开拓新视野的有效途径，比起学文件更直观有效，领导们每次来都能给我充电、加油、鼓劲，是难得的学习机遇，使我工作更有底气，更有信心和决心干好自己的工作。因此，张国忠十分注重抢抓时机向领导学习、请教，不断学习领导们严谨的工作作风，果断处理问题的能力，较好的工作方法和领导艺术，并不断提出一些他不了解或疑惑的问题。

1970 年县委书记刘传友到往平任职之前，曾在老寿张县做县委书记，20 世纪 50 年代末，毛主席到平原地区调查研究，约人座谈农业生产要素，就是后来公布的土、肥、水、种、密、保、管、工"农业八字方针"，刘传友有幸被邀，并引起毛主席的高度关注，在寿张县历史渊源和农业发展思路上与刘传友交谈甚欢。不久，在另外一次全国会议上，刘传友再次被毛主席点名到会发言。刘传友到茌平上任后，张国忠清楚刘传友的历史，加之刘传友既是领导，又是农业管理的专家，所以，无论刘传友去小杨屯指导工作，还是在县里开会或研究工作，张国忠都专心致志地请教，并成了莫逆之交，以至于刘传友经常骑着自行车，跑二十多华里路找张国忠商量工作。因不好表达或难以做耐心细致的思想工作时，刘传友就想到了张国忠，并把人带到张国忠家中，请张国忠帮忙做开导说服工作。

2005 年，茌平县三级干部大会之前，张国忠应邀去聊城市科委作报告。会后聊城市委常委、组织部长刘加顺，副市长董金刚和张国忠一块畅谈起构建和谐社会的话题，张国忠认真求教学习，深有感触。

回到小杨屯后，张国忠又让人找来关于构建和谐社会的有关资料，并召开党员干部座谈会进行讨论，进一步提高对和谐社会的认识。使他进一步认识到，构建和谐社会，在小杨屯首先是解决发展问题，不发展，不创收，就不能从根本上让群众受益。其次，在发展过程中，还要注意分配问题，采取种种措施缩小差距，这样才有利于团结，有利于稳定大局。最后就是如何发展的问题，必须切实落实科学发展观，以人为本，实现经济快速、持续、健康的发展。于是，加强团结，缩小差距，共同创收，群众受益，也就成了小杨屯工业园区的发展方针。

……

正因为张国忠有爱学习、肯动脑、苦钻研的干劲，每每都给领导留下深刻的印象，深得领导喜爱。张金昌介绍，早期山东省委书记谭启龙到外地任职，转了一大圈，退休后又回到山东济南休养，当他看到张国忠这个熟悉的名字仍在被传颂时，就问时任省委领导："这个张国忠还是我当年树的那个张国忠吗？"当得到肯定的回答时，谭启龙激动得流下了眼泪。他认为，张国忠勇立船头不退步，不失为一个奇迹。事实上，从谭启龙开始，历届省委书记都与张国忠结下了深厚的友谊，谭启龙调离山东后，白如冰、苏毅然、梁步庭、姜春云、赵志浩、吴官正、张高丽、姜异康都在上任伊始来到张国忠的家中，慰问探望，鼓励颂扬，推广宣传。

四

科学技术是张国忠最为向往、最为渴求的东西，他更习惯于拜专家、教授、技术员为老师，虚心向科技人员请教，深入学习研究，并善于结合小杨屯村的实际请教专家教授，每逢与专家教授见面，张国忠不是请教农作物栽培问题，就是探讨设施农业管理问题，反正只要专家教授来，他就没有没问题的时候。

张国忠与玉米培育专家李登海是多年的老朋友。早在 1964 年秋，他就从更名为莱州的掖县聘请了杨学斌、杨力海两位小麦种植专家，将小麦种植方式由摇耧播种改为开沟撒种，使小麦亩产量翻了几番。

他跟着山东省农业科学院蔬菜研究所名誉所长、全国先进工作者、山东省劳动模范、著名大白菜育种专家张焕家学过白菜籽种植繁育技术；跟着山东省农科院蔬菜研究所种植专家王育义学过搞温室大棚，发展淡季菜、精细菜种植等，大大提升了农民的经济收入。

他与全国农业科技推广先进工作者、寿光三元朱村支部书记王乐义是老相识，他对王乐义利用高科技种菜甚感兴趣，曾多次到三元朱村参观学习，并在省农科院专家的帮助下如法炮制，使大棚种植在鲁西北遍地开花。

他与聊城地区农科所的小麦专家顾金江有着 20 多年的友谊，他从老顾那里引来了小麦优良品种，学来了"三水三肥"管理方法。

他与冠县苗圃的农艺师顾金碧是好朋友。70 年代，他从他那里学来了毛白杨嫁接技术、林粮间作配套最佳组合法，80 年代，又学来了苹果栽培技术。

他与茌平县的农艺师韩富义更是莫逆之交，他从他那里学畜禽防疫、良种选育、科学饲养等。

……

张国忠与山东省农业厅任科技教育处处长丁诺的友谊，更是被人们传为佳话。1981年丁诺调茌平县任科技副县长，丁诺是农业推广研究员，熟悉农业生产技术，特别是在棉花种植研究中卓有成就，他在茌平大集为群众讲授宣传鲁棉一号棉花种植技术的生动场景曾上过《人民日报》的头版头条，被农民誉为"棉花县长"和"丁财神"，那时张国忠就经常与丁诺县长保持联系，丁诺县长也不时地为张国忠出谋划策，排忧解难，支招布阵，并一起在田间地头探索提高粮棉产量和质量的种植技术，结下了深厚的兄弟情谊。2013年张国忠88岁生日时，丁诺即兴赋诗由衷地写道：

国忠劳模八十八，
高风亮节人人夸。
誉满江河名遐迩，
勤劳质朴伴一生。
今逢盛世夕阳美，
更贺高寿到茶年。
七十多年不卸套，
此等贤良不好找。

直到2021年4月20日，93岁的丁诺还手书《老哥加油》的书法作品，专程从济南赶到小杨屯村为96岁的张国忠庆祝生日。

五

"你们村一年卫生费花多少钱，钱从哪里来、怎么花？"

"西瓜什么时候开始引种的，去年产量多少，我们能引种吗？"

"村子条件都差不多，为什么你们争取上级的政策、资金更多？"

"同样有山有水，为什么有的建成美丽乡村，有的还是脏乱差？"

……

每次外出参观学习，张国忠也是连珠炮似的问这问那，恨不能把人家的全部经验都学到手。

"我要把外出参观学习到的东西，原原本本地带回到村里，组织我们两委会成员们认真学习，让大家认清形势，鼓起干劲，带领我们的村民更好地发家致富"。张国忠认为一个先进典型，就是一本优秀教科书，有很多值得学习的东西。

加之张国忠始终具有敢争第一的英雄性格，走到哪就学到哪，每到一个参观学习的地方，他都仔细看，认真听，横向纵向比较，瞄准自己的弱项，寻找自己的差距，取长补短，思谋自己发展的大计。在参观中，他总是问个不停，不问出个所以然来，不算完。

参观学习中，张国忠切实感受到自己与强村富村发展差距，经常将看到的、听到的好经验好做法与小杨屯对比，人家为什么后劲这么大？速度这样快？我为什么不能？张国忠经常在不断地对标对表中，更加清晰地看到小杨屯发展的巨大空间，以更高站位、更宽视野、更大力度，因地制宜、找准定位、整合资源、发挥优势，切实将所见所闻、所学所获转化成推动小杨屯工作的实际成效。

有时，张国忠还会随机带领党员干部和群众代表再参观再学习，与先进村的干部群众交流座谈，把人家好的做法、好的经验学到手，迅速找准适合小杨屯发展的产业，尽快走出一条小杨屯快速发展的新路子，助推小杨屯高质量发展再上新台阶。

"与他们交往，我了解到很多农村党建工作、党员干部队伍建设、农村发展的现状等等好做法，了解到不同地区基层党员干部群众的生活以及所思所想。从他们身上，我看到了党在基层的战斗力、凝聚力，学到了如何让党的组织工作在基层扎下根，如何汲取基层营养与智慧，提升自身工作水平，如何更好地夯实基础，推动组织工作创新创优……"

张国忠善于交益友、交净友，他的朋友遍天下。连续五次当选为全国党代表、寿光市孙家集街道三元朱村党支部书记、村主任王乐义，全国渔业战线的一面红旗，被誉为"海上大寨"的威海荣成市大鱼岛村党支部书记陈玉华，全国人大代表、济宁市嘉祥县卧龙山镇黄岗村党支部书记翟守才，菏泽市定陶县定陶镇南关村党支部书记杨自田，全国著名劳动模范、莘县董杜庄党支书书记曾广福等都是张国忠的好朋友，不断联系交流。

特别是全国劳动模范、临沂市平邑九间棚村支部书记刘嘉坤。张金昌在《吃亏书记》一书中回忆，1989 年 9 月，参加完全国劳动模范和全国先进工作者表彰大会及庆祝中华人民共和国成立 40 周年大会之后，山东省委组织部在全省选了 11 人组成了劳模报告团，分东西部两个小组在全省巡回报告。

东部小组由省委组织部专干带队任团长，张国忠被推选为团政委，先后赴济南、威海、日照、烟台、青岛、潍坊、临沂等地，历时一个多月。报告团成员每到一地，35 岁的刘嘉坤宁肯听张国忠雷鸣般的呼噜声，也要和 63 岁的张国忠住一个房间，其想法就是随时向张国忠学习如何做人做事的道理，请教工作上的难题。这也正合张国忠的心意，他也愿意和青年人交流，特别是像刘嘉坤这样有理想、敢担当、能吃苦、肯奋斗的新时代好青年在一起。

在一个多月的流动报告团里，刘嘉坤和张国忠每天晚上都聊到很晚。刘嘉坤聊九间棚的现状和难题，张国忠聊小杨屯村的奋斗史和发展远景，两个人互有启发，相得益彰，成为最亲密的忘年交，三十几年一直保持往来，比翼齐飞。1992 年，中组部编辑的大型专题片《中流砥柱》在山东精选了两个典型人物，一个是张国忠，另一个就是刘嘉坤。张国忠被编入为了人民一集，刘嘉坤被收录在自力更生一集。2021 年，两人的模范事迹还共同收录在由中共中央党校出版社出版的《中国榜样村书记》一书中，中共中央组织部原部长张全景作序。

一字值千金的"顺口溜"

张国忠出版的言论集

　　"张国忠虽然不识多少字，但说出话来深刻幽默，极富哲理，特别注重总结提炼规律性的东西，并以生动的语言表达，其许多经典言论得到中央、省市领导和广大干部群众普遍赞誉。中央电视台曾于新闻联播节目头条报道过张国忠的一组'顺口溜'，并配发评论说，张国忠的'顺口溜'，一字值千金。这些'顺口溜'来自张国忠的实践，发自张国忠的内心，鲜活生动，闻之震撼。"这是 2006 年时任中共中央政治局委员、国务院副总理、全国人大常委会副委员长的姜春云以"学习和发扬劳模精神建设社会主义新农村"为题，在《全国劳模张国忠言论集》序中介绍的。而且姜春云特别强调"把张国忠同志的'顺口溜'汇编成书，可不要加官腔啊，加了官腔就不值钱了。"

一

"采访进行了近两个小时，82 岁的张国忠自始至终精力充沛、思路清晰，讲话时总是条理分明。老人自称是'目不识丁'的'八旬老汉'，可他对记者的提问意图总是把握得很准，交流非常顺畅，特别是他顺嘴说的顺口溜，既鲜活生动，又贴切自然。"这是 2008 年 11 月 13 日齐鲁晚报记者李文鹏手记中写到的。

手拿枝条怀抱瓢，
东门里要来西门里讨。
给一块来吃一块，
要一瓢来喝一瓢。
白天吃的千家饭，
夜里住的土垃房。
北风刮，大雪飘，
几家愁来几家笑。
爹娘死在大路旁，
孩儿活活被狗咬。

这是当年张国忠沿街乞讨的悲苦生活的真实写照，带大家一同回到了那个水深火热的痛苦时代。

下雨像包脓，
晴天似块铜，
早晨软，
晌午硬，
下午耪地大撅腚。

庄稼地里不用问，

一耕二种三施粪。

只要有了粪，

产量不用问。

农业是煤，

工业是厂，

没有煤建不起厂，

没有厂挖不出煤。

张国忠观察事物细致入微，有历历在目的亲身感受，张国忠脑海里呈现的不是空洞的理论说教，而是生动的劳动画面，是红土地的特殊土质和人们劳作场景，他将动静结合，情景交融的场景，描绘得惟妙惟肖，语言鲜明、比喻准确、连贯得体、生动形象。

二

谈起自己编写"顺口溜"的初衷，张国忠说："对农民进行思想政治教育，不是一时半晌的简单事。不能下'雷阵雨'，刮'过地风'；要抓根本，打持久战，'常流水不断线'。"

"另外，作为基层干部，直接面对的都是普通群众，靠读文件、讲大道理是不行的，说不上几句，群众扭头就走了。怎样能把工作做到群众心坎上？关键得见什么人说什么话，进什么山唱什么歌，需要在吃透上情、了解下情的基础上，用群众能听得懂的话、易于接受的方式去宣传，才能让党的政策及各项工作真正入耳入脑入心！"张国忠虽然大字不识一个，却非常喜欢创造"顺口溜"或格言。

勤学知识要精通，
不学浅薄庸无能。
不登高山不知艰险，
不下功夫咋破难。

学习如赶路，
不能慢一步。
师傅领进门，
修行在个人。
行船趁顺风，
学习趁年轻。

读书不去想，
如隔靴和挠痒。
读书须用心，
一字值千金。

"张国忠是一个朴实慈祥的老爷爷，有着温暖而和蔼的微笑，粗糙而厚实的大手，交谈中他没有过多华丽空虚的辞藻，有的只是一位老农民诚恳淳朴的"顺口溜"，深刻幽默，极富哲理，却句句经典，字字中肯，十分精辟。围绕在老人身边，亲切与感动始终在我们的内心涌动。"山东大学大学生在小杨屯开展社会实践后也有深刻的感悟。

一个土坑两块砖，
三尺土墙围四边。
厕所改善闹革命，
无害处理普惠农。
补贴助力村推进，

厕改卫生少疾病。

房改厕栏全推行，

全民健康美环境。

厕改是农村人居环境整治工作的重点和难点，开始很难推行，但不少外出务工的年轻人，看到报纸上张国忠编说的"顺口溜"后，纷纷劝说父母长辈改造旱厕。有的老年人自此转变了观念，使昔日的旱厕彻底"改头换面"，顺利实现了"全覆盖"。

婚丧新风进万家，

移风易俗靠大家。

新婚要讲新观念，

陈规陋俗抛一边。

大操大办犯不上，

勤俭孝亲美名传！

好听又好记的移风易俗"顺口溜"，让人们深刻感受到移风易俗、倡导文明新风的重要性，张国忠说得酣畅淋漓，听得人点头称是。

新农村来民风好，

敬老爱幼乐陶陶。

邻里之间互谦让，

树立文明新风尚。

新农民来爱锻炼，

大人小孩才艺现。

广场舞来跳得美，

快乐健身倍精神。

讲文明，树新风，

家和人和万事兴……

家庭是社会的细胞，只有家庭成员孝老爱亲，才有社会的和谐安定，只有对自家长辈孝敬尊重，才能营造全社会尊老、敬老、爱老、助老的氛围。另外，矛盾纠纷调处在农村工作中是家常便饭，张国忠便编出了这样的顺口溜，引导村民提高思想境界、道德水平和文化素养，弘扬文明新风，促进邻里和谐，于是这些顺口溜就成了好民风的"净化器"、乡村治理的"稳压器"，激活了乡村治理的一池春水。

吃饭要细嚼慢咽，
学习要深钻细研。
聪明不学心不灵，
笨拙苦学也聪明。

不学习，就抓不住实质，
说话办事就弄不到点子上；
不学习，就不能掌握科技新知识，
指导群众致富就没本钱。
长期不学习，
办事就没有底，
党员群众就从心里不信你。

只当腰缠万贯的富翁，
最终会成为金钱的"奴隶"；
单求精神上的富有，
也会成为两手空空的"叫花子"。
只有获得物质和精神上的双富有，
才算真正的富有者。

"带领群众走社会主义道路，既要让群众腰包鼓，又要让群众精神富。做到物质、精神双文明，腰包、脑袋两富有。"张国忠经常教育群众要多学习，多提高。"几十年来，不管大的政治气候怎样变，张国忠始终坚持对群众进行爱党、爱国、爱集体、爱社会主义的"四爱"教育，让"四爱"精神深深扎根于每一位村民的心里，并成为全体村民的自觉行动。

三

新时代的政策好，
俺农民心里忘不了。
贫困农民脱贫了，
历朝历代没做到。
农民种粮直补多，
国家实行新农合。
贫困户享低保，
孩子上学全免了。
村村都通沥青路，
条条成了致富道。

精准扶贫政策好，
朝着小康快步跑。
扶贫扶志树思想，
脱贫致富有保障。
穷没根、富没苗，
幸福生活靠勤劳。
人穷立志要实干，
坐等靠要是懒汉。

听党话、跟党走，

日子越过越富有……

"顺口溜的形式，很接地气，百姓容易接受，有利于更好地宣传党的
精准扶贫政策。"张国忠自编顺口溜，发自肺腑，用乡音乡语歌颂党的精
准扶贫、农业补贴、社会保障等惠民政策，回应群众关切，通俗易懂，引
起干部、群众和网友的共鸣。

搞社会主义，

不抓经济不行，

抓经济不干不行。

在干当中，

好干也得干，

难干也得干；

受了表扬也得干，

挨了批评也得干；

有人不叫干，

看准了对广大群众有利的事坚决干，

不要光保乌纱帽。

在干当中，

要干一辈子，

不要干一阵子，

要当社会主义的战斗员，

不要当社会主义的评论员。

干社会主义，

建设新农村，

就得有股子拼劲，

舍得下力气。

社会主义舒舒服服等不来，

向国家伸手要不来，

新农村是出力流汗干出来的。

要想真变就得真干，

要想大变就得大干。

"新农村要靠出力流汗苦干出来，没捷径可走。"张国忠心中只坚定一个"干"字。正是靠着这种脚踏实地、坚持不懈的实干精神，小杨屯才会发展成为"鲁西北一颗璀璨的明珠"。

满地的庄稼喜死人，

满村的牛马成了群，

坐着沙发看电视，

学习技术看新闻；

群众开起拖拉机，

下车种地是农民，

拉起瓜菜成商人，

农工商贸一体化，

这就是社会主义新农村。

用张国忠的话说，自党的十八大召开以后，这些顺口溜说出了茌平村庄的变化。而且他只要一张嘴说上"顺口溜"，就如同"黄河之水滔滔不绝"，一口气能说上几个小时。加上他朗朗上口的语句、诙谐幽默的语调、伴之丰富的肢体语言，在场的观众无不听得一愣一愣的，最后总不会忘记给上一阵热烈的掌声。

农民要想奔小康，
只有跟着共产党。
手捧民心去发展，
乡村振兴并不难。

只要干部能奉献，
群众干啥都情愿。
干部群众一条心，
黄土也能变成金
……

为了让村民易于听懂、乐于接受，张国忠编创的顺口溜，不管走到哪儿，一个人就是一个讲台，一张嘴就是掌声一片，思想政治工作做到了润物无声、走心传神。

吃亏能加强团结，
吃亏能发展经济，
吃亏能够创新，
吃亏能培养新人。

当干部必须能吃亏，
能吃亏才会有权威；
当干部坚持长吃亏，
百姓中才有好口碑。

村看村，
户看户，

群众看党员，
党员看支部。
支部强不强，
关键在班长。

当干部要过好"金钱关"，
钱是水，
少了会渴死，
多了也会淹死。

这些是张国忠的"吃亏经"中最经典的"顺口溜"，是发人深省、启迪人生、促人猛醒的哲理之作。

八荣八耻要学精，
荣辱分清方向明。
是非标准记心中，
它像尺子又像秤。
经常比着量一量，
不断用它称一称。
联系实际常对照，
短了轻了都不行。
全力建设新农村，
和谐社会树新风。

张国忠以"顺口溜"的形式鼓励当地干部，把农村建设建好，展现了一位老支书的精神风采，也是对年轻人的诚挚关爱和告诫，从中可以看出张国忠是一位坚持修身、养德，不断提升自我，上不愧党、下不愧民，有益于时代、有益于人民、有益于国家的高尚情怀的干部。

老汉今年七十九，
人均八千拿到手。
艰苦奋斗创大业，
科技创新争上游！

老汉今年八十整，
喜事不断真高兴。
荣获全国文明村，
领导鼓励干劲增。
身体健康要锻炼，
和谐社会再建功。

"一个人无论有多大荣誉，多大的年龄，什么时候也不值得翘尾巴，因为荣誉是党培养的结果。如果离开了党的培养、大家的支持、群众的拥护，你什么事也办不成。"张国忠用心感受老年生活，用情书写知足常乐，用功精准遣词造句，用智提炼诗情词义，充分折射出他"老骥伏枥、志在千里"的进取情怀。

老年不学心不灵，
幼年不学误一生。

健康长寿要锻炼，
每天坚持两不闲。
身体不闲锻炼劲，
脑力不闲不忘事。

少年时期吃不上饭，

青年创业拼命干，

中年事业求发展，

老年拼搏不断线。

"咋会累啊?! 没有累死的人，要想心不累，不求十全十美，但求问心无愧。"张国忠总结了既要工作好，又要身体好的两个秘诀，那就是学习，他从来没有感到累过。当年 80 多岁张国忠，眼不花、耳不聋、背不驼、腰不弯，头发乌黑，面色红润，牙齿齐全。

"要虚心学，认真学，坚持学，学就会长知识，知识就是力量。见多识广，才能站得高，看得远，遇到问题开拓新局面的能力才会强，就好比'大马拉小车'，干起工作来就不会吃力。所以身体就会保持健康。"在这里张金昌这样说，"其实，我父亲所说学习对身心健康的影响，是指学习可以调整和改善人的心态，心态好就可以做到万病不侵。事实上，正是因为他心态平衡，从不患得患失，所以在我父亲高血压、高血脂、高血糖等'三高'老年病出现不久，就不药而愈了。"

四

姜春云在《全国劳模张国忠言论集》序中还郑重写道："读这本书，感人至深，发人深省。书的内容深刻而生动地体现了一个老共产党员、党的基层干部的坚强党性、崇高品德和无私奉献的思想境界。这是一本好书，是一本集思想性、可读性、教育性于一体的佳作。它的出版问世，对于巩固发展共产党员先进性教育活动成果，对于推进反腐倡廉、密切党与群众的血肉联系，对于落实科学发展观和建设社会主义新农村，有着现实而重大的意义。"

张国忠在长期的生产劳动、社会交往、生活实践中，不仅务实能干，而且善于梳理归纳，善于吸收外来事物及先进经验，从村貌变化、民生发展到时事热点，张国忠看到什么就编什么，70 多年来，他说理论、谈政策、讲家风、倡清廉，用一首首顺口溜、打油诗，搭起了小杨屯村民的精神桥梁。

他编说的这些"顺口溜"，都内含着丰富的科学道理和生活哲理，反映了他的生活经验和愿望，展现了张国忠不同时期奋斗的姿态和精神，展示了一个农村共产党员、基层干部的精神境界，彰显了全国劳模的修养、见识和胸襟。有的较长过百字，分成几段，通俗易懂，生动形象，节奏感强且口语化，把道理讲得明明白白；有的只有十几个字，或几十字，短小精悍、简洁明快，耐人寻味，同样说明道理。有的含义较深，让有文化的人接受教育；有的是简单明了大白话，让不识字的人也能明白其中的道理，不管怎样都是张国忠聪明智慧的结晶，真情实感的流露，深受人民喜爱。

张国忠总结的这些"顺口溜"，语言淳朴，押韵上口，具有浓郁的地方特色，散发着不同年代独有的生活气息，在反映生活、记录民俗，传播经验、教育启蒙等方面起到了重要的作用，他的这份真诚总能打动每一个到访者，有的还为它配曲，让人们传唱。

姜春云在序言结尾时又发出了这样的号召："全面建设小康社会、构建社会主义和谐社会，是党领导人民依靠自身的力量实现民族复兴的伟大事业，也是造就英雄、崇尚劳模、追赶先进的广阔天地。让我们大家都来学习、发扬劳模精神，为推进社会主义物质文明、政治文明和精神文明建设作出应有的贡献。"

大学的客座教授

夏秋季节抓粮棉，

寒冬空闲狠抓钱，

一年四季不得闲。

少数面积狠抓钱，

多数面积搞粮棉，

粮棉田里再加钱。

一收变多收，

春棉改夏棉；

少数地块抓了钱，

投入粮和棉；

粮棉瓜菜都增产，

农林牧商齐发展，

这就是农业的良性大循环。

张国忠讲学习党的创新理论的收获和感悟

1989 年 7 月 30 日，时任山东省委书记的姜春云一行到小杨屯调研，听完张国忠的一席话，姜春云高兴得笑了起来。十分惊奇地问："国忠同志，你什么文化程度啊？"张国忠回答："我一个字也不认的。"姜春云握着他的手，说："你虽然不识字，但辩证法用得很好，水平很高，以我看有些大学教授也比不上你，他们表达能力不如你，实践真知不如你！"

一

有人会问，一个不识字的农民到大学能讲什么？光讲农业种植吗？这你就小看了张国忠。不同时期，张国忠能讲出不同的内容。

新中国成立初期，张国忠讲翻身不忘共产党，幸福不忘毛主席；困难时期，他讲艰苦奋斗，依靠集体度灾荒；"文革"时期，他讲坚持实事求是，响应党的号召，多打粮食多贡献；实行"责任制"时，他讲"见'公'就分，那不叫社会主义"；改革开放后，他讲与时俱进创辉煌，把中央的决策部署贯彻落实到实际工作中；在贯彻落实科学发展观，构建和谐社会的新时期，他讲"科学兴业、和谐发展"；中国特色社会主义时期，他讲坚持集体经济的共同富裕之路，是全体人民"共同责任"，诠释共产党人的责任和担当。

张国忠还会看人"下菜碟"，不同的单位，不同的人，他都能讲不同的专题。在普通院校，张国忠讲革命理想，讲人生观、价值观、荣辱观，讲如何学习，如何确立志向，如何制定发展方向和奋斗目标。在科技院校，张国忠除了讲人生，讲三观，讲奋斗，还讲科学发展观，讲科学技术的应用和推广。

在干部管理院校，张国忠讲世界观、权力观，讲吃亏经、用人经、实干经，讲全心全意为人民服务，讲无私奉献。

在党校，张国忠讲中国共产党的执政理念，讲党的方针、政策，讲"三个代表"重要思想，讲科学发展观，讲中国梦，讲中华民族伟大复兴，讲共产党员的修养。

在公检法专业干校，张国忠还能讲如何依法治国，如何构建和谐社会，如何让广大人民群众更有幸福感。

在市县教育系统，他还围绕思想品德和爱国主义教育，开展"全环境立德树人"思政宣讲……

"学习社会主义荣辱观，一定要体现在'两好一新'上。'两好'是落实好科学发展观，构建好和谐社会；'新'是建设社会主义新农村。要在结合上下苦功，这是检验学习效果的标准。"2006 年 3 月 4 日，胡锦涛同志在参加全国政协十届四次会议民盟、民进界委员联组讨论时提出，要引导广大干部群众特别是青少年树立以八荣八耻为主要内容的社会主义荣辱观。

张国忠立即组织干部群众认真学习。他认为，这是建设精神文明及构建和谐社会提高全民素质的准则。不久，他在给聊城市检察系统 140 多名党员干部作报告时，即兴作诗一首学习心得：八荣八耻要学精，荣辱分清方向明。是非标准记心中，它像尺子又像秤。经常比着量一量，不断用它称一称。联系实际常对照，短了轻了都不行。全力建设新农村，和谐社会树新风。引起了大家的强烈共鸣。

"能够成为大学的教授，对我来说是一个荣誉，更代表着一份沉甸甸的责任，怎么着也得讲好。"拿到山东大学客座教授的聘书时，张国忠心情还是十分激动，用他自己的话说，这是"泥腿子"走进了什么塔（象牙塔）。

一时间张国忠先后被聊城大学、山东大学、山东青年干部管理学院、山东农业大学以及省地党校等聘为客座教授，随后十几年间，张国忠在高等学府科研院所和党政机关企事业单位都留下一串串讲经授课的足迹，且场场爆满，掌声雷动。同时，他还被市县公安局《曙光》杂志聘为特别顾问等。

二

张国忠虽然年事渐高，但身板依然硬朗，精神矍铄，说起话来有条有理，铿锵有力，思维很敏捷。每年市里、县里召开五级或三级干部会，或宣讲有关上级政策、或鼓舞士气，几乎场场离不了张国忠，不管到哪里，一张嘴，就是掌声一片。群众都说，听张国忠讲话，句句都能说到心窝里，就像三伏天吃了块冰激凌，爽快！

张国忠讲课的最大特点是理论紧密联系实际，不空谈，有实物，有理论，有例证，而且风趣幽默，非常接地气。他先后在全国各地作报告数千场，每一次讲课都场场爆满，掌声雷动，反响强烈。

"中国共产党始终代表中国先进生产力的发展要求、始终代表中国先进文化的前进方向、始终代表中国最广大人民的根本利益"，浓缩到小杨屯党支部和全体党员身上，就是要做到"三个持续不断"，即：持续不断提升劳动生产手段，持续不断树立村民新风尚，持续不断为广大群众谋福利。因为有了这三个具体可见的定位，当不少学者还在对"三个代表"重要思想一头雾水时，张国忠已经开始以小杨屯的鲜活事例，在山东各地巡回做起"三个代表"重要思想辅导报告了。当他被邀请到青岛报告时，出现了万人空巷之盛况，连小商小贩都坐在高音喇叭下聚精会神地听起来。

这种现象很快引起中央高层的密切关注，中央电视台的记者李玲连夜来到小杨屯，请张国忠谈谈学习"三个代表"重要思想的体会，他根据几十年的工作经验，脱口而出，"不学习就不能提高，不学习就不能解放思想，不学习就没有方向。"并风趣幽默地说："在俺小杨屯过好日子就是物质文明，做好人就是精神文明，爱国就是政治文明。"不几日，这几句话在中央电视台新闻联播头条播放，在全国引起震动。

张国忠在讲如何构建和谐社会时，他说："和谐社会是非常美好的，是老百姓盼望的，但它是等不来的。一要人人学会艰苦奋斗，豁上百十斤出力流汗，继续发扬长征精神；二要人人学会吃苦在前，享受在后，不计个人得失，任劳任怨，要有长期吃亏的精神。"

讲如何做一个好干部时，他说："当干部一要本身正，二要敢碰硬。自己正了敢碰硬，工作再难也能攻。"他还多次讲到，"当好村干部要做到三点：一是办理大小事，干部一分一厘都不能沾群众的便宜；二是处理大小事，要实事求是、不偏不向、不报复人、不包庇人；三是拼上命地发展经济，多让群众得实惠。"

讲共产党员修养时，他着重强调共产党员要过好经济关、自满关和女人关。关于经济和自满关，他常结合亲身体会讲："荣誉高了要做到'六不'：一个人应该荣誉越高，架子越小，做到劳动人民的本色不能变，艰苦奋斗的作风不能变，对党的忠诚不能变。努力做到劳动不变，经济不沾，党风不偏。"关于经济不沾，他特别指出，"当干部要过好'金钱关'。"

三

张国忠之所以在不识字的情况下成为理论通，而且能当大学的客座教授，是因为他有独到的学习方式方法。他从来不为了学习而学习，每次都是带着感受学，带着问题学，带着目标学。他学习的最大特点是，理论结合工作实际，把高深的理论转化成本人的体会和认知。很多时候，他还带着已有的感性认识去揣摩枯燥的文化字眼，所以比专家学者更容易融会贯通，乃至一通百通。

"学用结合是我父亲一贯的学习方法，他反复教育大家，不要空学，要把学习的效果体现在落实科学发展观、构建社会主义和谐社会、建设社会主义新农村上。"张金昌说。

2007年10月，党的十七大闭幕后，张国忠照例组织全村党员干部进行连续一个月的认真学习。在学习活动总结会上，他结合小杨屯的实际，深入细致地谈了自己学习十七大精神的心得体会。他说："今年是党中央提出构建和谐社会，建设社会主义新农村取得重大成就的一年。同时也是咱小杨屯政治、经济、文化等各方面取得重大进展的一年，但是全村党员干部不能满足现在的成绩。和谐社会是非常美好的，是老百姓盼望的，但它是等不来的，一是人人要学会艰苦奋斗，继续发扬长征精神，出大力流大汗；二是人人要学会吃苦在前，享受在后，不计个人得失，任劳任怨，要有长期吃亏的精神；三要人人要学会真抓实干，在十七大精神的指引下，深入贯彻落实科学发展观，继续解放思想，使各项工作取得更大的成绩。"

2013 年 6 月至 2014 年 9 月，根据中国共产党第十八次全国代表大会精神，为了保持党的先进性和纯洁性，着力解决人民群众反映强烈的突出问题，提高做好新形势下群众工作的能力，以习近平同志为核心的党中央，在全党范围内部署开展了一次以为民、务实、清廉为主要内容，聚焦作风建设，深入开展党的群众路线教育实践活动。这项为期一年零三个月的重要活动，是新形势下坚持党要管党、从严治党的重大决策，是顺应群众期盼、加强学习型服务型创新型马克思主义执政党建设的重大部署，是推进中国特色社会主义伟大事业的重大举措。全心全意为人民服务是党的根本宗旨，群众路线是党的生命线和根本工作路线。深入开展党的群众路线教育实践活动，对于教育引导党员干部牢固树立宗旨意识和马克思主义群众观点，切实改进工作作风，赢得人民群众信任和拥护，夯实党的执政基础，巩固党的执政地位，具有十分重大而深远的意义。

当时已经 87 岁的张国忠，始终跑在此次重大活动的最前沿，他亲自组织小杨屯全体党员干部，传达、学习、宣讲中央活动精神，并反复对照小杨屯村发展实际，让党的群众路线步步深入人心，扎根发芽、开花结果。

新时代的"堂前燕"

"咱是全国的党代表、省里的人大代表，又是村党支部书记，作为宣传和执行党的各项方针政策的'第一责任人'和'排头兵'，如何发挥示范带动作用，如何让党的理论真正'飞入寻常百姓家'，说到群众心坎上，我一直在努力。"多年来，张国忠始终以党的声音让群众听得懂、能领会、可落实为目标，不放过任何贯彻落实的机会，而且他深知对农民进行思想教育，不是一时半晌的事，必须常抓不懈。就是农忙季节，他也经常组织群众在田间地头、道旁场边等，结合实际进行宣传教育。

这不他刚放下手头的农活，就一头扎进街头乘凉的人群中，以拉家常

张国忠在田间地头宣讲党的政策

的方式为村民宣讲起党的乡村振兴政策，引起了广大村民的热烈关注和积极参与。

一

"大家辛苦了，今年蔬菜长势真不错，销路咋样？"在宣讲前，张国忠一句话瞬间暖心。

"只要抓住市场需求，让大家的腰包都鼓起来，乡村产业振兴就有希望。"大榆树下，围坐着拉呱乘凉的群众，张国忠的开场白引起大家的共鸣。

"如今的日子就像这地里的庄稼、蔬菜一样充满希望。"张国忠结合小杨屯的实际，用邻里乡亲的身份和纯天然的"老土话""大白话"，采取"唠家常""话里短"的方式，与村民们谈体会，话发展，让理论沾泥土、接地气。

这种沾泥土、接地气，既通俗易懂，又"冒热气"的语言开展宣讲，让在场的村民听得津津有味，大家不断点头称赞，还不时互动交流。

"家门口这场别开生面的宣讲，很对我们口味，听完宣讲，目标更明、信心更足了。"村民张树清表示。

张国忠清楚天边不如身边，道理不如故事的哲理，要让广大群众听得进、坐得住，关键是要在贴近基层实际上下功夫，他以讲真人、真事、真心话、真感情为原则，讲述"乡村变样、家庭变化、惠民政策"等群众能够直接理解、认同的价值理念，通过讲群众自己的故事，收获群众内心的领悟与感动，破解了理论宣讲"深入难、接受难、持续难"的问题。

像张国忠这样街头巷尾、田间地头、路边交流的宣讲，用一个马扎、一条板凳、一方空地就搭起了宣讲的舞台，只要他在小杨屯村里，几乎天天见。真正实现了群众在哪里，党的声音就在哪里，群众需要什么，他就讲什么。群众忙完手中的活，坐在田间地头休息，这时候，他就来一场政策的"微宣讲"，用"小阵地"讲好"大故事"，用接"地气"的话讲清"大道理"，既能宣讲党的方针政策，又能及时解决群众急难愁盼问题，让群众在欢声笑语、潜移默化中受到教育，使基层宣讲更有热度、更有温度、更有深度，不仅拉近了群众之间的距离，也架起了政策的连心桥，赢得了群众的心。

群众聚到哪儿，张国忠就讲到哪儿。从"会议室"到"田间地头"，由传统模式的"讲"，变成互动式的"聊"，通过充满"泥土味"的学习方式，把党的精神、乡村振兴政策、群众关注的热点，变成涓涓细流浇灌进群众心田，引导更多农民积极参与到乡村振兴的各项工作中。

张国忠还善于以关乎群众切身利益的事情为"切入点"，以"小切口"解析大道理，将宏大理论与回应群众关切相结合，以更接地气的话题，深入浅出，用"小切口"展现"大主题"，为人民群众提供丰富的精神食粮，在简单中见精彩，在通俗中显深度。并通过本村身边一个个具体生动的小故事，用朴实的言语析事明理，把"大道理"讲成身边事，解疑释惑，把高深的理论讲透、讲清、讲明，切实发挥了"小宣讲"的"大作用"，有效提升了理论宣讲的感染力和吸引力，群众自然就想听爱听，听有所思，听有所得，不仅使围坐左右的村民们听得津津有味，更在线上吸引了众多网友前来"围观"学习，让党的思想理论在潜移默化中入脑入心。

二

"张劳模讲的这些都很实用，是他多年的种植经验，很管用。这种现场体验式的讲学形式很好，让我们既了解到了农业种植方面的政策，又学到了实用技术，对今后的种植更有信心了。"张国忠这些年来，始终坚持以群众需求为导向，开展深入、细致、贴心、温暖的关爱和帮助，精准对接群众需求，"量身定制"菜单式宣教，群众"点单"，他就"接单"，及时解决群众关心的烦事、难事、揪心事，将阵地资源转化为实实在在的为民服务成果，让宣教真正做到"点"上、干到群众"心"里。

正是西瓜收获的季节，在小杨屯村的果蔬种植基地里，村民们一边忙着手底下的活，一边听张国忠对西瓜的种植、收获、运输细节进行讲解，时不时地有村民对西瓜种植中遇到的问题进行提问，张国忠现场面对面示范交流，手把手讲解指导，一一从西瓜的生长特性、土壤条件、施肥时机等多方面进行系统解答，向村民传授经验。村民心中有谱了，来年西瓜种植会更好。

"坚持人民至上，已概括为党百年奋斗的十条历史经验之一，农业农村工作直接面对群众，每项工作都与群众的切身利益密切相关，我们一定要认真学习领会好全会精神，把工作做到群众心坎上，把群众最需要的技术送到田间地头上，为乡村振兴事业贡献全部的智慧和力量。"张国忠知道，农村宣教并非易事，这些年来他经常认真琢磨"在哪讲更好""讲什么更好""怎么讲更好"等关键环节和问题，并总结出侧重"小话题"反映"大主题"，以"小故事"阐述"大道理"，用群众喜欢听的语言讲理论、解疑惑、话发展，让群众听得懂、用得上、记得牢的规律。

张国忠每次听完各级领导的报告或是学习振奋之余，就把党的最新理论成果与群众生产和生活实际相结合，开展了"菜单式"宣讲，由"我讲你听"变"你需我供"，把"大道理"讲成身边事，及时将党的精神和实用农业技术有机融合，送到田间地头、送到群众的心中，既讲百姓故事，又讲致富方法，从思想上给群众送去政策红利，从技术上送去增收致富的"金钥匙"，在行动上给群众送去"定心丸"，让大家转换思路谋发展，坚定信心奔小康。

"在大田里听宣讲，我还是头一回。以往在会议室里听，老师在上面讲，我们在下面听，感觉理论性太强，不容易学习接受。在田间地头讲，有问题现场提，少了中间环节，宣讲内容'活'了，方式新，收获也更大了。"村民周长银说。"大家一起学习，还相互探讨学习致富经验，现场交流、地头实践，有问、有答、有掌声，生动有实效。"群众纷纷表示学到了乡村致富"真经"，既解渴又鼓劲儿。

张国忠用这种"接地气、沾泥土、带露珠"的方式，零距离把党的创新理论讲给群众听，既宣讲了党的各种会议精神，又传授了种植技术，让大家能听得懂、学得进。

三

"村里准备搞土地租赁，这段时间有不少村民打电话咨询。今天，我去给大伙儿讲讲土地租赁是咋回事儿。"张国忠匆匆吃过晚饭，就来到小广场上。

"土地租赁给企业有保底还能分红，效益比流转土地要好。隔壁村去年底分红，一亩地挣了1200多块。"村民张成家说。

"说的都是身边事，听得懂，也愿意听！"村民王少青听得津津有味。

……

"最重要的是，要创新'小技巧'，提升'大成效'，找准群众最想知道的事，用群众听得懂的语言。"张国忠说。农村宣教不能光坐而论道，单纯的"说教式"讲授很难达到预期效果，中央的政策精神如何更好地浸润人心？与群众切身利益最相关的话题，怎样更为人熟知？问题和矛盾如何在一线化解？只有不断创新宣讲方式，才能切切实实使宣讲的理论入脑入心，取得实效。

在开展理论宣教时，要灵活运用宣讲"小技巧"，少一些"一刀切"、一锅煮的"大锅菜"，多一些"私人订制"、入乡随俗的"特色菜"，比如说敬老爱幼、邻里互助等传统观念，要从大家熟悉处讲文化振兴；讲西瓜、草莓、白菜籽等农业种植技术，要从有没有效益入手，告诉大家种植这个品种的好处，群众才乐意接受。

"产业兴旺是乡村振兴的重要基础，是解决农村一切问题的前提。过去咱们帮人摆脱穷日子，都是直接帮钱帮物，但我认为帮钱帮物吃了喝了，就没了，就不如帮他做个好项目；前些年，有的农户攒钱买拖拉机跑运输，有了这个营生，就能多挣钱，就能过更好的日子。所以，产业振兴就是大家一起找多挣钱的门路；没有产业振兴，就没有乡村振兴。"为了阐明产业振兴的重要性，张国忠还经常结合身边的变化，举例子、讲故事，使群众对党的好政策有了更深入的了解，并在轻松活泼的氛围中学习新理论、接受新思想、了解新形势，让党的创新理论春风化雨，润物无声"飞入寻常百姓家"。

学习落实乘东风，
乡村振兴再振兴。
杨屯大地千年绿，
生态长廊水更清。

企业农业牧副业，

经济发展噌、噌、噌

……

党的政策就是好，

村民都要早知道，

看病花钱能报销，

残疾贫困享低保，

群众幸福指数高、高、高

……

张国忠还经常发挥自己能编朗朗上口的顺口溜，能做引人入胜打油诗的口才特长，将高大上的理论变得通俗易懂，让党的政策流入老百姓的心田。

"张国忠的宣讲语言就是土生土长的群众语言，真正实现了小角度讲清大道理，身边事讲实硬道理，新角度讲好老道理，让群众在休闲娱乐中接受春风化雨、润物无声的思想洗礼，使理论宣讲更加'沾泥土、带露珠、冒热气'。"聊城市讲师团团长对张国忠的宣讲给予高度评价。

一场场深入人心的宣讲教育，一次次别开生面的传经送宝，一个个鲜活生动的小故事，让理论之"声"深入人心。

村民心中的"定海神针"

"忽如一夜春风来，千树万树梨花开。"1982 年 1 月 1 日，中共中央以 1 号文件印发了《全国农村工作会议纪要》，明确指出农村实行联产承包责任制，包产到组，责任到人，能分则分，能统则统，统筹兼顾。

"当时父亲反复让我将中央一号文件念给他听。"张银昌回忆说。而后，他认真体会中央关于农村改革的政策规定，并迅速将思想统一到文件

张国忠为村民致富拿主意谈看法

精神上来。

一

　　全国范围内推行联产承包责任制之初，对"大包干"责任制这种经营方式，人们形象地称之为"交够国家的，留足集体的，剩下都是自己的"。农民群众对"大包干"赞不绝口：

　　大包干，真正好，

干部社员都想搞。

鞋合脚，政策好。

人出力，地献宝！

只要干上三五年，

吃陈粮烧陈草。

当时上级的"红头"文件没有明确肯定，有些地方由于对三中全会精神理解不透，加上缺少经验，片面强调一个"分"字，在具体操作中，不仅划分了田地，而且拆分了原来集体的财产，如场院、牲口、农机具等，结果一夜之间变成了"空壳村"。更为离奇的是，一些地方说搞包干到户是三中全会精神，不搞就是违背三中全会精神。

面对农村改革的风云变幻，张国忠进行了认真细致的分析和思考，小杨屯该怎么办？

张国忠衷心拥护党的十一届三中全会以来的路线、方针、政策，称它们是字字说的富民话，句句定的富民策，条条指的富民路，充分体现了中央抓好农业这个战略重点的决心，切实关心广大农民尽快致富问题，是亿万农民在党的领导下建设具有中国特色的社会主义现代化农业伟大实践的科学总结。

可张国忠又不赞成一夜之间似乎把集体财产全部分到户看作是今后中国农业发展的唯一模式和道路的观点，中国这么大，难道能用一种模式打天下？这样的亏我们不是吃过吗？

况且1980年4月23日，省委发出《关于加强农村人民公社经营管理工作的指示》，要求各地根据不同情况实行不同形式的农业生产责任制，责任制的具体形式应当从自己的实际情况出发，不搞"一刀切"。凡是有利于发展生产、有利于巩固和壮大集体经济、群众愿意实行的，都要肯定。

1980年9月8日，山东省委书记办公会议进一步指出，在那些集体经济长期没有搞好的地方和单位，应当允许包产到户，以便尽快改变落后面貌。

张国忠知道，省委书记办公会议说的是"在那些集体经济长期没有搞好的地方和单位，应当允许包产到户，以便尽快改变落后面貌。"而我们村农业生产基础好，粮食生产连年丰收，是集体经济搞得好的村庄。再说今年中央 1 号文件下发后，省委、省政府进一步推广农业生产责任制，明确实行以包产到户、包干到户为主要形式的责任制。且于今年 8 月 31 日，省委办公厅、省政府办公厅下发了《农业生产责任制试行办法》，明确提出"目前实行的专业承包联产计酬，联产到劳、到组，包产到户，包干到户，小段包工定额计酬等形式，只要群众不要求改变，就应当稳定下来，在实践中不断完善、提高。完善农业生产责任制，是一个长期的任务，要始终坚持因地制宜，尊重群众意愿，允许多种形式并存，注重经济效益的原则。要从群众的实践中不断研究新情况，解决新问题，推动生产责任制健康发展。"

而且在地委、行署召开的全区农业生产责任制工作座谈会上也提出，要深入贯彻落实中央一号文件和省委、省政府要求，进一步完善和提高生产责任制，注意承包指标合理，简化方法和分配程序；对大队、生产队原有的集体工副业和多种经营项目，要仍由集体经营。

张国忠明白，相较于人民公社的土地经营模式，家庭联产承包责任制给经济社会发展带来了重大而深刻的影响：一是把土地承包经营权交给农民，他们可以自主决定生产什么，怎么生产，大大调动了农民的生产积极性，增强了劳动的责任心。二是分配上打破了平均主义，土地产出与农民利益直接挂钩，农民收入能实现大幅度增长，除了改善生活还能出现生产剩余。三是实行土地承包以后，农民能够自主安排自己的劳动时间，农业劳动效率会大幅提高，务农时间减少了，可以腾出时间从事第二、第三产业，为中国经济发展提供人口红利。

但是，张国忠更清楚，党的政策本该是以"统分结合、双层经营"为主要内涵的基本经济制度建设，而不是因"分"有余而"统"不足，甚至只有"分"而没有"统"的行为所带来的各种矛盾，从而导致今后

"三农"突围工作的处处被动，越陷越深。过去搞大轰隆大锅饭，把大伙捆在一个桩子上标穷，那不叫社会主义，见"公"就分，"遇牛分割四条腿，见草分割十小段"，搞分光分净各干各的，制约了农业机械化的发展，不搞集体经济，也不叫社会主义，这样会使已经形成的生产力遭到破坏。再说小杨屯村的集体经济已经初具规模，如果一分了之，反而阻碍小杨屯生产力的发展。

联产承包责任制一推行，张国忠感到既顺心又担心，实行家庭联产承包责任制，虽然经营形式变了，但社会主义性质没有变，共同富裕的路子没有变。张国忠在发展农村经济过程中，始终反对急躁冒进、"一刀切"的做法，坚持"自愿互利""按劳分配"的原则，并根据自己的村情民意抓落实。

二

可是改革体制谈何容易，张国忠的心里也在"打鼓"，但又觉得非改不可，他更清楚对于中央的新政策，允许个人有不同意见，也可以发牢骚，但是在行动上必须一切行动听指挥，不能阻碍中央政策执行。于是他针对集体生产过程中存在的诸多弊端进行反思，如集体生产过程中有个别地方、个别人出工不出力，"出工一窝蜂，干活大帮轰"，反正记工分是一样的、分配是拉平的，出工不出力；有个别地方、有个别人缺少责任心，在施用种子、化肥、农药时有浪费现象，农业生产成本高；等等，通过对这些弊端的反思、分析、检讨，深化了张国忠对客观现状进行改革的迫切性、必要性的认识和理解。

"今天，咱们开个会，大家都是小杨屯的骨干，都是小杨屯创业的功臣，眼下外面都搞承包制了，咱们该怎么办，请大家出出主意。"张国忠先后3次主持召开村党支部会议，认真讨论，统一思想，又专门召开"诸葛亮"会议，广泛征求全体群众的意见，大家从大锅饭的弊端，说到承包责任制的好处，说到分光吃净的害处，很快形成了一个顺民心、合民意的

《小杨屯大队分田到户实施方案》。方案明确规定，在土地承包上，土地归集体所有，分散经营，承包到户，并交纳土地承包费；对牲畜和小型农具实行保本保值的办法，折价到户；对大型农业机械和农田水利设施、林木、果园、公地等实行集体统一经营，招标承包，专人管理；用于孤寡老人的地不分。这样，既确立了农民家庭经营在农业生产中的基础地位，使农户获得了生产经营的自主权，调动了农民发展生产的积极性，又保住了绝大部分集体财产，为今后统一经营奠定了物质基础。

这年，张国忠积极推行了家庭联产承包责任制，组织群众正式分田到户，全村79户、350位村民，每人分得4亩土地，家庭联产承包责任制的实行，极大地解放了农村生产力。

小杨屯在充分调动一家一户积极性的基础上，保住了集体财产。

张国忠和小杨屯人接受了外地"吃光分净"的经验和教训，全面领会了"以家庭联产承包责任制为主，实行不同形式的责任制"的精神实质，没有盲目地追随"分田单干"这一潮流，而是正确地尊重群众的意愿，从小杨屯的实际情况出发，宜统则统，宜分则分，因地制宜的措施出台，使小杨屯村的责任制从一开始就预防了可能出现的偏差。

当时，张国忠的这种做法引起了很多非议，甚至有人给他扣上了一些难以承受的大帽子。但张国忠认准一条，这些年来，村民由穷变富，靠的是社会主义道路，靠的是集体力量，没有集体经济，还叫啥社会主义。响应上级号召，搞家庭联产承包责任制，也不是叫"分散单干"呀，没有集体和家庭的双重积极性，怎么最终实现共同富裕？劳动者积极性的高与低，是不是检验生产关系是否适应生产力发展水平的根本标志？

三

"雁飞千里靠头雁，船载万斤靠舵手。"小杨屯的村干部说："有劳模书记这个主心骨，俺们干事浑身是劲儿。"

实践证明，家庭联产承包责任制"横空出世"后一直处在"鲜花"

和"掌声"之中，但这个政策的实际效用在经历短暂的轰动与辉煌之后，便很快陷入了长时期难以恢复的"劳累"与"疲惫"。在湖北省社会科学院院长、华中师范大学政治学研究院教授、博士生导师宋亚平看来，其中有许多毋庸置疑的客观缘由，如城乡二元社会结构坚冰难破、农业支持体系残缺不全、农村金融制度改革举步维艰，国家财政支持十分有限，甚至可以说城市化、工业化建设通过各种价格"剪刀差"几乎榨干了农业的剩余，以至于农民只能维持极其原始落后的简单再生产等等。但唯物辩证法告诉我们，在任何事物的发展变化中，内因是根据，外因是条件，外因必须通过内因起作用。按照这个逻辑来分析，真正的"病灶"，可能还是在农村基本经营制度自身的缺陷上。

另外，在实际操作中，各地农村因过分迁就农民群众"宜分不宜合"的落后性和防止村组干部利用集体资产谋私分肥，加之县乡政府缺乏驾驭复杂事物的能力等原因，普遍性地采取"一分了之"的办法，偏离了中央正确的方针路线。这种极其简单地"一刀切"的搞法，使得绝大多数村级集体组织的各类资产被分光卖尽，成为名副其实的"空壳村"。虽然土地的所有权仍旧还"挂"在村集体的名下，但实际上早已名存实亡。同时，计划经济时代后期刚刚起步的由政府担纲的农村公共公益服务体系，也在暴风骤雨般的"分田析产"运动中，被冲得摇摇欲坠、七零八落。县乡两级政府由于"分灶吃饭"的财政变革而无力顾及"村两委"的衰弱。于是，绝大多数农村只有家庭经营这一层，而可以多种形式表现的集体经营这一层却基本上化为乌有。

天下最难，难于上青天；百官难当，最难为村官。可张国忠却届届连任，一干就是70多年，这听上去着实不可思议，甚至还引发了一场"暗访"。但正是凭着张国忠心底无私的"吃亏精神""奉献精神"，他才能率领"两委"成员，站得直、坐得端、行得正，尽心、尽职、尽责，树起了共产党员挺拔的脊梁，才把党员干部和群众牢牢地团结在一起，并在70多年的风雨兼程中始终践行着最初的誓言，用青春、用热血、用奉献为小杨屯村绘就了一个美好的明天。

张国忠当选为2009年山东新闻人物

"要想当个好干部，就要学会吃亏"

张国忠是"吃亏精神"的倡导者和实践者。在任 73 年，上级信任，村民拥戴，事业兴旺，村风和谐，勇于"吃亏"就是他成功的"秘诀"之一。对张国忠而言，"吃亏"已不是一个简单的概念，已成为他作为一名党员干部的立身之本和人格之源。73 年来，他把共产党人的奉献精神、牺牲精神，浓缩为"吃亏"二字，身体力行，一以贯之，显示了一个优秀基层干部的大胸怀，大境界。

1998 年 6 月，时任中共中央政治局委员、中共山东省委书记的吴官正来到小杨屯，对张国忠甘愿吃亏，无私奉献的事迹给予高度评价。他紧紧抓住张国忠的手，深情地说："你是我们党的光荣！"

"有人说农村不好搞、不好治，也有人说农村刁民多，可我当村干部

张国忠在颁奖典礼现场谈感想

70 多年了，应该说是村干部里面和农民打交道时间最长的，我始终觉得最老实、最实在、最有良心的就是农民。"说起身边的老少爷们，90 多岁的张国忠有点感慨和激动。

"世界上什么学问都好学，最难学的是吃亏。要想当个好干部，就要学会吃亏，不怕吃亏。"张国忠担任村书记 73 年来的经历就是一部不断吃亏的历史。

张国忠，正像他的名字一样忠厚诚实，为了党和国家的利益，他站得高，看得远，不做"小精人"，不打"小算盘"，他 73 年如一日，把一腔心血倾注在脚下这片红土地上，对这片热土和这里的乡亲们爱的深沉，毫不在乎自己的得失，埋头带领老少爷们过上好日子，这是他"当家"为人的第一信条，也是他走在时代前列的永恒动力。

一

"农转非"、吃"皇粮"、当"大官"，对于一个祖祖辈辈与土坷垃打交道的农民来说是十分幸运的事，是梦寐以求的机会，而张国忠面对人生多种选择与考验，屡次放弃了。谈起这些"错过"的机会，张国忠说："我对生我养我的红土地有感情，对村里的父老乡亲有感情，对所干的事业有感情。我最舒心的工作是和红土地打交道，最大的心愿是和群众在一起。一个人一生有机会有能力做成一件大事很不容易，我在小杨屯要干一辈子，不干一阵子！"

这些年来张国忠担任过县委委员、地委委员、乡党委副书记，省第五六七八届人大代表，省第四届党代表，党的十一、十四、十五大代表，全国劳动模范，有多次转干当"大官"的机会，且一次比一次机会好，这对一个祖祖辈辈与土坷垃打交道的农民来说是十分幸运的事，但他全放弃了，因为他心中牢记誓言，任何诱惑都不能使他离开洒满了血汗的小杨屯和对他寄予厚望的乡亲们。

1956 年，五个村合并，成立高级社，张国忠任高级社社长。县里领导找到他说："组织上有一批转干指标，按条件你是第一名，这可是打着灯笼也难找的好事哟！"他满以为张国忠会高兴得跳起来，可出乎预料，张国忠认真地说："我在小杨屯还有很多工作要做，还没干出啥名堂，自己屁股一拍就走了，啥也没留下，心里愧得慌，对不起这片红土地和这片红土地上的老少爷们，等我在农村搞出点名堂再说吧！"

"谁不知道转正提干好啊？既能进城，又有工资，还能把自己的老婆孩子都带出去，可我思来想去还是不能走。"结果张国忠把指标让出去了。

二

"国忠啊，我把咱信用社唯一的一个转干指标给了你，这是为你好，你还说我不理解你。你这个人太傻了！"时任冯屯信用社主任的辛思木生气地对张国忠说。

"傻？这只是你的认为，现在俺村正热火朝天地平整土地，大搞农田水利基本建设，这是明年粮棉丰收铺垫基础的关键时候，我怎么能忍心抛下自己亲手绘制的创业蓝图，说走就走呢？如果说这样是傻，我甘愿做这样的傻子！"张国忠坚决地说。

1964 年，张国忠任村支书的同时，又在信用社兼职，信用社将一个转干指标给了他。但张国忠想到是小杨屯正在治旱治涝拔穷根的节骨眼上，不能走，如果他一走，群众就会凉了心、松了劲，工程就会影响，所以他又一次放弃了转干的机会。

"我是个农民，对养育俺的红土地有感情，对小杨屯的父老乡亲有感情，只要能为国家做贡献，在什么岗位上不一样？俺的舞台就应该在这一片红土地上，俺最舒心的工作是和红土地打交道，俺最大的心愿是和群众在一起。"张国忠认为不能干了一点成绩就非得转成国家干部，他干脆把领导给的转干表格让大伙当卷烟纸烧了。

1975 年 6 月，县里安排张国忠脱产担任王老公社党委副书记，已经为他准备了一间办公室。

"让我脱产？"张国忠当时就愣了，"我自 1947 年入党，当村干部至今，就图这？我是农民，我是农业劳动模范，我的岗位在农村，我的职责是让全村人富起来。一个农村党员干部，要真有水平，有志气，就要带领大伙在土地上做出个样儿来，不一定到公社上去工作。"

"再说俺对自己奋斗了几十年的这片土地有深厚的感情，舍不得与自己一同摸爬滚打多年的老少爷们儿，对他们的疾苦冷暖俺放心不下。组织上对我的关心，我有数，我感谢组织，可是我觉得自己离不开小杨屯的群众，小杨屯的群众也离不开我。"张国忠思前想后，向领导讲明了自己的理由，毅然放弃了这一职位。

<h1 style="text-align:center">三</h1>

"我是个连自己名字都不会写的文盲，种庄稼是把好手，在农村干工作，可以当大梁使用，可要到城里坐办公室当干部，肯定不如识文断字的人，还不如一根小椽子，怕在那么重要的岗位上不能胜任，给国家、给人民造成损失。"1976 年兴"三不脱离"干部时，张国忠就兼任县革委会副主任，1978 年 3 月 10 日，茌平县委书记和县委组织部长来到了小杨屯，笑盈盈地告诉他："国忠同志，县委已经研究决定，你由农村干部转为正式国家干部，到县里专职担任分管农业的县委副书记，负责农业生产。"而且专门派车来接他，让他卷被子到县里报到，还告知随后有人给他转户口，以后孩子也"农转非"，全家都搬到城里。

可是，张国忠认为自己担任村里的大队书记还可以，当专职县委副书记就不合适了。因为自己只是个农民，又不识字，当什么官呀！就应该老老实实地扎根农村。他总觉得手里摸着庄稼叶子，脚下踩着小杨屯的红土地，心里才踏实，况且故土难离，自己与小杨屯的群众感情深厚，舍不得离开。思来想去还是不能走。他说："小杨屯这片红土地儿，才是我的'根据地'，他跟俺牵着筋连着肉哩，俺不能离开！"

最后，与上级党组织达成了一个"两全其美"的协议，当兼职县委副书记，不脱产，县委开会去参加，人还是小杨屯大队的人，主业仍然是大队党支部书记。

当后来有人问及张国忠，为什么这样把别人苦等苦求也得不到的好事白白放弃，你不感到后悔吗？

"不感到后悔，我觉着官不官的不值钱，关键是能干好，只有干好了，得到群众的认可了，这才算是成功了，这辈子才算没白活。一个干部在一个地方扎不下根来，整天想三想四，表皮打飘，就干不成大事。一个人一生有机会有能力做成一件大事很不容易，我在小杨屯要干一辈子，不干一阵子！"谈起这些"错过"的机会，张国忠的高远眼量就是不离村、不离土，一心扑在小杨屯治穷致富的事业上，"吃大亏""干大事"。

张国忠说的"大事"，首先就是让群众富起来。正是这种几乎是与生俱来的对土地的厚重情结，对乡村的无尽热爱，以及生长于大地之上的这种胸襟、气度、坦然和智慧，决定了张国忠在农业振兴上的思路、道路及梦想。

"县太爷"的乌纱帽对很多人来说都是苦等苦求也得不到的好事，更别说对一般农民，那是多大的诱惑啊，但在张国忠心灵的天平上，却没有红土的分量重。每次外出开会回来，不管是白天还是深夜，他都是先到地里转转摸摸，那满地的庄稼，馨香的泥土，能使他得到最大的安慰和满足，他离不开红土地。于是，他毅然决然地放弃了当县官的机会。

共产党的干部不能成为"小精人"

"这些年每到换届选举，我都能获得全票连任。有了村里老少爷们的信任，看到他们的生活慢慢好了起来，吃多少亏我都值得。"有人疑问，张国忠在小杨屯是名副其实的单门独户的"外来户"。他虽然也姓张，却与小杨屯的张氏家族张不到一块。姥爷虽然也姓刘，却与小杨屯的刘氏家族刘不到一起。他到底靠什么让全村老少爷们几十年来每逢换届就全票选

张国忠谈怎样当好村干部

他当支书，他想不当都不行，且一气干了73年？

　　"一是不论大小事，党员干部都不能与民争利，头脑中要有'吃亏精神'，吃亏的干部得人心；二是处理问题时实事求是，公正客观，不报复人也不包庇人；三就是要以经济建设为中心，让群众得到实惠。还有就是吃亏能团结，能创新，能发展，能出人才。"张国忠对吃亏的精神感悟深刻，总结到位。正因为他具有无欲不贪的品德，才赢得到群众的一致好评，得到村民的信任和爱戴。

一

"肚子得大着点，能容得下事；你不能办一件好事就让人家说好，时间长了大家都看得出来。"张国忠这样说。开始有人怀疑，时间长了，大家都不吭声了。

张国忠出身穷苦，他知道没钱的日子难过，可是他更清楚，作为一个干部，两眼盯着钱，见利忘义，绝对干不了，干不好，也干不长。73 年来，张国忠从没在集体报销过一分钱，没利用手中的权力办过一件私事。他虽然是一村之长，但每次村里分红薯、玉米，他决不多占，先把大的、质量好的分给大家，小的、差的留给自己。

20 世纪 60 年代，粮食不够吃时，他自觉少分一些，和群众一样饿肚子；他家孩子小，老伴常生病，他又整天忙着组织群众整地治大洼，家里常常吃了上顿没下顿；有天上午，妻子张士红到大队部找张国忠，告诉他几个孩子已经一天多没有吃饭了。有名大队干部说队里还有一点萝卜，拿几个回去给小孩们煮着吃，垫垫饥吧！张国忠马上制止说，不能动，那些萝卜是留给五保户的。

当时小杨屯村没有招待所，前来检查工作的各级领导，到了饭点就去张国忠家吃顿家常便饭。那时，张国忠家里人多，劳动力又少，挣工分自然就少，粮食也就分的不够吃，日子过得很紧巴。客人来了，妻子张士红就把麦子在石磨上磨成面粉，做个饼子或下碗面条招待客人。张国忠既没有让大队集体出粮出钱，也不让生产队因做饭误工而给妻子多记一个工。

改革开放后，村集体虽然有了一些经济收入，但招待客人仍然由他自己开支。

为带领村民致富，他上北京下深圳，走南闯北找项目，跑市场，到全国各地"取经"，没有在村里报销过一分钱的路费；给群众办了无数次的好事，没有收过一次礼。

村里请来的专家教授、技术员、业务员指导农业生产、搞培训学习，张国忠总留在自己家里招待，"私款公用"，吃了他家多少饭，谁也说不清，但他始终没在村里报过一分招待费；而且有了鲜果鲜菜，他自己舍不得吃，常用来招待帮助村里工作的同志。

不管是求医问药还是婚丧嫁娶，他为村民操心办事无数次，没吃过群众一次请；村干部经常开会，研究工作，常常误了饭点，甚至到深夜，他们没花集体的钱吃一顿饭、喝一杯酒。

小杨屯逐年致富，群众都住进新房，他家是最后一户……

二

"当干部不仅要做到廉洁，更要学会吃亏。廉洁是不贪不沾，而吃亏不仅是不贪不沾，还要做到该享受的不享受，该得到的也不要，心甘情愿地把本来属于自己的东西都放在集体上面、群众上面，让集体经济不断壮大，让群众生活逐渐富裕。用一人吃苦换来万家幸福，这就是吃亏是福。"

如何把群众的智慧和力量凝聚起来，带领群众共同致富呢？张国忠的经验之一，就是"带着群众干，干给群众看，风险自己担，有钱大家赚"。

实行家庭联产承包责任制以来，张国忠为了发展生产，带领村民科学种田，凡是风险大的项目，他都在自己的责任田里先试验。成功了，把技术传给村民，失败了，自己承担损失。

已过花甲之年的村民李玉堂清楚地记得，20世纪80年代末90年代初，为"让村民有钱花"，张国忠带着干部先试验，成功了推广、失败了自认"吃亏"。他试种了3亩玉米新品种，但因外地品种，土地气候不适应，3亩地只收了150公斤，少收1000多公斤。

"你是花钱赚个赔，憨不憨？"一些村民跟他开玩笑。

"要是共产党的干部都成了'小精人'，那咱这个党还有啥希望？"张国忠的回答，至今李玉堂言犹在耳。

受张国忠的影响，在小杨屯每推广一项新技术，村干部们都率先垂范，这已成为干部们的自觉行动。1985年那阵子，村里发展养鸡事业，有些群众担心养不好赔本，干部们凑到一起一商量，首先带头养了起来，并由集体出钱从县里聘请了技术员为群众免费防疫，促进了养殖业的大发展。

1986年，小杨屯大面积种植白菜籽，需要养蜂进行杂交授粉，养不了蜂，几百亩白菜籽就会绝产，支部副书记赵国亮首先带头，克服一无技术二无设备的困难，冒着风险养起了30箱蜂，保证了生产的顺利发展。

张国忠先后当选省劳模、全国劳模、省人大代表，党的十一大、十四大、十五大代表，不管奖金多少、纪念品大小，一回村里，马上交给集体。他说那都是集体的光荣。

1988年，中央组织部命名小杨屯为全国党建先进集体，奖励张国忠2000元，他如数交到村里，把钱投在大棚生产上。

1989年，他被评为全国劳动模范时，国家发给他1000元奖金，他还是捐给村里；县委、县政府给他10000元"特殊贡献奖"，他一分钱都舍不得花，当天连捆都没破，直接送到了村支部，用于村修柏油路。这年上级政府还奖励他一台29英寸大彩电，他也送给了乡里一位困难干部。

有人问张国忠："你为什么把奖金贡献给村里？为什么能这样做？"张国忠说："我出身穷苦，知道没钱的日子难过，可是我更清楚，作为一个干部，两眼盯着钱，见利忘义，绝对干不了，干不好，也干不长。"

在张国忠看来，一个人做事要对自己负责，对得起良心，对得起人格，无欲无贪，才是性格健全的体现，对自己的健康才有益。"比如交公粮，如果被检验出掺杂使假，瞒骗国家，你的面子往哪里放？你的心境会如何？可能几个月甚至几年时间心情都不好，睡不好觉，吃不好饭，这就是人们常说的'折寿'。"张国忠这样理解。

"我所做的工作都与全村干部群众的支持分不开的，没有父老乡亲的帮助，我将一事无成。"张国忠如是说。

三

"管大伙易，管班子难；管班子易，管自己难。只有管住了自己，就能管住班子；管住了班子，就管住了全村。因此，要想管住自己就要学会'吃亏'。"这是张国忠任村支部书记的实践中，体会最深的一条，掷地有声。

到80年代后期，小杨屯村的集体经济实力就雄厚了，固定资产达到100多万元，集体年收入30多万元，按说张国忠和他们那些村干部，为农民搞系列化服务，南上北下，东去西往，出了那么多力，操了那么多心，多拿点报酬，适当花费吃喝点也是理所当然的，可是他们没有。

"公家的钱节约几万元不算多，多花一分不算少。"张国忠特别强调。因此，他们外出开会或为村里办事，有地下室不住地上屋，有平房不住楼房，有标准间不住单间，能住一晚上，绝不住两宿，能不住的就尽量往家赶，能省一分是一分。

时任王老乡党委书记的乌以强回忆，原王老乡有一条4公里长的道路，只有5米宽，村民行走非常不方便。1999年6月，乡政府研究决定将道路扩宽至10米，方便群众通行。在给县政府领导汇报同意后，乌以强与县水利、交通、民政、供电等相关部门领导协调工作时遇到困难，让张国忠邀请他们到乡里实地察看，予以支持，70多岁的张国忠不厌其烦地给他们打电话，让这些单位的领导很是感动，及时赶到现场办公，研究解决相关事宜。中午或晚上过饭点了，张国忠就邀请他们到家中吃饭。乌以强非常过意不去，自己拿了1000元钱给张国忠，可他死活不要。让乡财政所给他报销餐费，也被张国忠婉言拒绝了。

后来乡党委、政府研究后决定，鉴于村支部书记经常在家办公，乡里每月给每位村支部书记报销30度电费，可张国忠一度也未报销过。他说："如果连点灯的钱都掏不起，还有什么资格当村党支部书记？"

2000年中秋节，很多老熟人带着礼品来看张国忠，张国忠回礼用的都是小杨屯村鸭业公司的卤鸭，但是他都记了账。过了节，他自己拿了3500元给了鸭业公司。

2001年初，张国忠到县城去看牙，用的是鸭厂的车，回来后张国忠按照跑的路程，也付给鸭厂30元钱。他说"公是公、私是私，不能混淆，如果公私不分就可能违纪违法，甚至犯罪。"

"一家门前一个天"

张国忠全家福

"一家门前一个天，咱家兴'吃亏'。自己好好干，闯出名堂，凭真本事进步。"儿女们对父亲张国忠的话记忆深刻。

一

"当支部书记，不仅要管住自己，还要管住自己身边的人。要争取爱人支持自己的工作，如果做不好爱人的工作，也会牵扯自己很大精力。要教育自己的子女不能搞特殊。"张国忠十分重视家风家教，要求老伴（妻子）和子女们守纪、敬业、有为、实干、进取。

张金昌在《"吃亏"书记》一书中介绍，自从张国忠担任小杨屯村自卫队长开始，他就一心扑在为广大村民服务上了。担任村党支部书记之后，他更是公而忘私，大公无私，在家庭生活中他成了地地道道的甩手掌柜。家中大小事务包括孩子们的冷暖以及生病问医等，都由妻子张士红独自一人承担。

不仅如此，在张国忠担任高级社社长期间，他还一度兼任大辛信用社主任，几个岗位叠加在一起，耗尽了他全部的精力，每天早上睁开眼睛，他都匆匆离村，去火速处理信用社以及与王老、邢庄、南北辛相关的应急事务，而小杨屯的大小问题全由妻子张士红协助解决。

妻子张士红身高不到一米五，还体弱多病，但参加生产队劳动从不旷工迟到，脏活累活始终跑在前面，从不以支部书记妻子的身份挑肥拣瘦，搞特殊，要优待。

在家庭生活中，她从不以养儿育女拖丈夫的后腿，家中无论遇到什么样的困难，她都一个人十分坚决努力地去解决。

1953 年，二女儿张玉英两岁时，张士红的父亲张延武在一次搬运铡刀时，不慎失手砍伤了肩膀，以致破伤风与世长辞，即使遭遇到如此极端的情况，她也没有刻意干扰丈夫张国忠正常办理公务。

1964 年开春，张银昌被本村一个大男孩失手，摔得当即昏迷，医生说是脑震荡，在此后的数年中，一到吃饭的时候，张银昌思想一集中，脑子就疼痛难忍，就开始捶胸顿足，哇哇大哭。每到这个时候，张士红总会采取各种办法分散张银昌的注意力，减轻他的疼痛感，并没有影响丈夫和其他孩子的生活，更没有纠缠那个大男孩的家人，张士红高尚的品德被人们广为传颂。

村里不管谁家遇到难事急事，或有人生病受伤，或红白喜事，她都跑前跑后，出钱出力，全力以赴。有些男老爷们不好出面的事，都是张士红出面解决。作为张国忠公而忘私的坚强后盾和精神支柱，张士红经常被上级领导和乡亲们称赞为足智多谋，勤劳勇敢，热情似火的"贤内助"。

张国忠之所以能够公而忘私，将一门心思完全地投入到为集体、为村民服务上，无疑都是张士红这位任劳任怨、无怨无悔的超级贤内助的功劳。张国忠胸前琳琅满目的奖章，有张国忠的一半，也有张士红的一半。正因为这样张国忠获得一次又一次国家级奖励，张士红自然也一次又一次获得贤内助和三八红旗手等称号，她受之无愧。

二

别人外出开会记工分，张国忠外出开会回来，总是自己掏钱买工分。别人出门办事从集体拿钱买礼物，他总自掏腰包出门跑关系。与邻家的自留地发生擦碰，他都礼让三分。村里人发生矛盾，他总是把双方拉到自己家里，好吃好喝地劝解说和。

二儿子银昌回忆，他在王老上中学时，学校搞勤工俭学，种了不少麦子，麦子收割后堆了满满一操场，学生们轮番上阵，将麦秸晒透之后，老师把牵头轧粒的任务交给了他和刘长生的女儿凤芹，他和凤芹一合计，便把小杨屯的轧麦机械连设备带人调运到学校，不到两个小时，本来需要忙活儿天的任务，就干净利落地完成了。张银昌和刘凤芹很是得意，但张国忠知道是刘凤芹出的主意后，并没有批评刘凤芹，而是狠狠地批评了张银昌，并对张银昌说："你先回去上学吧，你们给集体造成的损失我去补上。"

自己的孩子与别人发生冲突，不管自己的孩子有多少理，张国忠都先向对方道歉，包赔损失。事后，他对子女们解释："我在村里当支书，老百姓眼里就是个官儿。你们跟别的孩子打架或是与其他人发生争执，无论有没有理儿，都不对，我要是不教训你们，其实就是欺负人家了，你们要学会吃亏。"

二女儿张玉英与村民田万福闹翻，张国忠明明知道是田万福理亏在先，待事态平定下来之后，张国忠先是一个劲地替女儿向田万福赔礼道歉，紧接着又对张玉英进行严厉批评，说她没老没少，不应该与长辈争高低。他批评张玉英说："不能因为人家臭鼻子就要把人家的鼻子割掉吧！"

有时候，儿女和亲朋好友会把在外面听到的不义之言转告给张国忠，比如张三李四王五在什么场合说了你什么样的坏话等，张国忠都不胜其烦，甚至大声训斥说："哪有你们这种不捎好偏捎骂的！"

事实上，张国忠不是不相信会有人在背后说他坏话，而是不想让自己的儿女和亲朋好友陷入对是非的传播。张国忠不但不喜欢儿女和亲朋好友传别人说的坏话，也不喜欢他们说别人坏话。

据张金昌介绍，张国忠的侄子是独生子，每次到小杨屯看望伯父，总感觉受到了洪张村干部的欺负，强烈要求伯父出面整治一下洪张村的干部。张国忠起初碍于弟弟的情面，一直心平气和地给侄儿做开导工作，侄子不听劝，依然死缠硬磨。一天，太阳快落山的时候，侄子又急火火来了，进门就嚷嚷着要伯父找齐河县领导，换掉洪张村的所有干部，张国忠立马火了，说："我在聊城，你是德州，聊城的人怎么管得着德州的事？"

"你在全国有名，你说句话，哪里的人都不敢不听！"侄儿气生生地杠上了。

"没有人给我这个权力，就是我有这个权力，我也不能以权谋私，帮你报私仇！"张国忠暴怒了。侄子从未见过伯父发这么大脾气，哪儿受得了，他张开大嘴，哇哇地哭着，夺门而出，消失在夜色中。

大集体时期，无论是划分自留地还是分配瓜果蔬菜，张国忠都要求家属一切听从生产队安排，从不挑挑拣拣。当时家里人多劳动力少，日子过得不宽裕，可对上级派来帮助工作的同志却是热情招待。平时有点白面，母鸡下个蛋也都留着，他老伴不知为上级干部做了多少顿饭，耽误了多少工夫，却没让村里出过一斤粮，记过一个工。

大女儿和二女儿张玉英因当时家庭生活困难早早辍学，全天候参加生产劳动，从来不偷懒耍滑。两个儿子和两个小女儿虽然都在上学，但张国忠仍然要求他们在星期日和节假日全天候参加生产队劳动，不得在家享清闲。

三

为了个人的私事，任谁劝说，张国忠几十年来始终不张嘴、不开口。不仅如此，即使到手的东西他也以村支书不能"沾光"为由，拱手让给别人。

"当年，如果不是父亲三番五次将招工指标让出去，我早就当上工人了。"张国忠的三女儿张玉春对父亲的"吃亏"有切身体会。

1977年，张玉春高中毕业，当时进工厂当工人、"农转非"，是多少农村青年梦寐以求的事，1979年和1980年，她至少有两次招工进厂当工人的机会，张国忠都让给了别人家的孩子。

"当时，我嘴上不敢说，其实一肚子埋怨。"张玉春说。后来张玉春趁张国忠去济南开会，偷偷跑到茌平县华鲁制药厂当了一名临时工，领着每月五六十元的工资，一干就是10年，她才转成了农民合同工。

张国忠与妻子张士红养育了2个儿子、4个女儿。他当村书记73年，自己曾在地委、县委、乡镇兼过职，又是全国党代表、全国劳模，在县城、在聊城乃至全省名气越来越大，和省地县的领导比较熟，为孩子转个商品粮户口、找个"铁饭碗"应该不成问题。但是，张国忠认为不能那样办，不能倚仗职权为自己谋私利。如果那样就不是一个合格的共产党员，就会失去群众的信任。他从不开口为孩子转个户口、找个工作，更甭提入党提干。他说："一个党员干部利用手中的权力和工作之便办私事，俺说不出口。"他的子女有多次进城当工人的机会，他都以自己当村支书不能"沾光"为由，把指标让给了别人。

1984年9月，茌平县委给张国忠一个农转非指标，他却将这个机会又给了村妇联主任孟兰英，她的儿子最终吃上了当时令很多人羡慕不已的商品粮。4个女儿长大成人后相继出嫁，找的都是庄稼人。

四

"好好干吧，年轻着哩"。张国忠鼓励儿子。

生于1955年的大儿子张金昌于1972年高中毕业后，回家务农好几年，很有上进心，表现也不错，他多次要求入党，张国忠始终未答应。

"到学校里好好干，干出个名堂，到那里去入吧。""好好干"，"干出名堂"，这就是张国忠送给子女的精神财富。1975年9月，张金昌被长沙铁道学院外语系法语班录取，临走前又向父亲提出入党的事。

张国忠仍不同意，很严肃地说："你确实表现不错，够入党的条件。可俺是村党支部书记，如果同意发展你为中共党员，别人会怎么看？你还是到学校后好好干，力争干出成绩，到那里去入吧！"

临走前，张金昌满脸不高兴，也不同父亲说一句话。张国忠送他上学前，语重心长地说道："如果爹提出来让你入党，估计全村的党员不会驳俺这个老党员的面子。可这样一来，俺就有任人唯亲的嫌疑，俺就有愧于党啊。"

"爹，您别说了，俺明白您的意思了。您是怕别人说闲话。"张金昌说。

"你明白这个理儿就好。俺从心底里盼望着你不断进步，人有真本事才能进步，那才是真进步啊！"张国忠很诚恳地对儿子说。

"爹，俺会记住您的话，到学校后好好学习，一步一个脚印地努力工作，学到真本事，干出成绩再向你老人家汇报。"张金昌表态道。

张金昌于1978年8月大学毕业后，被分配到原交通部直属的中国交通建设集团第二公路工程局和中国交通建设集团海外发展部工作，后又考入西安交大MBA研究生班学习，毕业后以出色的表现不仅入了党，还历任集团二公司副处长、处长、局长助理、局总经济师，2009年3月起任集团公司海外发展部副总经理，负责海外战略部署，一直到2016年7月退休。曾先后参与国务院国资委《中央企业走出去转型升级》《中央企业走出去模式创新》《中央企业国际化经营十三五规划》编制，以及国务院财政部暨亚洲投资银行《一带一路区划布局研究》。

"我们的父亲一辈子忠诚，上至国家领导人，下至普通农民，甚至要饭的，父亲从不小看任何一个人，他竭尽全力做好自己该做的，从不计较回报，做他的儿女，是我们此生的荣幸！没有父亲的教育和影响，我干不这么好。"张金昌自豪地说。

张国忠先后介绍了30多名优秀青年入党，没有一个是自己的孩子。村里先后提拔了18名干部，没有一个是自家人。如今，张国忠的儿女们早就理解了父亲一次次"吃亏"的选择。

五

二儿子订婚前，儿媳妇原以为他家一定过得挺好，进门后却大吃一惊，对公婆说："俺爹干了这么多年图的啥？"张国忠的老伴张士红说："你爹不图啥，只图上级信任咱，只要乡亲们都说好，比啥都值！"

二儿子张银昌生于1961年，高中毕业后于1985年10月考入茌平县原王老乡经委担任会计、主任等职务，1993年任乡党委委员、纪委书记，后调入县委组织部，2003年2月任组织部副部长，后考入中科院经济管理研究生课程班和香港国际公开大学经济管理专业研究生班，2009年6月起任县委组织部常务副部长。他因工作积极、表现突出，年年被评为优秀，晋升为三级调研员，并被聊城市委授予"优秀党务工作者""十大孝星"等荣誉称号；三女婿李尚福，牢记岳父的嘱托，任劳任怨，努力工作，拼搏奉献，也从县热电厂的临时工成长为信发集团的纪委书记。

"在家里，父亲对我们兄妹6人，格外严格，吃必谦让，穿须节俭，待人有礼有节，工作认认真真，生活简简单单。"张银昌说，"时至今日，我们一家人都传承了父亲的红色精神，团结一家亲，勤俭过生活。"

张国忠膝下6个子女，如今个个成家立业，儿孙满堂。一家71口人在他的影响下，已有20多人入党。张国忠不仅身体力行，事必躬亲，还以身作则，注重对子女们价值观、世界观教育，处处要求子女、子孙们在工作上创先争优，一往无前，享受上谦虚避让，知足常乐，教育他们独立自主、做好事、做好人，努力成为一个对社会有用的人。

家风似好雨，润物细无声。张国忠为人处世的优秀品质、优良家风，让子女们从小就受到良好的熏陶，潜移默化，深深地影响着他们的成长，儿女们不但优秀，就连孙子辈孩子的成长，都受益于这种文明、和谐、向上的良好家风。孙女张芹，30多岁就成了聊城市水利局总工程师办公室秘书，肩负起了重任；孙女张楠，虽然年轻，但积极上进，工作表现突出，

20 多岁就成了茌平区农业局的政工科长、党办主任、机关支部副书记了；外孙张兆元自幼深受外祖父的影响，始终践行外祖父赠送自己的"一勤二严"四个字，兢兢业业、刻苦努力，从基层岗位上一步步奋斗到了中国交通建设集团三局总承包公司的党委书记、董事长的职位，并被评为省级劳动模范。

"甘愿吃亏才能有权威！"

"吃亏精神"是张国忠立身行事的法宝，任农村党支部书记73 年来，他凭着"吃亏"精神，把党员干部和群众牢牢地团结在一起，一起走过了半个多世纪的风风雨雨。在群众心目中，张国忠就是"领头雁"，就是"主心骨"，是一种感召，一种凝聚，让人信服，让人依赖。

一

当干部首先要学会吃亏，

学吃亏就有人跟随；

当干部必须能吃亏，

能吃亏才会有权威；

当干部应该肯吃亏，

肯吃亏就能有作为；

当干部带头多吃亏，

多吃亏自然少是非。

不怕吃亏敢于吃亏，

工作才能够往前推；

当干部坚持常吃亏，

百姓中才有好口碑；

当干部情愿吃亏，

才能为党增光辉。

张国忠教育村干部吃亏是福

张国忠总结的"吃亏经"，一直贴在小杨屯村路边的墙上，这是张国忠自己的信条，也是小杨屯村所有干部的信条。

73年来，张国忠始终以"吃亏"自律，不仅自己乐于吃亏、甘于奉献，而且还带领小杨屯村的广大党员干部吃亏在前，享受在后，带出了一个人人肯吃亏，个个讲奉献，作风过硬、群众信得过的好班子，赢得了广大群众的拥护和支持。

在小杨屯村有一条不成文的规矩，凡要求群众做到的，党员必须首先做好，凡是风险大的项目，党员干部带头搞实验。早在70年代张国忠就给党员干部约法三章：一是不准大吃大喝。上级来人检查工作，村干部在家里轮流招待，不用集体负担。二是大头开支必须同群众商量，定期公开账目。三是村里的红白喜事干部要服务好，但请吃请喝不能到。

在张国忠的带领下，小杨屯的党员干部做到了"四个没有"：出差办事，没拿过集体一分补助；来客接待，没从集体报过一张单子；共事多年，没有公款喝过一次酒，吃过一顿饭；历次运动、改革开放，没有一人掉过队。

这些年村里富了，但村干部仍然只拿70元的补贴，干部外出开会为群众办事，有多人房间，不住双人房间，找不到便宜的房间就住车站。群众称赞说："小杨屯是富村子、甜日子、清清白白的好班子"。

"上面千条线，下面一根针。难事硬事吃亏的事，小杨屯支部一班人事事在前。"张国忠认为村干部干的是具体抓落实的工作，任务十分艰巨，事事处处都要从"亏"我做起。只有绝大多数基层党员干部保持着"不怕吃亏"的良好精神状态，才能受到群众拥戴。正因为这样，在小杨屯，党员干部的话比亲娘老子的话还灵验，且一呼百应。

二

张国忠心胸宽，肚量大，不斤斤计较，不小肚鸡肠，总是用一颗宽厚的心，团结"一班人"，培养"接班人"，关心"全村人"。

张国忠讲民主，遇事大家商量，谁说的对，就照谁的办；讲信任，分工分权，各负其责，自己做主；讲廉洁，清清白白，走正站直，不搞歪门邪道；讲学习，学透上头，吃透下头，学以致用。

"农村工作千头万绪，千变万化。当支部书记就要做到处事不偏，处事公正，一碗水端平，群众就服气，村里就政通人和。"几十年来，张国忠在处理诸如提干、入党、计划生育等各种事务上，都一直坚持原则，公正处事，才使村里许多难事、硬事都迎刃而解。

在村干部和生产骨干培养和任用上，张国忠始终坚持有成分但不唯成分论。对有才干、有志向、有正念的积极分子，不管他出身如何，都委以重任。如在生产队长、会计和技术员的选用上，张国忠认为只要这个人有能力，肯卖力，能胜任，哪怕是地主、富农的后代，也一视同仁。相反，对于某些出身好却眼高手低，甚至怕吃苦、怕受累的贫下中农，无论他们怎样争取，张国忠也不会让他们如愿。

赵国亮说，"劳模"在村支部班子里经常说的一句话就是："不管别人是不是对得起我，我首先得对得起别人，这样才能包容别人，才能取长补短。"

"把和自己好的人团结起来，不是本事；把和自己不好的人团结过来，那才叫本事！"张国忠的体会是，作为村党支部书记，要能够接纳所谓对立面的人与事；否则，将一事无成。

村里有一名群众初级社时，因事对张国忠有意见，在"文化大革命"中，借机打过张国忠，后来因犯罪被捕入狱，出狱后，没地方吃住，张国忠知道后，用自家的麦秸给他铺了屋，还给他送去吃的。群众对此不理解，很多人都说张国忠"把个罪犯当抗属"，张国忠对大家说："以前的事都过去了，我们不能对人怀恨在心，现在他有难处，我们应该帮忙。"这名群众闻听后十分感动，后来，还与张国忠成为很好的朋友。

"文化大革命"期间，曾有一位村民带头批斗张国忠，张国忠不但没有记恨他，还培养他当了副书记，他说在那个极度疯狂、混乱的年代，普通个体的力量是渺小的，绝大多数人都身不由己被裹挟其中，我怎么能记仇呢，既然他有能力，咱就得培养他。

在小杨屯村还有个村民过去有小偷小摸的坏习惯，甚至涉嫌顺手牵羊，顺走了张国忠存放在打粮场的大豆，但这个人也有优点，工作上大胆泼辣、敢于管理，于是，张国忠对他进行了严肃批评教育之后，让他认识到了自己的缺点和错误，使他下决心痛改前非，并成为村支部的得力干将。

还有一位村干部，生活中不注意小节，常给张国忠添乱，张国忠多次对他善意地批评教育，使之很快加以收敛，工作上处处领先。

三

"'劳模'经常在会上对俺们说，当干部就要吃亏，不能占村集体的便宜，更不能占村民的便宜。俺要是占了，就没有资格说你们。如果你们占了就没有资格说群众。"村委副主任、民兵连长周长平这样说。

张国忠无私奉献和甘于吃亏的精神，不仅对社会各界人士深有影响，口碑极佳，而且带出了一个人人肯吃苦、个个讲奉献、群众信得过的好班子。在小杨屯村，苦事、难事、吃亏事党员总是走在群众前面。好事、甜事、便宜事党员又自觉退到群众后面。群众交口赞誉说："咱村的党员，人人能吃亏，个个讲奉献。"

农村工作两大愁，

计划生育加提留；

农村干部有两怕，

安排宅基和火化。

许多农村干部对此甚至束手无策。而在小杨屯却能够做到令行禁止，一呼百应，百事不难。他们的经验是：千难万难先难党员。干部、党员做出样子，工作再难也能闯开路子，在开展一项工作，制定措施和制度的时候，干部、党员先把自己摆在表率的位置。

计划生育在农村号称"第一大难"，可是在小杨屯根本不难。张国忠不但教育群众实行计划生育，而且要求党员干部先带头。当时村里召开完计划生育大会，党员干部的家属就自觉地去医院，该结扎的结扎，该流产的流产。

这年6月，村干部、党员刘长月的儿媳因避孕措施失败怀上了二胎，婆婆打心眼里盼着再生个孙子，又觉得这事瞒不住老伴，就去找刘长月商量。刘长月说："咱是党员干部家庭，不能只顾小家不顾国家，因为个人影响了众人。"经过反复的说服工作，终于打通了老伴的思想，老伴又说服了儿媳，愉快地到县医院做了流产手术。当时村里3名计划外怀孕的妇女听说了这件事，没用村干部催一声，都主动去医院做了流产手术。因此小杨屯村自推行计划生育以来，没有一个超生的，自1980年以来，全村10年添了10口人，人口自然增长率为2.5。

难办的事，小杨屯的党员干部先去做。村干部赵春亮的母亲去世那年，正赶上上级号召火化，村里人一时接受不了，他兄弟姐妹更想不通，赵春亮就一遍一遍地做兄弟姐妹的工作，"政府号召的事咱党员干部不带头，咋实行？"就这样，他第一个带头响应了国家号召。

吃亏的事，小杨屯的党员干部争着去干。1987年搞新村规划，好宅基划给了群众，大坑全留给了干部。为了节省耕地和搞好新村建设，村里对宅基地进行了统一规划。支委周传殿分到的宅基，正是全村最大最深的一个坑。周传殿的爱人孩子望着大坑发愁。不少人说传殿太吃亏了，可周长殿没有一句怨言，他想的是：一个干部做事，要能够让支部在群众面前说话。他啥话没说，带领全家人用了整整一个冬天，才把大坑填平了。群众见周传殿支委带头吃亏要大坑，不论分到什么样的宅基，没有一个讨价还价的。

小杨屯的党员干部都很自觉。执行政策、遵纪守法，且一丝不苟。这年春节前，妇女主任孟兰英的亲家选好了日子，要给孩子们办婚事。孟兰英一推算，儿子的年龄离法定婚龄还差十几天，就主动做通了亲家的工作，更改了婚期。孟兰英说："党和国家定下的，咱一天也不能错。"

……

一枝摇百枝动，在张国忠和村两委干部的影响带动下，群众跟着党员学，跟着干部走，带出了一个文明和谐的好村风。

在《"吃亏书记"张国忠》一书中，张金昌还向大家讲述了一个故事。那是一个三秋大忙的季节，一个耍猴人来到小杨屯，敲锣打鼓就要开张时，被正要下地干活的村干部看到了，他想眼下群众正忙，真要是耍起猴来，肯定分散大伙的精力，影响生产，于是，他就毫不犹豫地掏出十五元钱，打发耍猴的收摊。当时物价正低，耍猴人没费功夫就挣了十五元钱，美滋滋地走了。

"齐家书记得了疱疹，半边脸都肿了，顶着大风来到俺家，搬梯子，查线路，找原因，忙了一个多小时为俺家通上了电，他说不能耽误俺中午做饭，真是个劳模式的好书记。"在孟兰英家，她夸起了现任村书记张齐家。"自从张齐家接过父亲干村电工这个活，抄表、收费，没黑没白，谁家的用电出了问题，无论刮风下雨，还是深更半夜，他随叫随到，可一分钱报酬都没有，就这样他一干就是十几年。现在，他更是以张国忠书记为榜样，一心跟党走，一生学劳模，争做为民服务的老黄牛，一分钱不贪集体的、不沾群众的，赢得群众的信赖和认可。"孟兰英赞不绝口。

在小杨屯村集体的财产、荣誉受到损失，群众都觉得难过，能为小杨屯增光添彩，他们感到由衷的幸福和骄傲！有一次去德州清淤，干部们腾不出手来，村民陈西印自告奋勇带工上河，开始，工程落后了，陈西印心里像着了一把火，接连加了几个夜班，终于提前完成了任务，扛回了红旗。

党员干部全心全意为群众服务，群众事事处处想着集体。村里刨了20多万元的树，4个老汉不要报酬主动将7000多个树坑填得平平展展。村里提出要给他们报酬，他们说啥也不要。

四

解决温饱后的小杨屯，在爱国主义精神和集体主义精神的指引下，以国家利益、集体利益高于一切为行为准则，胸怀全局，为国分忧，甘于奉献。

"不把好粮食交给国家，心里不安！"1985年以来的那4年间，村民们年年争交爱国粮，小杨屯村年年都超额完成任务，并且争着交好粮食，共超交56万公斤，以实际行动表达了他们爱党、爱国的心意。交公粮时，周围村产量低，完不成征购任务，不管缺多少，都是小杨屯兜底；后来的

10 年，小杨屯村除完成国家定购任务外，又向国家多交了 12 万公斤爱国粮。

遇到洪涝灾害或在割麦时赶上连阴天，有不少麦子生芽、发霉，交粮时群众都自觉把好粮食拿出来交给国家，自己吃生芽和发霉的。有一年，割麦子赶上连阴雨，不少麦子发霉。天晴后场院里潮湿，全村群众从家里抱来被褥，铺在苫子上，在上面晒粮食。夜里，被子潮湿得像水打过一样，被缝里又藏了许多虫子，可群众谁也没有怨言。交粮时，群众自觉把好粮交给国家，全村 11 万多斤定购粮，没有一斤一两不合格。小杨屯人懂得"大河没水小河干"的道理，他们觉得，好粮食交给国家心里才踏实。小杨屯人热爱社会主义，热爱我们的国家，胜过爱他们自己。

甘于吃亏的张国忠，在小杨屯广大干部群众中影响巨大，小杨屯人个个都以张国忠为榜样，吃亏在前，享受在后，不光有爱党、爱国的奉献精神，还有乐为他人服务的实际行动。

1987 年初春，村民张伟家育苗温炕不慎失火，4 个温炕的白菜籽苗化为灰烬。全村人都扔下自己的事，向他伸出一双双温暖的手。张协家连夜到省农科院买种子，干部们翻箱倒柜寻找剩余的种子，几十双手为张伟家育了两炕苗。群众见另外两个炕还空着，纷纷从自家的温炕上挽出苗子，移栽到张伟家的温炕上。

1988 年村民张春昌的母亲、妻子都病倒了，经济困难，农活也顾不上了。村里 9 名干部给他凑了 450 斤小麦送到家里。村里群众这个给他犁地，那个给他打药，把农活包了下来。这年，他家不但没有减少收入，还增收了千余元，人均收入达 1500 多元。由于全村人的帮助，使张春昌感到了社会主义的温暖。这年夏季，他一家向国家交了 1000 公斤小麦，比任务高了一倍。

"过去生活困难时，周边村有的群众粮食不够吃，劳模书记也会伸出援手，匀出一部分粮食接济他们。"村民李云柱回忆说。有一年，王老乡大吕村受了雹灾，部分农户缺粮吃。张国忠及时发动群众给他们送去 5000 斤粮食，他们感动地说："你们送来的不是粮食，是小杨屯村的社会主义!"

杜郎口镇唐洼村是个有名的穷村,当他们前来求援时,张国忠立即派两名技术员,带上西瓜、白菜、玉米、棉花等良种,挨家挨户传授立体种植技术,帮他们掀掉了"穷锅底,"成了全乡第二个富裕村……

小杨屯人千方百计试验成功了立体种植和肉鸭养殖等致富技术,外村人只要上门来学,张国忠都会热情接待,并传授养鸭方法和技术,有时还会派人去无偿指导。

……

一面镜子,先照个人;一把尺子,先量自己。这些事做三五件容易,但73年来小杨屯人一直坚持这样做,怎能不让人由衷地为夯实执政之基的村支书张国忠的人格魅力赞叹。凭着这种自我约束精神,小杨屯党员干部的形象在群众心中高大起来。

"当代表不能光吃馍馍,要替人民群众说话办事"

从小杨屯村向西两里地,坐落着为纪念鲁仲连而建的纪念祠。全国人大常委会原副委员长田纪云题写祠匾,著名书画家、中国书画院副院长黄胄题写魁星阁。国防部原部长耿飚、文化部原代部长贺敬之、司法部原部长邹瑜、国家文物局局长张德勤、原副局长孙铁青,外交部原副部长宫达非、海军原政委李耀文及著名书画家欧阳中石、柳青、张虎等都为鲁仲连纪念祠题词。

鲁仲连,茌平区望鲁店人,战国晚期伟大的思想家、教育家,被后人誉为百家争鸣的总结者和先秦诸子学说集大成者,是继周公、孔子以后儒学发展史上又一位里程碑式的杰出人物。他提出的"明于天人之分"与"制天命而用之"的天道观,"化性起伪""积善成圣"的性恶观,"隆礼重法"的治国观,"王道先行""强本节用"的富国观,"虚壹而静""行高于知"的认知观,积累与规范并行的学习观,"禁暴除害"的兵学观等,至今著称于世。他在任期间，推行"节用以礼，裕民以政"的政治策略，使农工商各业一片繁荣。

这位思想文化巨人一直被人们缅怀着、纪念着。相传亚圣孟轲因为仰慕鲁仲连，便从鲁国风尘仆仆来到齐地拜访他，由于年高致病，只好暂住在距离鲁仲连故里东南约二十里的刘集一家客店里，最终未能如愿拜访到鲁仲连，只好在村头眺望鲁仲连故里很久，便回了鲁国。自此鲁仲连故里便被称为望鲁店，并沿袭下来。战国时，孔子第六世孙孔子顺也认为当时品行最高的人就是鲁仲连。

群众选我当代表，我当代表为人民

"齐有倜傥生，鲁连特高妙。"鲁仲连不仅是李白的偶像，而且也是西晋著名文学家左思的仰慕者，"吾慕鲁仲连，谈笑却秦军。"澳门特别行政区第一任行政长官何厚铧十分崇尚鲁仲连，在就职典礼上致辞："不计较个人的安危得失，乐为鲁仲连，促进各界人士团结"，并与鲁仲连故里王老"结亲"，这个新闻还获得山东省好新闻三等奖、中国地市报好新闻一等奖。

鲁仲连、马周、张镐等一些名流大家都在这里留下踪迹，对一代又一代的小杨屯村人产生潜移默化地影响。

张国忠从小生活成长在小杨屯，从小就得到优秀传统文化的浸润和红色文化的熏陶，身上深烙着先贤和红色印记。他常说，想想我们的祖宗先贤，想想为我们牺牲的革命先烈，我们有什么理由不努力不奋斗呢？张国忠先后当选为全国党的十一大、十四大、十五大代表，山东省第五届、第六届、第七届、第八届人大代表，作为最基层的农民代表，他几十年如一日，从一个不识字的农民逐渐有了为农民说话的角色意识，积极严格履行为民代言的职责，全心全意为群众办实事办好事，帮助百姓解决热点难点焦点问题。

一

"组织上让俺担任这职务、那职务，就是让俺为老百姓服好务；群众选俺当这代表、那代表，都是要俺真正当好人民的代表，都承载着人民群众的期望和重托，俺就要尽好代表的本分，回报选民的信任，使命光荣，责任重大。"这是张国忠经常说的一句话。

张国忠知道要想成为一名合格的党代表或人大代表，光有履行代表职责的强烈意愿和工作热情不行，"想履职"不等于"会履职""履好职"，要真正行使好宪法法律赋予的权力，发挥好一名代表应有的作用，不仅要牢固树立以人民为中心的思想，坚持将心比心、换位思考，坚持站稳群众立场，还要有较强的法律知识、专业知识和深入调研的思考，还要在增强履职本领、把握履职原则、增强履职实效上下大功夫，做更多努力。"也只有不断加强学习，发扬'功夫在诗外'的工作方法，才能更好地为民代言。"

为了提升自己的履职本领，张国忠不忘初心，牢记使命。他始终坚持把学习放在首位，把学习作为终身事业常抓不懈，每天晚上学习时事政治，学习党和国家的方针政策、法律法规，认真系统地学习和领会党的重要会议精神，不断提高自身的政治素养，在政治观念上与时俱进，跟上时代步伐。他还让自己的子女等帮着自己认真学习宪法、选举法、地方组织法、代表法等内容，学习对履职常用法律法规，包括地方人大常委会关于这些法律的实施细则等，并牢记于心。

张国忠平时还积极参加上级党代会、人大常委会组织的专题辅导讲座、专题学习、赴外学习培训，持续加强理论武装，深入学习人大的重要法律法规，地方政府的法律规章，各级党组织和人大的重要文件精神等，真正学懂弄通工作的重点，要干什么、怎么干、往哪里干，不断提高自身素质。并坚持以问题为导向，带着问题学，带着问题做，主动作为，既掌握党的创新理论，又及时了解地方党委、政府实施的重点工作、重大方针政策，主导的重点工作和项目，还要熟悉乡镇和村庄的实际情况，为履行好代表职责，为在开展视察、调研、审议时能发表真知灼见，打下了牢固的根底。

一位了解他的官员说，作为一名农民代表，张国忠最知道农民想说什么，想干什么，始终关注着农村的发展情况和农民的生活状态。他开始是从小杨屯的角度提建议，谈看法，后来视野就拓宽到了为农民代言，为三农建议，涉及面也很广，党的基层建设和农村发展、科技助农、水利建设、保护耕地、农民负担、结构调整等问题他都提过。

二

"当人大代表，就得心怀信仰，心存善念，时刻站在基层百姓的角度去看、去听、去感受。不能光吃馍馍，不替人民群众说话。"张国忠经常风趣地说。他说到做到，代表休会期间，他总是尽量抽出更多的时间，用以走访、调研，了解人民群众的内心感受和愿望，归纳整理出相应建议，反映到上级主管部门。

在张国忠家里既是卧室又是餐厅兼会客室的沙发上，坐过中央政治局常委、国务院副总理，省委书记、省长，但坐的最多的还是泥胳膊泥腿子的平民百姓，他们时不时地来到张国忠这里，向他诉说生活和工作中遇到的种种艰辛和委屈。这些平民百姓不只是小杨屯的村民，更多的是慕名前来的外地人。远道而来的，有的是宅基地遭人强行侵占，或者责任田被无理割让，有的是在奖赏和处罚上觉得不尽合理，有的是职称评审上不够公平，有的申诉遭受当地领导打击报复，有的声称被人陷害，要求恢复名声的等等。

凡是这样的来访者，张国忠都让他们留下联络方式，当事人详细地址，然后通过各种方式调查落实，辨别真伪。凡是证据确凿的，他都通过各种渠道尽力帮助解决，凡是理由不够充分的，他也尽力帮助他们降低负面情绪，减轻物质和精神压力。

"我始终牢记代表的初心使命，倍加珍惜人民赋予自己的权力，把群众的事当作自己的事来干。"张国忠是这样说的，也是这样做的。他主动当好联系人民群众的桥梁和纽带，深入基层、深入一线察民情、听民声、聚民智、解民忧，把党的关怀传递下去，把群众诉求反映上来。

为了在乡村振兴中切实肩负起联系群众、服务群众、代表群众的神圣使命，及时了解群众所关心关注的实际问题，张国忠还在全村范围内开展了大走访活动，多次召开两委会、党员会、村民代表会，走近群众身边，走进村民家中，广泛听取群众的心声，收集大家的意见和建议，并建立了信息台账，印在自己的脑海中，及时反映广大人民群众的需求和愿望。

从小杨屯的"涝洼地"到北京"人民大会堂"，从"村支书"到"全国党代表""省人大代表"，张国忠坦言，既有压力更有动力，他之所以经常在田间地头、群众炕头与老百姓的"拉呱"，深入基层调研，目的就是在基层一线发现问题，在田间地头收集第一手资料，为的就是形成一份接地气、冒热气的高质量意见和建议，而且大都得到国家和省市县有关部门的采纳和高度重视。

三

"人民选我当代表，我当代表为人民。无论党代表还是人大代表，都是人民意志和利益的代表者，在党和国家同人民群众联系中起着桥梁纽带作用，一方面要把党的方针政策，传达到千家万户，另一方面要把人民群众的呼声，反映到党中央和各级政府，为党和政府决策提供真实依据。"张国忠为民代言绝不是宽泛地"走走过场""看看热闹"，而是坚持把人民群众的利益作为自己依法履职的出发点和落脚点，认真发挥专长特长，推动各项决策部署落细落实、见行见效。

王老乡北辛村有位村民叫陈万忠，向村干部和镇政府申请盖一座小超市，地基是事先批准了的，并及时办理了一切手续。但在打地基过程中，陈万忠又生出盖二层楼的想法，当他让施工人员砌二层墙体时被村干部和镇领导发觉了，于是立刻勒令他停工，并要求全部拆除，重新调整房基尺寸。

陈万忠无奈之下找到张国忠求助，张国忠了解完现场情况后，找来北辛村主要负责人，商议是否可让陈万忠一边继续施工，一边补充盖二层楼的手续，北辛村干部把球踢给了乡政府，张国忠又把电话打给了冯屯镇相关负责人，力陈己见，认为陈万忠虽然私自改变了地基尺寸，但整体上对街容村貌没有任何影响，应该允许他继续施工。镇政府充分考虑了张国忠的意见，使陈万忠的诉求得到圆满解决。

望鲁店村民路光英一直在官氏河看护水闸，每年定时领取一定数额的报酬。他勤快认真，恪尽职守，深受好评。但在年底续签合同时，却被另外一个人莫名其妙地顶替了，而这个人又是出了名的只说不干的闲散人员，路光英觉得不公，找到张国忠申诉，张国忠立刻找到相关人员寻找原委，并经协商，很快使路光英续签了合同。

聊城市阳谷县定水镇张大庙村村民张恒举，前几年在承包土地和鱼塘过程中遭人无理侵犯，他慕名前来找张国忠咨询政策，得到张国忠鼎力相助，挽回了损失。从此以后，每年春节期间，张恒举都骑着机动三轮车，到小杨屯给张国忠拜年祝福。2022年春节期间，已经78岁的张恒举，因机动三轮车牌照受到限制，便骑上小型电动车，中途充电三次，历时6个小时，跋涉上百公里，到小杨屯村看望张国忠。张恒举还给张国忠带一个特殊礼物，一只从河边爬行到自家院中的大乌龟。张国忠将这个特殊礼物欣然接受下来，待张恒举饭饱茶足离去后，立马安排二儿子银昌将乌龟送到管氏河放生了。

几十年来，张国忠为民代言，为广大人民群众排忧解难，事例不计其数，不胜枚举，被方圆百里的乡亲们称赞为"当代鲁仲连"。

四

党代表也好、人大代表也罢，都是一份责任而不是荣誉。当好代表，就要做到敢为有为。既然当选为代表，就要把履行代表职务放在第一位，妥善处理履行代表职务和做好本职工作之间的关系，积极参加各级党代会和人大及其常委会组织的履职活动。

敢说真话、实话，敢为人民利益发声，是张国忠担任全国党代表和省人大代表以来，身上最闪耀的标签。

"权大于法、情重于法、贪赃枉法的现象在行政执法中的确常有发生，这不仅损害了党和政府在人民群众中的声誉和形象，而且严重破坏了法律的尊严，危害社会主义法制建设。"当张国忠发现，随着现代行政权力的日益扩展，行政事务渐趋复杂，行政职能越来越广泛深入地介入公民生活，造成公民权利受到影响和侵害的可能性也越来越大。行政权在社会主义条件下也有腐蚀和异化的可能，不仅成为理论上的一种推演，而且也为社会实践所证实。虽然近年来行政机关的办事效率已经较以前大大改善，但是由于多种原因，百姓的抱怨声还是屡屡见诸报端。为此，张国忠经常从各类媒体，特别是网络上听闻对行政执法权力滥用地揭露和批判。

每当身边有人向张国忠诉说遭遇到公安部门不当或不公正处置时，张国忠都首先打电话找相关领导询问情况，并通过有关领导了解、调查事情详细经过，尽可能地为被处置者讨回或争取公道，或得到较为合理的权利。对于来自外地的投诉人员，张国忠则通过茌平县和聊城市公检法机构出面与投诉人所在地公检法机构协调核实，尽最大努力弄清事件的本来面目，还投诉人一个公道。

当县公安局主要领导登门拜访征求意见时，张国忠曾对公安工作提出过"发现问题要积极，处理问题要及时，解决问题要务实"的"三要"期望，被茌平县公安机关广为传颂和推广。

面对这些年获得的成绩和荣誉，张国忠没有半点懈怠，因为在他的肩上，始终承担着一份沉甸甸的责任。

　　没有什么追求，比奉献百姓更有意义；没有什么担子，比为民谋利更有分量。张国忠70多年来坚定执着，勇担使命，竭诚为民，时刻把入党誓词铭记于心，把"请党放心、乡村振兴有我"的誓言转化为建设富饶、美丽、幸福小杨屯的生动实践，为群众办好事、办实事，践行着共产党员的先锋模范作用，在默默无闻的奉献中实现着他的人生价值，赢得了广大村民的衷心拥戴，鼓舞着更多群众感党恩、听党话、跟党走。

1995年，时任中共中央组织部长的张全景到小杨屯调研

1991 年 6 月小杨屯村党支部被中共山东省委授予"先进党支部"，1996 年 7 月被中组部命名为"全国基层党组织先进单位"，1997 年 6 月被省委组织部授予"先进党组织"称号，2005 年 6 月被中央命名为"全国学习'三个代表'教育活动先进单位"，在小杨屯村村民的眼中，张国忠就是他们最可敬、最信赖的"村魂"。

千条路万条路，建好支部才对路

走进小杨屯村，处处可见红色元素：迎风飘扬的国旗、醒目的党徽、"不忘初心 牢记使命" 标识……这一抹抹"红"，在白墙红瓦、绿树成荫、碧水蓝天的映衬下显得格外庄重。

一名党员，一面旗帜；一个支部，一座堡垒。73 年来，张国忠始终把农村基层组织建设作为促进农村经济发展的"奠基"工程来抓，坚持抓党的建设不动摇，通过坚持不懈建设好班子、锻造好队伍，进一步增强了党支部的战斗力、感召力、凝聚力、向心力、创造力，成为群众的主心骨和"领头雁"。

2012 年小杨屯村成立党委

一

"我们小杨屯村党支部在被中组部命名为'全国基层党组织先进单位'后，中央电视台新闻联播头条又播放了我们小杨屯领导班子建设的典型经验做法，这既是对我们工作的肯定，更是一种鞭策，激励我们以更加坚定的信念走下去。"张国忠说道。

农村富不富，关键看支部；支部强不强，主要看力量。农村工作千万条，抓好党建工作是第一条，党建是做好农村工作的核心和统领，党建引领是一切工作的基础。乡村要振兴，组织是保证。长期以来，张国忠和党支部一班人始终以创建"五个好"党支部为抓手，坚持'大抓党建、抓大党建'，把党建优势转化为发展优势，把党建成果转化为发展成果，以高质量党建赋能高质量发展。

人才是最宝贵的资源，农村发展关键在于培养、吸纳各类人才，特别是需要一大批政策明白人、发展引路人、产业带头人。张国忠深知"基础不牢，地动山摇"的道理，农村要发展，得有个好班子，只有建强班子，村庄发展才有了内生力和持久力。因此，他从建设社会主义新农村的实际需要出发，围绕打造"内有凝聚力、外有吸引力、富有战斗力"的磁性党支部，科学合理地调整优化了党组织设置，2006 年 1 月小杨屯村党支部，报请县委批准，成立了党总支，下设农业开发、市场开发、加工车间、纺织车间、养殖基地五个支部。2012 年 6 月，经上级党委批准，小杨屯村党总支更名为小杨屯村党委。

张国忠深知欲筑室者，先建其基的道理，他把建强优化村干部队伍、完善优秀人才储备摆在突出位置，本着"缺什么、补什么、干什么、训什么"的原则，量才用人，选拔了一批政治素质好、带富能力强、靠得住、有本事、群众威信高的农村致富带头人等充实到村干部队伍里，真正将党性强、业务精、懂经营、善管理的人才选入村后备力量，进入村"两委"班子，使小杨屯村党组织成员形成了老中青搭配的干部梯队，村"两委"

班子中既有全国劳模、省劳模，也有全国"三八红旗手""全国科技兴农带头人""全国双学双比女能手"，既有工作多年、经验丰富的老同志，也有年富力强、敢闯敢干的中青年人，他们老中青结合，心往一处想，劲往一处使，人尽其才，物尽其用，保证了小杨屯村的持续和谐发展。

为推进小杨屯村组织管理规范化工作，张国忠健全和规范了村党建工作责任制，完善了"两委"工作制度，村"两委"班子成员合理分工，各司其职，提倡大事小务少计较、多奉献，相互补台，形成合力，遇到困难和问题及时沟通；严格落实基层党组织标准化建设"十个一"标准，认真落实"三会一课"、党员组织生活会、民主评议党员、谈心谈话、主题党日等党支部组织生活基本制度，还制定了会议记录和文书制度，规范了组织运行机制，进一步规范、细化、完善、健全了支部建设的标准化程序，形成了党内政治生活常态机制，夯实了新时代农村党建工作的基础，提高了党组织运行的标准化、规范化、制度化水平，努力使党员的先锋模范作用、党支部的战斗堡垒作用得以充分发挥。

张国忠还坚持把支部建在产业链上、党员聚在集体经济上、人才育在产业链上、农民富在产业链上，把产业发展纳入小杨屯村党支部工作的重点内容，把党的建设嵌入产业链中，积极构建"党建＋"模式，成立村集体经济发展专班，并将村集体企业内的外来务工党员纳入村党总支统一管理，扩大了党组织的覆盖面，充分发挥了党员的先锋模范带头作用和群众的主体作用，并鼓励、号召村中致富能人积极参与，产生连带效应，建立群众与村集体连心、共责、联利的发展共同体，使党支部的"头雁效应"和党员的"蝴蝶效应"突显，促进了党建工作和村集体经济高速推进、高效落实。

二

"一个支部书记就是浑身是铁，能打几个钉？要做好工作，还得靠班子。要发挥所有成员的作用，遇事多商量，不能一人说了算；否则，你就成了'光杆司令',工作也就无法开展了。"张国忠认为"众人拾柴火焰高。"要做好村里的各项工作,关键是要发挥全体班子成员的作用,调动每个人的积极性,而不是单打独斗。

多年来,在小杨屯村已经形成了一个习惯,当涉及村里发展方向和村民切身利益问题时,张国忠就召集党员干部、群众代表一起开会讨论,集思广益,谁说的对就照谁说的办,从来不搞"一言堂"。

为发挥党员先锋模范作用,保持先进性,张国忠始终把自身建设放在首位,提出了党员"政治思想好,学用科学好,勤劳致富好,公共活动好,计划生育好,移风易俗好,维护治安好,团结邻里好,家庭教育好,帮弱扶贫好"的"十好"标准,保证了每个党员思想不落后,精神不滑坡。

狠抓典型辐射带动作用。张国忠每年都要对先进家庭和个人进行表彰奖励。特别是 2007 年,小杨屯人均纯收入达到了 15000 元,涌现出很多模范户、模范个人、企业先进集体和先进工作者之后,为进一步动员全村村民振奋精神、再鼓干劲,促进小杨屯更好更快发展,张国忠与"两委"成员研究决定,根据 2007 年年初的计划安排,对贡献较大的模范户、模范个人、企业先进工作者进行隆重表彰奖励,有效激励了全村干部群众再接再厉,奋勇向前。而且,专门在 2008 年小杨屯召开的表彰奖励大会上,阐述了"全盘带动抓典型,树立榜样力无穷。手中无典型,说话空对空。费了大气力,工作乱哄哄"的观点,可见他对发挥典型作用的理解是多么深刻。

"有事找党支部"成为小杨屯村群众生活的新常态。张国忠和村"两委"成员牢记党的宗旨,把群众建议作为第一信号,把群众的服务需求作为第一目标,把群众的获得感、幸福感和满意度作为检验工作的第一标准,把实现好、维护好、发展好人民群众的根本利益作为工作首要目的,推出了党员承诺制度,将群众的操心事、烦心事、揪心事放在心上,抓在手上,对党员定岗定责,进行评星定级,形成"个个争做合格党员、人人争当先锋模范"的良好氛围,村"两委"成员实行了坐班制度,轮流值班，确保了群众办事能随时找到人，解决了群众"办事难""找人难"的问题。

三

73年来，张国忠始终把坚定理想信念作为党的思想建设的首要任务来抓，狠抓"两委"成员思想作风建设和党员学习，他定期上党课，经常加强对党员的理想宗旨教育，常态化开展理论学习活动，鼓励大家畅谈心得、为组织出谋划策，不断增强党员的思想认识。并以提高基层党组织阵地建设质量为突破口，通过加大资金投入，为党员教育活动基地配置桌椅、电脑、书柜等必要设施，增添党史文献、党刊、行业杂志以及其他群众喜闻乐见的书籍等，1975年小杨屯就建起了夜校，按时组织党员上党课，至今从未间断。对党在各个时期的大政方针，党支部不等上级安排，总是先学一步。1990年又投资十几万元建起了党员活动室，实现了电化教育、远程教学，不断满足了全体党员的学习需求。在此基础上，张国忠还通过党务制度上墙、完善党建文化娱乐设施、加大宣传教育等一系列举措，进一步增强了党员的宗旨意识、身份意识，有力地促进了各项工作的开展。

建立和完善了党员定期学习制度，定期组织"两委"成员深入学习贯彻毛泽东思想、邓小平理论、"三个代表"重要思想、科学发展观和习近平新时代中国特色社会主义思想及全国历次党代会精神、基层党建工作常用法律法规和规范性文件，集体学习党的报告、党章等，将党员教育管理引入制度化、规范化轨道，不断提高每个党员的政治判断力、政治领悟力、政治执行力。"文革"中，许多村党支部都瘫痪了，但小杨屯党支部坚持照常学习，照常活动，照常带领群众搞经济建设，使党员的政治思想素质不断提高，筑牢了广大党员的思想根基，在群众中起到了先锋模范带头作用。为彻底改变"党日读读报，活动老一套"的呆板形式，张国忠还积极创新活动内容和形式，针对村内部分年纪偏大、学历偏低的老党员，在每月主题党日活动中，借助村党员教育活动场所、各类媒体网络等平台，采取召开会议、观看视频、座谈交流、义务劳动等形式，组织开展集中学习教育，加强党员对党章党规和总书记系列重要讲话的学习，增加了党日活动的针对性和吸引力，确保了党员学习教育常态化。

为提高全村党员素质，引导每个党员树立正确的学习态度和学习主动性，张国忠还坚持政治理论学习与掌握实用技能相结合，坚持利用网络资源与制作乡土教材相结合，本着实际、实用、实效的原则，综合运用集中培训、政策宣讲、现场观摩、远程教育、网络教学等教育方式，组织党员深入学习党在农村的方针政策、财务管理、涉农法律法规等理论知识，重点进行种植、养殖、致富信息等实用技术培训，为群众提供农业实用技术和致富信息，提高了每个党员自我发展和带领群众致富奔小康的能力，让他们掌握了做好新形势下群众工作的本领和方法，也使他们在工作中干实事、勇担当，激发了每个党员干事创业的热情，全村每个党员都成了带领群众致富的"领头雁"。

四

规矩重在落实，制度面前无特例。在强化村级党组织建设发展中，保证民主决策、公开透明是百姓最为关注的焦点。

村里的重大决策事项，张国忠都坚持把群众满意作为衡量工作的重要标尺，始终坚持"村庄怎么建，群众说了算；工程怎么抓，群众参与办"的工作导向，都严格按照"四议三公开"机制来执行，凡是重大事项，都必须走程序、开会定。同时，建立了村"两委"会和村务监督委员会等"两会"联动制度，针对涉及面广、事关村公共事务等事项，一般每月召开一次联动会议，由村党支部牵头，采取民主议事会等形式，进行"座谈式"协商，构建起"协商网"，做到了"小事互通、大事同商、难事共解"。并且定期通报党务、村务、财务情况，让村级组织学会习惯在监督中工作，习惯在监督下做事，杜绝了暗箱操作的现象发生，受到党员群众的认可和欢迎。

张国忠还结合上级打造过硬党支部的要求，重点抓了班子成员思想、作风建设，定期组织召开生活会，增强了党员干部的角色意识和政治担当，使他们始终以一名合格党员的标准来规范自己的一言一行，自觉履行党员义务，激发自身作为党员的光荣感和责任感，在群众中做表率当模范，张国忠倡导要求别人做到的，自己首先做到；要求别人不能做的，自己坚决不做。并坚持把纪律规矩挺在前面，严格遵守党的各项纪律；走群众路线，善于做群众工作；坚持依法办事，善于化解和处理各类矛盾纠纷；守规矩、讲公道，努力改变工作作风，诚实守信、甘于奉献。这一切都使得小杨屯村在组织建设方面收获颇丰，连续多年被评为各级组织部门的先进基层党组织、五星级村党支部。

为充分发挥党员先锋模范作用，张国忠还立足找差距、赶先进、树标杆，组织大家开展在学习上带头、勤劳致富上带头、遵规守纪上带头、爱民助民上带头、端正村风民风上带头、促进团结和谐上带头的"六带头"活动，并按照"党员＋农户"的模式，把党员示范岗、先锋模范岗设到田间地头，充分发挥了党员的帮带作用，不断拓宽了培育方式，提高了带动能力，完善了服务体系。同时，注重了后备干部人才的培养，严把新发展党员入口关，优先从返乡大中专毕业生、致富能人中选拔储备积极分子，谁想入党，先学党章，依据党章列出自己"负面清单"，及下步努力方向和目标，先后把30多名致富能手培养成党员、20名党员培养成致富能手、16名党员致富能手培养成村组干部，带动群众走上了产业致富路，并建立跟踪式流动党员管理台账，确保了党员离乡不离岗、流动不流失，使广大党员心往一处想、劲往一处使，始终保持了干事创业、开拓进取的精气神，有效提升了党支部的凝聚力、向心力、战斗力。

党建带团建，"插"亮青春红

2004 年，时任团山东省委副书记的孙爱军到小杨屯村调研

青年兴则国家兴，青年强则国家强。那些年，随着小杨屯村十几个企业的不断发展壮大，先后吸引了本村和外地五六百青年人在小杨屯村就业创业。

作为全村的掌舵人，张国忠面对全村各项事业蒸蒸日上和村内企业的不断发展壮大的新局面，他的眼光看得更长、更远了。

为使团支部的工作更好地适应新形势的发展，张国忠根据这一新情况，在充实建好村团支部的基础上，又根据村里的实际和便于青年活动的要求，分别在生产第一线建起了四个团小组，并坚持以"党建带团建，团建促党建"的工作思路，结合农村工作实际，围绕团结青年、服务青年、凝聚青年、发挥青年作用的工作主线，积极探索"党建 + 团建"工作模式，推动了党团组织建设的相互促进，共同发展。

一

青年是实现乡村振兴的中坚力量，是乡村永续发展、创新发展的活力所在、动力所在。为此，张国忠始终高度重视，把青年发展摆在事关全局发展的战略位置。

"'党建带团建'工作，核心在'党'，根本在'建'，关键在'带'，实效在'促'"。几经探索，张国忠找到了"党建带团建·团建促党建"的破题路径，形成了一套"组、选、育、用"全周期培养模式。通过前期人员推选、开会讨论等准备工作，小杨屯村的团组织成立了，这为青年人搭建了一个相互学习，相互帮助的平台，这也是对乡村治理模式探索和深化实践的主动作为，为"党建带团建·团建促党建"的工作开展，提供了坚实的组织保障。

为使团的工作适应新形势的发展，确保党建引领到位，张国忠坚持"党有号召，团有行动"的优良传统，将团建纳入党建工作总体部署，找准基层党建和团建工作的结合点，融合推进，协同推进，共同提高，在充实建好村团支部的基础上，张国忠根据村里的实际和便于青年活动的要求，分别在生产第一线建起了农业开发、加工车间、养殖基地、纺织车间四个团小组，真正把党团组织的触角延伸到车间班组、农家庭院、田间地头，并以"一心五同"（信仰上一心同梦、思想上一心同进、目标上一心同向、实践上一心同行、担当上一心同力）为目标，建立起了新型团组织，把青年团员们组织在一起，在为人民利益的不懈奋斗中书写人生华章。

张国忠加强了对团员青年的政治引领，引导广大团员青年坚定理想信念，把准正确的人生航向。他把团员青年教育培训纳入党的干部教育培训总体规划，并注重团员青年的思想引领和党性锻炼，号召团员青年用党的科学理论武装头脑，把学习贯彻毛泽东思想、邓小平理论、"三个代表"重要思想、科学发展观和习近平新时代中国特色社会主义思想作为青年团员学习教育的必修课，通过学习会议、专题座谈会、视频团课等形式，组织广大团员青年广泛开展理论学习宣传教育，用党的初心使命感召青年，在自己经常给团员青年作报告授课的同时，积极发动广大青年参与"青年大学习"网上主题团课，每期还通过微信工作群转发学习链接，动员全村党团员、入党积极分子等加入到"青年大学习"的行动中，积极参加上级组织的青年集中学习或培训，并通过开展"三会两制一课"，集中开展团员评议，评选表彰、推优入党，切实提升了团员青年的理论和政治思想素质、服务大局和做好各项工作的本领，进一步加强了对团建工作的政治领导、思想领导、组织领导。

二

为进一步提高农村青年的思想政治素质，走近青年，并融入他们的学习生活，实现思想价值层面上的真诚沟通与交流。张国忠要求各团小组在团组织活动中，时刻注重对团员青年们的思想教育，当青年在人生的关键节点遇到困难时，能够通过及时疏导帮助他们度过瓶颈期。在他们最需要理解、最需要帮助的时候出现在他们身边，耐心倾听、细心洞察，掌握他们的基本情况，了解他们思想行为背后的深层次缘由，及时主动解疑释惑，引导他们养成良好的行为习惯，按照"生产发展、生活宽裕、乡风文明、村容整洁、管理民主"的要求，积极投身社会主义新农村建设，为广大青年就业创业打下了良好的思想基础。

为做到党有号召，团有行动，充分发挥团员青年的先进作用。张国忠紧紧围绕全村中心工作，确定了党团共建创先争优主题，制定了党团共建创先争优方案，做到党团组织争创目标相一致、活动载体相衔接、推进节奏相协调，以党组织和党员创先争优带动团组织和团员青年创先争优。并通过组织开展"永远跟党走、奋进新征程"主题宣讲、"请党放心，强国有我"党团史知识竞赛、"展青春风采，做时代青年"主题团日等有意义、形式多样、内容健康向上的系列活动，切实提高了广大团员青年学思践悟能力，将团员青年们紧密地团结在一起，不断增强了团组织的吸引力、凝聚力、创造力、战斗力。

为给广大团员青年提供就业创业全方位服务，张国忠始终围绕新农村建设这个中心和农业、企业发展需求，根据农村青年的兴趣和爱好，先后开设了阅览室、远程教育室、健身运动场等近 10 个活动场地，村团支部制定了"月月有主题、周周有活动、天天有安排"的工作方案，每年都要举办各种青年技能培训活动，为他们提供了完善的学习技术、交流合作的平台，使广大青年都能掌握 2～3 项致富本领，为团员青年就业创业奠定了良好的技能基础，先后帮助 560 多名农村青年顺利就业，成功创业，使团员青年工作出现了前所未有的生动局面，大大提高了团组织的凝聚力和吸引力。

"要大力提升科技创新能力，在加快实现高水平科技自立自强上走在前、做示范、当闯将。"张国忠清楚创新是企业发展的不竭动力，而青年是企业创新的主力军。为了挖掘青年创新潜力，激励更多青年在乡村振兴中主动担当作为，建功立业，促进青年成长成才，张国忠发动团员青年开展人人创新活动，激活了青年人才创新创效的"一池春水"。养殖基地团小组团员张运家等青年，在科技人员的指导下，成功开发出"立体、高效、生态肉鸭网上养殖新技术"，解决了肉鸭养殖中费工费力，养殖效益低的问题和环境污染严重，产品质量不高的技术难题，受到科技部、农业部、人社部领导的一致赞誉。

三

"榜样的力量是无穷的。"但青年更需要身边的榜样，需要一种能看得见、摸得着的榜样，这样才能缩短榜样与普通人之间的距离，才能发挥榜样的拉力作用、激励作用和带动作用。

为使广大青年学有榜样，赶有目标，真正将榜样的力量转化为青年奋斗的动力，张国忠及时发现和树立团员青年创先争优先进典型，并与党组织和党员创先争优先进典型同宣传、同推广、同表彰，促进形成了学习先进、争当先进、赶超先进的浓厚社会氛围。小杨屯团支部建立了各团小组申报、创建，团支部指导、考核等机制，每年评选出十几个青年文明岗、文明号，树立了一批青年典型，用榜样的力量激励青年人立足岗位创先争优，学技练艺争当岗位能手。同时，还通过各团小组推荐和结合工作实际考核，评选出一批爱岗敬业、熟练掌握岗位技能，并有显著成绩的青年，通过召开表彰会，开展"光荣榜"人物宣传，推动形成了良好的社会风尚，凝聚起见贤思齐、崇德向善、争做先锋的正能量，激励广大青年增强了历史责任感和使命感，激发了强国有我的青春热情，并以"奋斗有我"的姿态，奋力奔跑在青春建功高质量发展的大道上。

张国忠清楚技能竞赛，作为一种有效调动青年积极性、主动性和创造性的组织形式，是提高青年技能素养、促进青年人才队伍建设和全面发展的重要途径，更是共青团组织融入中心、服务青年的重要载体。为此他经常指导村团支部从企业工作实际出发，从提升青年基本技能和实现青年科技人员自我价值的需求出发，从推动技术创新的要求出发，开展"团小组流动红旗竞赛"活动，通过量化考评和综合评定的方式，每季度评出两个优秀团小组，分别给予300元和500元的奖励，并在先进小组悬挂红旗以示激励，在末位小组悬挂黄旗以示警示，达到了以赛促学、以赛促练、以赛检验能力、以赛锻炼能力、以赛提升水平的目的。

刀在石上磨，人在事上炼。正所谓驰而不息、久久为功，要保证村庄发展的稳定性和可持续性，离不开广大青年人的积极参与。小杨屯村最不缺的就是锻炼机会，张国忠始终注重服务凝聚青年、实践锻炼青年、密切联系青年，将"能看到、可参与、有收获"贯穿整个青年服务工作全过程。以学雷锋纪念日、劳动节、青年节等节日为契机，组建青年志愿服务队，引导团员青年听党话、跟党走，定期开展青年志愿者"科技、文化、卫生"入户上门服务活动。打造了"青年议事会"，引领青年团员投身到文明创建、乡村振兴等火热实践，为建设美丽乡村凝聚起青春力量。

为破解"谁来接班"的问题，张国忠始终将政治标准放在选人用人首位，加强对团干部的成长观教育，引导团干部用党性原则指导自己立身行事、干事创业，他坚持任人唯贤，积极引导优秀团员积极向党靠拢，加强团员服务意识教育和"推优入党"工作，坚持德才兼备、以德为先的标准，用民主、公开、竞争、择优的办法，把政治过硬、作风扎实、自律严格、善于做青年工作的优秀青年党员、团员充实到团干部队伍，将"好青年"列为入党积极分子或发展对象，且保证成熟一个、发展一个，增强了团组织的凝聚力和团员主观能动性。

张国忠始终坚持劳动

一人不变，全村不乱

"一人不变，全村不乱。当好村支部书记一要下决心管住自己，管住自己等于管住全村；还要管住亲人与近邻，管住少数人就等于管住多数人。最关键的是要以身作则，把群众当做亲人，与群众打成一片，贴近群众、尊重群众、倾听群众、相信群众、依靠群众，真正赢得群众的信任与支持。"张国始终坚持辩证看问题，且论断满含哲理。"当官不能光凭权力管人，最主要的是靠人品感染人，这个人品就是孝敬父母，家庭和睦，邻里团结，乐于助人，有致富本领，为人正直，群众从心里服你，才能一呼百应，工作顺利。"

一

"中国共产党是中国工人阶级的先锋队，是中国人民和中华民族的先锋队，共产党的宗旨是全心全意为人民服务。作为一名共产党员，要吃苦在前，享受在后。哪里有困难，哪里有危险，哪里就应该有共产党员。一个共产党员如果怕苦怕累，还当共产党员干什么？当官不能光凭权力管人，最主要的是靠人品感染人。"

"不要遇事就指手画脚，光指挥别人干。干部干部，先干一步，干在头里，走在前面，群众才服气。喊破嗓子，不如做出样子。"张国忠是这样说的，也是这样做的。

张国忠担任村支书 70 多年来，不管是集体开会学习，还是到田间地头为群众服务，他总是比其他人提前半个小时赶到工作地点。无论遇到什么难题，他都想在前、冲在前、干在前，身先士卒，以身作则。

"在 1985 年到 2000 年黄河水渠清淤的时间里，小杨屯大队的党员干部群众总是一战到底，争拿第一，扛着红旗回家。"时任乡党委书记的乌以强回忆道。由于黄河水泥沙较多，从 1985 年起，每年冬天，乡里都组织群众进行水渠清淤，条件非常艰苦，特别是刮大风、下大雪时，晚上群众住在空地上搭起的简易工棚里，瑟瑟发抖，其他村有很多村民纷纷离开工地朝家跑，但小杨屯的村民没有一人中途离开的，因为张国忠和其他村干部都在现场带头干活。张国忠还说出了一句很响亮的话："要苦苦党员，要累累干部。"村民说："如果我们偷跑回家，没办法向张劳模交代。"

寒冬腊月，张国忠光着膀子同群众一起挖沟、修路，改造红土涝洼。有时为了赶时间，排工期指挥生产，他的午饭常常是回到家抓上两把红薯也好，窝窝头也好，就出门排工去，一边走一边吃，有时忙得没剥皮的红薯也往嘴里塞。

工作结束后，别人急着回家干自己的事，他还要继续留在现场，协调解决群众的其他困难问题。每年的夏季汛期，是张国忠最忙的时候。一到下雨天，他就会撑着雨伞，挨家挨户巡查，看看谁家的房子漏水了，院子里积水有多深，帮助他们申请资金，修缮房屋院墙，疏通排水沟。

一个支部就是一个堡垒，一名党员就是一面旗帜。有张国忠这样以身作则，率先垂范的领头人，在小杨屯村，无论是抗旱抢险、防涝救灾、上河挖沟、疫情防控，还是扶贫济困、志愿服务、义务劳动……党员干部都能自觉发挥模范带头作用，冲在最前面。

"你是咱村的功臣，早该享受了！"群众说。小杨屯大多数群众都搬进了新居。但张国忠却说"吃苦在前，享受在后，是共产党人的本色。只有让大多数人过上好日子，俺才心满意足。"直至最后他才搬进新居。

几十年来，张国忠始终保持农民本色，在生活上群众吃啥他吃啥，群众穿啥他穿啥，群众住啥他住啥。

二

"宁领一军，不领一村"。农村党支部书记领着一个班子，带着几百、成千口子群众，不是件容易事。特别是近年来，农村工作难度大了，村干部的难事、硬事多了，担子重了，很多村干部被压得直不起腰来，迈不开步子。有的支部书记一肚子怨言，看群众不顺眼，看班子不顺劲，干工作不顺茬，干群关系十分紧张。然而，张国忠却认为，要带好一个班子、管好一个村子，不能两眼只盯着别人。一把尺子，要先量自己；一面镜子，要先照自己；要想管好别人，首先要管好自己。支部书记只有管住自己，才能管住班子；只有带好班子，才能管住多数群众。

张国忠担任村支部（总支、党委）书记70多年，家里不仅没能沾光，反倒是吃了不少亏。1959—1961年三年自然灾害那几年，张国忠的几个孩子还小，妻子的身体又不是很好，他整天在外组织群众生产或抗灾自救，顾不上家。全家人经常是吃了上顿没有下顿。有天上午，妻子张士红到大队部找张国忠，告诉他几个孩子已经一天多没吃饭了。有名大队干部说队里还有一点萝卜，拿几个回去给小孩们煮着吃，垫垫吧！张国忠马上制止说，不能动，那些萝卜是留给五保户的。

2013年9月，张国忠因患心脏暂停综合征，到济南市齐鲁医院住院治疗12天，安装了一个心脏起搏器。小杨屯鸭业公司的负责人前去看望时，送了2万元钱医疗费，他及时让亲属将钱退了回去，并给企业负责人打电话说："俺生病了就该自己掏钱，怎么能让企业出资呢，哪有这个道理？"

"就拿喝酒来说吧，年轻时，我曾在酒坊干过担水的伙计，当时酒把式告诉我'酒是粮食精，酒头是精上加精，担水伙计喝了会更加有劲地担水，酿出的酒会更加醇香'，鼓励我喝酒，多干活，所以我练出了大酒量，62度的白酒我喝1斤照样干活。从前，我自己喝酒自己花钱，大家都看得到。当了村党支部书记后再喝酒，即使花自己的钱，我也说不清。"所以，自从当上村支部书记后，张国忠一方面肩负起了为百姓谋利益的担子，怕饮酒误事；另一方面为了不沾公家和群众一分一毫的便宜，他毅然决然地推开了酒杯，说戒酒就戒了。

"当干部，你就不能多占公家和其他人一分钱的便宜！那些犯错误的干部很多人都栽在了酒场里。"张国忠坚定地说着。从那时起，不管什么场合，陪哪级领导，张国忠就不再饮酒了，更不在村民家里吃一顿饭。

三

"要干一辈子，不干一阵子；要做社会主义的实干家，不做社会主义的评论员。"张国忠经常把这句话挂在嘴边。如何把群众的智慧和力量凝聚起来，带领群众共同致富呢？张国忠的经验之一，就是"当村书记不能游手好闲、当甩手掌柜的，必须真抓实干、身体力行，既要懂得怎样干事，还得尽心尽力把事情干好，带着群众干，干给群众看"。

"农村工作不能光说不干，要干就干出个名堂，群众才能信任你。"这是张国忠担任小杨屯村党支部书记以来对班子成员说过最多的一句话。在工作中，面对烦琐的问题、复杂的数据，他总是加班加点、默默付出、毫无怨言，每天清晨，他总是带头奔走在田间地头、村头巷尾……

作为农民，张国忠视土如金，爱地如命，不论寒暑，不分阴晴，他都起早贪黑地辛勤劳作，把根深深扎在了小杨屯这片土地上。

1975 年春，身为聊城地委委员的张国忠，一连在地委开了 10 天会，他有点坐不住了。"这 10 天，棉花长成啥样啦？治虫了没有？小麦正是攻籽粒的时候，浇大水没有？"那天晚上 11 点，地委会一散，他就骑着自行车往回赶，90 里路，他骑了 4 个多小时，家没进就来到了棉田。他摸了摸棉花的茎，"噢，长了一拃高了。"

他又摸着棉花的叶自言自语："一片片挺支盛，没虫！"

他又来到麦田里，一摸地，湿乎乎的。

"浇了！"他这才松了口气。

……

"谁？"他背后一声断喝。

"我！"张国忠愣了，"这么晚了，地里咋还有人？"他到地头，才听清对方是本村的季公成和季志华，他俩外出办事才回来。

"国忠哥啊！这么晚了您在麦地里干啥？"

"我从聊城开完会刚赶回来，来地里转转。"

季公成心里咯噔一下，好大会没说话。他早知道老支书关心集体胜过关心自己，但没想到他如此痴情眷恋这片土地。

实际上，张国忠经常外出开会，但每次回来，都是过家门而不入，先到地里看看。他说，"离家一天，地里就变一天，不熟悉情况，就没法领导生产。"

小杨屯村从 60 年代初期就是省地县先进单位。张国忠社会地位越来越高，名气越来越大，荣誉多了，名声大了，采访的、学习的、参观的，接踵而至，但他劳动人民的本色始终没有变，坚持在家乡的土地上辛勤劳动，从不懈怠。"劳模就是要劳动，不劳动，还叫什么劳动模范？一天不干，心里就没有底！"这是张国忠的名言。"只有心不离群众，身不离劳动，才能了解群众，知道群众在想啥、需要啥，才能清楚自己应该干啥、不应该干啥。"

任支部书记 70 多年来，张国忠始终没有脱离过劳动。刚当村支部书记时，他扛着锄头参加干部会，寒冬腊月，他光着膀子同群众一起挖沟、修路、改造红土涝洼。农村实行家庭联产承包责任制前，只要外出开会学习，哪一次出工也少不了他。外出开会或学习回来，不管是白天深夜，张国忠都先到地里转转摸摸，只要地里还有群众，他总要抄起工具干一阵子农活，那满地的庄稼，馨香的泥土，能使张国忠得到很大的安慰和满足。

张国忠兼任茌平县委常委、县革委会副主任、县委副书记多年，可连办公室的椅子都没坐热过。他总感觉只有天天跟农民群众打交道心里才踏实。他经常到县城参加县委常委会，即使开会到半夜，他也要骑上自行车跑三十多里路赶回村里，到田间地头摸摸庄稼叶子、扶扶庄稼杆子，就感到心里很踏实。

张国忠的 4 个闺女和 2 个儿子都相继出嫁和成家，家里只有老伴和他，农村实行家庭联产承包责任制后，60 多岁的张国忠，仍然承包了 12 亩责任地，耕种自家责任田的重担全落在他一人肩上，乡亲们看他开会出差外加接待，一个人见缝插针没日没夜地挤时间去劳动，忙得要命，甭提有多心疼，大家悄悄地聚在一块合计，提出轮流给他家耕种责任田，他说什么也不同意。因为他心里有自己的"小九九"，只有不脱离劳动，才能保持劳动人民的本色，才能加深与父老乡亲的感情，才能带头搞科学试验，才能不断探索靠脚下这片土地致富的新门路，才能……

尽管安排工作、外出开会等事情很多，特别是来参观的人络绎不绝，有时一天五六批，但他从没耽误过地里的活，始终种着自己的责任田，并创造了"三大一挤"劳动法。

"三大"，即大早晨、大晌午、大傍晚。"一挤"就是挤时间。大早晨。为了做到劳动和接待两不误，张国忠凌晨四五点钟就下地，一气干上五六个小时农活，回来不误安排村里工作。而这时候络绎不绝的参观者正好来到村里，他不厌其烦地介绍情况，讲授经验，送走他们后，他马上下地，再干个大晌午。下午参观者一来，他就骑车子从地里回村，介绍完情况，打发走客人或取经者后，他再回到地里干活，一气干到夜幕降临的"大傍晚"。张国忠就是靠这种方法，竟把12亩地拾掇得利利索索，而且，他无论种什么，都要比别人种得强、种得好。他开玩笑地说："要不怎么能当好村支部书记呢？"

"你已是年逾古稀的老人了，还差那几个钱吗！这么累干啥？"张国忠认为，"咱是劳动模范嘛，不劳动就没资格当模范？劳动不只是为了挣钱，更重要的是同群众打成一片，保持劳动人民的本色。一个农村干部，只有参加劳动，与群众同甘苦，共命运，才能听到群众的呼声，知道群众的需求。也只有这样，才能当好农村干部。"这话随口从张国忠的嘴里说出来，却不知这里面蕴藏着多么深刻的哲理！

曾有人问张国忠，"你有职务级别吗？"张国忠回答道："我有级别。我的级别就是农民！"这铿锵话语，把他的浩浩正气、铮铮铁骨表达得淋漓尽致。作为一个普通农民，他冲破了官本位的陈腐观念，把辛勤劳动视为人生的第一要务；作为一位全国知名的农村基层干部，他仍然不忘初心，牢记使命。

四

70 多年来张国忠心里始终装着人民，唯独没有他自己。随着经济日渐好转，上级几次提出给他改善一下生活和办公条件，都被他婉言拒绝了，一辆旧自行车、一双破胶鞋见证了他不辞辛苦工作的奋斗岁月。

那些年，张国忠在县乡兼职较多。每次开会，他都坚持骑自行车，从不让小车接送。有一次，省里的一位领导问他坐的什么车，他说是 1958 年买的自行车！

随着年龄越来越大，张国忠骑自行车不行了，他就雇出租车外出，但由于小杨屯地处偏远，行动很不方便。

张金昌在《"吃亏"书记》一书中描述了这样一段场景。1998 年 5 月的一天上午，茌平县人民政府县长汪文耀带着时任乡党委书记的乌以强来到小杨屯村委会，找到张国忠说："您已经是 70 多岁的老人了，要经常外出作报告、交流工作经验，县里准备买一辆轿车，供您专用。"

"没有这个必要吧！俺出去作报告时，喊一辆出租车也挺好的嘛！"张国忠回答道。

"那毕竟不方便，也不安全呀！况且这是组织决定嘛。"汪文耀说道。

"如果乡党委书记用这个车，俺就同意买。如果他不用这台车，俺就不同意买。"张国忠说。

县长汪文耀给乌以强使眼色，让他点头同意。

乌以强接过话茬道："买的这台车以您用为主，您不用时，我们有事也可以用。"

汪文耀县长最后拍板道："那就这样吧，车买回来后，放在乡里，所需费用由乡政府解决，您外出时就用这台车。"

张国忠很勉强地点头同意了。然而，汽车买回后张国忠很快发现，这辆车还是专用型的，而且乡里还要为他配备专职司机。正当张国忠不知如何是好时，二儿子张银昌看透了父亲的心思，于是，他在完成本职工作之余，正儿八经地兼任起张国忠的特别助理和专职司机来。

事过多年之后，乌以强说："张国忠当时那样表态，其实是为了方便乡里的干部外出办事。后来车买回后，他一年使用的次数没超过 5 回。"

五

"'群众之事无小事'，件件都是心头事。当村书记就是要从小事做起，为村民操心、为群众出力。群众想不到的，俺要替他们想到。群众办不到的，俺要替他们办好，只有把群众的小事当成我们的大事，把群众的难事当成我们的心事，才能真正赢得民心。"张国忠是这么说的，也是这么做的。

1997 年 10 月，张国忠以党代表身份到北京出席党的十五大期间，恰巧遇到中秋节，时任山东省委书记的吴官正送给他一盒装有 3 层点心的中秋礼物，他舍不得吃，回村后的第二天上午主持召开会议传达十五大会议精神前，让村干部把点心分给与会的村民吃了。一位叫李永炎的村民因病未能到会，他派人送去了一小份。

张国忠对群众充满着深厚的感情，时刻把群众的冷暖记在心头，不管哪位村民遇到什么困难，他都力所能及地提供帮助，想方设法予以解决。村民张春昌母亲年迈，老伴患有脑膜炎后遗症，两个孩子上学，每到农忙，张国忠就带领劳力多的农户去帮忙。并经常送去吃的、用的，还给他们办理了农村里的低保。

无论大事小情，只要是群众的事，张国忠总会牵肠挂肚。村里敬老院里有个五保老人刘周氏，患有气管炎，几次治疗不见好转。张国忠就将刘周氏的病情记在心中，他每次外出开会，都会打听或搜集治疗气管炎的偏方。回到村里，他让老伴张士红每天给她煎汤熬药，护理床前。偏方治大病，药到病除，五保老人刘周氏患了几十年的气管炎奇迹般地痊愈了，张国忠高兴地笑了，心中的牵挂又少了一份。刘周氏逢人就说，俺可真享了"劳模"的福了啊。

小杨屯有个村民叫李炳元，两口子因家务事生气，李炳元一狠心，一跺脚，把家一甩，跑到县城干临时工去了，他媳妇抱起孩子回了娘家。家里饲养的三头大猪、一窝小猪没人管，饿得嗷嗷直叫唤。张国忠看到此景，忙叫老伴端着自己家的猪食，一天三次按时去喂，一连喂了半个月。半个月过去了，两口子回心转意了，感情和好了。回家一看，猪肥了，厨房里缺的碗橱有了，两双眼相对无话，心醉了，心酸了，两眼湿润了⋯⋯

"劳模身上有很多闪光点，如对党绝对忠诚，信念执着，吃亏奉献，为人实在，工作带头，乐于助人。但我觉得他最大的人格魅力就是不嫌贫爱富，在他眼里不管哪一家，哪一户，都是他的亲人，都和他贴骨连心，他对谁都一视同仁，所以全村群众从心底里拥护他、爱戴他。"村民张景泉激动地说。

村里有位五保老人，一个人住在敬老院里，夜里害怕，睡不安稳觉，张国忠听说后，从家里挟起一床被子就住到敬老院隔壁的村委办公室里，既给老人做伴，又一早一晚地照顾他，老人感动得直掉眼泪，还看护了公共财产，并一直陪伴到这位五保老人去世。

村民黄常年有病，家庭经济困难，无钱住院治疗。他就找到张国忠，请求政府给予救济。张国忠深知像他这样的困难户，全乡还有不少，乡里不可能都照顾到，就悄悄拿出自己的钱，送到了申请救济人的手里，说是救济款。而且他用这种方法妥善解决了不少困难群众的实际问题。

⋯⋯

"一个人爱的最高境界是爱别人，一个共产党员爱的最高境界是爱人民。"73年来，张国忠始终在努力实践着自己最喜爱的那句名言。

有一种付出，叫百姓心中有杆秤，你对他们有多好，你就有多重，小杨屯村民说："俺们打心眼里信劳模书记！敬劳模书记！服劳模书记！"

论级别，张国忠最多也就算是个"穿草鞋"的"芝麻官"，可小杨屯村的村民们都把他当福星来尊敬。谁家起个房子，一定要请劳模书记来，他一来大伙儿就觉得"这新家的日子开了个好头"；一群人发生争执，只要劳模书记过来说话，就没有再瞎嚷嚷的，因为在大伙儿心里都认为"劳模书记的权威，都在公道里"。

长期以来，小杨屯村党支部改选了一次又一次，支委们都是高票当选，张国忠每次都是全票，不想当都不行。张国忠和他所在的党组织像吸铁石一样把党员和群众牢牢地吸在一起，无论什么工作，党支部只要一号召，小杨屯人都是一呼百应。

"分田到了户，更需要党支部"

小杨屯村大棚西瓜丰收

怎样才能让村民不断地增加收入，过上富裕日子，是张国忠一直苦苦思索的问题。党的十一届三中全会后，农村实行责任制，土地分田到了户，村干部还要不要搞服务？有人说："分田到了户，用不着党支部。"有些干部也觉得，"家家会种田，多管讨人嫌。"有的干部手上干着责任田的活，脑袋里转着自家致富的事，平常对服务工作不管不问，到时却张着嘴巴吃提留，群众意见很大。某些村子里，群众对干部的态度是：

> 有吃有喝不找你，
> 你发命令不理你，
> 你不服务我骂你，
> 你要治我我告你。

于是，在这些村，工作难，人心散，群众困难没人管，出现了一片混乱状态。

"实行家庭联产承包，绝不等于'分田单干'，农村的经营形式变了，共产党员为人民服务的宗旨不能变，不光不能变，比过去的服务还要搞得更好。"张国忠认为，过去"大集体"时，"大队管小队，小队管社员，社员只管干，小队长一人说了算。"群众没有多少作难的事，而实行责任制后，生产分成一家一户，群众的积极性确实高多了，但困难事也比过去多多了。如何在新形势下，让群众更快地富起来，让村里的工作更好地开展，张国忠总结出："分田到了户，更需要党支部。要让群众共同富，离不开干部搞服务，离开干部搞服务，就没有群众的共同富"这番话。

一

"老办法不顶用，硬办法不能用，新办法不会用"。联产承包责任制推行后，农村生产形势发生了很大的变化。由于生产关系的调整，农村基层干部开展工作遇到了一些新问题。

张国忠说得好，农村经营形式改变后，干部不是没有用了，而是需要思想来个大转变，作风来个大转变，靠行政命令指挥生产不行了，个别村"服务稀松，办事不公，账目不清"更不行了，他明确指出实行家庭联产承包绝不等于分田单干，生产经营方式变，但社会主义集体经济的性质没有变，共同富裕的方向不能变，共产党人为人民服务的宗旨不能变，村党支部必须由以前的指挥型变为服务管理型，在群众"最盼"上见真情，在群众"最急"上动真招，在群众"最难"上下真功，解决群众办不好或办不了的事情，为他们排忧解难，做到"服务到底，办事合理，账目清楚，公布集体，群众满意。"

在张国忠的带领下，支部一班人始终牢记党的宗旨，充分发挥先锋模范作用，创新工作思路，竭尽全力为群众谋利益，将服务措施落实到群众生产的每一个环节上，落实到群众的家门上地头上。群众致富没有门路，他们就分析本村情况，带领群众找门路；群众致富没技术，他们就到科研单位请专家教授传授技术；群众在生产中遇到困难，他们就组织搞服务，切实解决群众的困难事和烦心事，甘当公仆。

为解决"责任制"后群众一家一户办不了、办不好的生产、科技、购销、资金等大事、难事，保证群众集中精力搞好生产，张国忠针对家庭经营中农户自身难以解决的困难，组织支部成员成立了农业服务队，利用集体的力量对农户进行产前、产中、产后系列化服务，并坚持"促进生产、增加效益，互惠互利"的原则，实行"引、购、防、销、统"的全套服务，"引"，统一引进先进技术，引进人才和优良品种；"购"，统一购进物美价廉的柴油、化肥、农药、薄膜、优良品种等其他农用生产资料；"防"，统一进行农作物病虫害防治和畜禽防疫；"销"，集体统一为农户组织销售粮棉等大宗农产品；"统"，统一农田布局，统一水利建设，统一结算粮款和补贴。

二

如果用"全心全意"来形容小杨屯干部们的服务意识再恰当不过了。时任《聊城日报》副总主编的马军说过："在这片红土地上采访，总感到有一股清新的服务新风扑面而来，什么生产服务，生活服务，科技服务，都搞的是那样及时、周到，特别是科技服务。"

"这服务，那服务，最大的服务就是提高农民科学种田素质"。张国忠深刻意识到只有通过利用科学技术，才能提升农业发展水平，农民才更有干头，更有赚头、更有奔头。

为了把农业发展转移到靠科学进步和提高农民素质的轨道上来，实现"科技兴农"、"靠科技致富"，张国忠早在 1984 年就本着需要什么就学什么的原则，投资 1 万多元，建起了"农民科技夜校"，订购山东科技报、农业百事通等各种科技报纸杂志 80 多份，对农民进行培训，并从中国农业科学院、中国棉科所、山东省农科院、山东农业大学等大专院校和科研单位请来专家、教授任教，采用办班讲课、现场咨询指导等多种形式，围绕农业生产、经营管理、加工营销、农业品牌提升等环节，对农民进行实用科技全产业链培训，村里"全额"报销外出学习科学技术农民的学费，全力提升群众创业、增收致富的能力。使小杨屯村每年参加培训的农民达 9000 多人次，平均每个劳动力参加培训时间 45 小时。同时打破时间、地点限制，充分利用网络平台进行网课直播，还推行了"农民点菜、专家下厨"的菜单式培训模式，让农民在学中做、在做中学，最大限度地满足群众实际需求。

在科技兴农的金光大道上，小杨屯干部们的科技服务可谓是独具特色。"要使群众通，先要干部精"，这是干部们在科技服务中的深切体会。张国忠既是夜校的校长，又是学生，既是农业科技的实践者、应用者，又是传播者。无论是在群众会上还是干部会上，无论是田间地头还是饭后闲谈，他常常讲上一段科学种田的内容。比如他常对人们说："'庄稼活不用学，人家咋着咱咋着'。这话可不对了，咱们农民种地可是一门科学，学与不学大不一样。"张国忠讲起科学种田，既浅显易懂，又富有哲理，连北京、济南来的农业专家都十分佩服。

而且在抓好学习培训的基础上，张国忠还指派党支部委员李志俭专抓科技服务，并配备了一名专职农业技术员，他们根据生产需要，及时聘请专家来村现场讲授生产技术，具体负责科技规划、良种引进、信息咨询和技术指导，并指定整体素质好的农户为科技示范户，发挥了邻里效应，促进了科技成果的推广和普及，特别是对那些文化水平低，管理素质差的农户，由村干部进行一对一帮助。

小杨屯"农民科技夜校"现场教学成了群众学习技术的理想场所，是培养农业技术人才和提高农民素质的基地。全村群众一次次走进了校门，在农业知识的殿堂里，接受着科学技术的洗礼，大家像一棵棵小苗苗壮地成长起来。全村多数农民都成了科学种田的技术骨干，每位村民都能熟练掌握两三项以上种养加方面的先进技术，呈现出"科技进农家，户户搞开发"的可喜局面。时任茌平县委研究室副主任的李宪利说"在小杨屯，无论找到哪位老大爷或小伙子，他们都能说出白菜籽和西瓜栽培要领，无论找到哪位家庭妇女，她们都能讲出养育'83828'良种鸡的方法"。而且还有20多名"农民技术员"被聘请到齐河、高唐等县市区指导瓜菜生产。

三

为民谋利，重在服务。

为进一步搞好购销服务，张国忠狠抓了主要农用生产资料的供应和大宗农副产品的购销工作，建立了季节性批发市场。同时，他还统一了农田布局、水利建设和结算粮棉款及挂钩物资，统一引进先进科学技术及优良品种，统一购进化肥、农药、柴油、地膜等生产资料，统一对优质良种进行更新换代，统一进行农作物病虫害防治和畜禽防疫，统一组织农副产品外销。

1987年开始建设蔬菜大棚时，为帮助群众克服资金方面的困难，张国忠与两委成员和群众代表专题讨论，专门从村集体收入中为建大棚的农户解决资金4.5万元。为促进养殖业发展，集体除对引进畜禽良种给予一定补贴优惠外，还统一与防疫部门签订畜禽防疫合同，集体出资为群众饲养畜禽提供免费防疫，解除了群众的后顾之忧，充分调动了农户发展养殖业的积极性。

1988年春节刚过，省农科院的蔬菜专家王育义在察看群众大棚黄瓜时，说了一句："黄瓜到上架的时候了。"张国忠知道大棚黄瓜上架需竹竿，立即叫上支部委员李志俭、会计周传殷，当天顶风冒雨搭车去了禹城、济南，雇车、跑市场、买竹竿、要铁丝等货物，还要货比三家，一个下午他们在禹城与济南之间往返两次，行程300多公里，当晚装车，忙到下半夜。"脚都起泡了，一瘸一拐的，我们看着都心痛，劝他不要那么拼命，可他说，大棚黄瓜等不起呀。"周传殷红着眼睛说。就这样凭着一股韧劲，第二天天不明我们就把6000多根竹竿运到村里，一早分给了群众，中午，21座大棚黄瓜全部上了架。

小杨屯的村干部把为群众服务看作自己崇高而神圣的使命。1988年夏收刚过，村干部就开始为群众秋种做准备了。支部副书记赵国亮听一个朋友介绍他们那里有优良品种，赵国亮到那里一看，种子的饱满程度和霉芽率都不符合要求，他不顾个人交情，连夜赶到别的村子去寻种子，跑了50多里路，找了5个村子，才找到了理想的麦种，赶到小杨屯时，天已经亮了。

这年小杨屯村的西瓜获得空前丰收，可偏偏赶上连续阴雨，西瓜卖不出去。为避免损失，张国忠和村干部分头外出，先后到济南、邯郸、长治等地联系销售，白天联系销售，晚上坐车赶路，三四天连轴转，很快就把20多万公斤西瓜销售一空。

"一条信息一条路，不抓信息难致富。我们农村基层干部，也要像企业的厂长经理那样，广泛收集信息，预测市场行情，不断更新农作物品种，增强市场竞争力。"当年这些话都成了张国忠的"口头禅"，他不但加入了山东农业大学、山东省农科院、聊城农校的科技信息服务网，互通情报，传递科技信息，而且在聊城、茌平等地都设了信息窗口，在村内成立了信息服务小组，为群众提供各种种子、化肥、销售等市场信息。

张国忠更是不放过任何获取致富信息的机会，有次外出开会吃饭时，他听中国农科院的专家介绍"中甘11"甘蓝新品种增产潜力很大后，他立即抓住这条信息不放松，靠上去紧盯专家，终于求援到400斤种子，种植后经济效益提高了一倍多。

1988 年前后，全村除粮棉种植外，每年生产西瓜 300 多万斤，大白菜、菜花 400 多万斤，还有大批的黄瓜、西红柿等淡季蔬菜，无一斤因销售不及时发生霉烂，而且每年还要帮助群众销售肉、蛋、菜和良种等十几种大宗农副产品，销售额达上百万元，让一家一户的小生产与大市场进行了对接，提高了农民市场适应能力和农副产品竞争力。

四

在做好日常工作的基础上，张国忠让村干部们把"技术"和"责任"扛上肩头，并变成"懂技术、会种菜、有责任"的知识菜农，共同做好田间管理维护，成为名副其实的"大棚管理员"。

村干部从单纯的管理者延伸到生产者和经营者，这种"多面手"上的变化，需要每个人具有更强的责任心和上进心。自从多了"大棚管理员"这一身份后，张国忠和其他村干部每天都会到各家大棚转一圈，察看果蔬生长情况，一旦发现问题就会及时向上汇报，然后通过支部牵头协商解决。

"天马上凉了，零下十二三度，劳模书记知道俺前几天因为大棚盖草苫子摔伤了胳膊，就带着党员干部来帮俺把大棚塑料布固定好，再帮俺盖上保温草苫子，村里干部时刻惦记着俺。"大棚种植户王有前挎着受伤的胳膊，看着村里的干部们冒着严寒为他固定大棚，激动得流泪。

为防止积雪压坏大棚设施结构，张国忠和村干部们及时检查大棚设施骨架，帮助群众维修更换严重锈蚀的钢管或老化断裂的竹竿。对抗雪压能力差的棚室，及早增设立柱并加固整修。还在土墙日光温室后面加盖薄膜，防止雪水下渗损伤墙体。并提前准备好人工清雪铲等清雪工具，以便及时清除积雪。

为保证村内蔬菜大棚安全可靠用电，张国忠及时与乡变电所联系，帮助棚户巡视检查大棚供电线路、抽水灌溉供电设施，督促清理私拉乱接现象，并组织干部和共产党员服务队上门服务，义务帮助菜农检查维修蔬菜大棚用电线路，提醒广大菜农注意做好各项应对措施。

冬天，村北地里有许多育苗温炕和挡风用的玉米秸及塑料薄膜，加之一地的大棚很容易着火。张国忠就组织党员干部轮流打更，对全村进行安全巡逻，除夕夜，群众高高兴兴辞岁，暖暖和和过年，可张国忠和其他党员、干部们却天寒地冻地守在地里，从头年的冬至，到来年的春分，他没睡过一夜舒适觉，用自己的辛苦，换来了全村人增收的笑颜。

2009 年 11 月，一连下了几场几十年不遇的大雪。有一次，张国忠眼看着雪越下越大，于是他早早把大棚户和村干部召集起来，立即扫除大棚上的积雪。大雪整整下了 3 天，周边县市的蔬菜大棚几乎全部坍塌，而小杨屯村的 20 多座大棚无一受损。

大棚保住了，但是黄瓜苗冻死了四成多。为了把损失降到最低，张国忠又与其他村干部，一天一个来回地跑了三趟寿光，自掏腰包买来新苗让大家补栽。这个冬季，附近县市的蔬菜大棚几乎绝产，而小杨屯村大棚的蔬菜不仅没减产，收益还增加了四五成。被折服的村民对张国忠竖起了大拇指，并纷纷加入大棚蔬菜种植队伍。

在小杨屯艰苦创业的历程中，每一步都凝聚着党支部一班人日夜操劳的心血；在这片平凡而神奇的红土地上，每一颗丰收的果实都浸透了他们辛勤服务的汗水。由于张国忠带领"两委"成员用集体的力量，为群众提供了细致、周到、优质、高效的服务，保证了群众种地有肥、浇地有水、开机有油、治虫有药、科学种田有优良品种，农副产品有销路、开拓性项目有资金，使小杨屯的村民实现了作物品种良种化、生产资料优质化、防治防疫规范化、产品销售畅通化、农业生产高效化，既解除了农户在生产经营中的后顾之忧，又保证了农民生产积极性的发挥。村民说："俺小杨屯是干部操心，群众省心，暖了民心！"显示了新时期新农民的新思想、新观念、新追求、新抱负和新风貌。

一旗高举百旗红

全国劳模耿遵珠到小杨屯村拜师学习

1995 年 10 月，时任中央组织部部长的张全景在荏平县调查研究，并到小杨屯视察，听到张国忠带徒弟的事高兴地说："聚焦村支部书记这一群体，就抓住了农村工作的关键，人学张国忠、村赶小杨屯，这种靠典型带动农村发展的形式非常好。"对荏平县委、县政府的这种做法给予一致肯定和高度评价。"聊城出了个孔繁森，荏平有个张国忠，各级干部都学习，人心齐，山能移，两个文明创奇迹。"

一

俗话说，农村富不富，关键看支部；支部强不强，关键看"头羊"。

基层党组织是乡村振兴的坚实堡垒，村党支部书记在一个村的领导班子和全村工作中处于核心地位，是农村各项工作的直接组织者、指挥者，肩负着为社会主义新农村建设领好头、把好方向的重任，是抓好村庄发展的关键。

张国忠先后被党和国家领导人赞誉为"鲁西平原上一颗璀璨的明珠"、"社会主义新农村的一面旗帜"，创出了"平原开发的新模式"，走出了贸工农一体化的新路子，引来全国18个省市的干部群众前来考察学习，张国忠在全国各地做报告数千场，场场爆满、反映强烈。为此，茌平县委、县政府领导进行了专题研究，理清了思路，深刻认识到，我们这么好的典型不能光在墙内开花而在墙外香，我们要近水楼台先得月，张国忠就是村支书的一面旗帜，也是一面镜子，他身上焕发出的劳模精神、劳动精神和工匠精神是全社会的财富，是茌平创造幸福美好生活的精神动力，不仅赋予时代内涵，也化作了一道亮光，照亮了大家前行的路，特别是农村支部书记前行的路。再说用身边的榜样教育身边的人，用榜样的精神激励人，是党的优良传统，也是广大党员干部群众最直接、最有效的学习方式之一，从某种意义上讲，茌平县推广小杨屯经验的快慢，决定着茌平农村经济发展的快慢，张国忠精神开花结果的多少，标志着农村基层党组织建设的好坏、班子的强弱、干部素质的高低……

为进一步宣传张国忠和小杨屯村的事迹，让张国忠这个乡村"领头雁"发挥更大作用，增强全县农村党支部书记的责任感和使命感，最大限度激发和调动农村基层干部的工作积极性，在全县形成"事争一流、唯旗是夺"和"比、学、赶、帮、超"的浓厚氛围。从1993年起，茌平县委、政府下发红头文件，在全县804个行政村中挑选出100个经济基础较好、村党支部书记素质较高的村，持续开展"走小杨屯之路，向小康目标迈进；学习张国忠，争做张国忠式的支部书记"为主要内容的"双百竞赛"活动，向张国忠拜师学艺，向小杨屯寻经探宝，着力培育打造一支以张国忠为代表、数量充足、素质优良、实干为先、业绩突出、群众公认的优秀村党支部书记群体，高高举起了小杨屯这面鲜红的旗帜。

"开展'走小杨屯之路，向小康目标迈进；学习张国忠，争做张国忠式的支部书记'为主要内容的'双百竞赛'活动，作为指导农村工作的重要载体，是茌平县委、县政府深入开展向张国忠、小杨屯学习，进一步落实'大抓基层、大抓支部'要求，夯实基层基础、筑牢战斗堡垒的一次创新实践，营造了全社会比学赶超的浓厚氛围。"时任茌平县"双百竞赛"活动办公室主任的乌以强说，那时茌平县委、县政府高高举起张国忠和小杨屯村这面鲜红的旗帜，就是想把"张国忠式支部书记和小杨屯村庄"的品牌，打造成省市党建工作的茌平品牌、茌平经验。

为扎实推动"双百竞赛"活动地开展，把向张国忠拜师学艺、向小杨屯村寻经探宝活动引向深入，茌平县委成立了由县委书记为组长的"双百竞赛"领导小组，专门设立了"双百竞赛"活动办公室，制定了切实可行的评比、检查、督促制度，坚持十日一碰头，一月以调度，半年一初评，一年一总评，随时通报情况，总结经验，及时推广应用。

二

"作为典型，去年行、今年行、明年行，如果周围不行，你这个典型就不行。既然领导让咱领这个头，咱就得引领好，多做贡献，再立新功。"全县向我学习，我该怎么办？张国忠不断进行自我反思，并更加严格要求自己，从自身做起，县里要求参加双百竞赛村支部书记做到的，我必须做到，要求双百竞赛村庄做到的，小杨屯必须做到。张国忠下决心，以滚石上山的劲头，以弯道超车的姿态，苦干实干，进一步在"双百竞赛"活动中锻造出更硬的铁脚板、硬脊梁、宽肩膀，在新的赶考路上奋勇争先，更加出彩。

当时，茌平县开展"双百"竞赛并没局限在发展经济上，而是更加强调"选好一个人、带好一班人"，更注重提高村级班子素质。县里每年对参赛百村的党支部书记进行培训，请张国忠和张国忠式的支部书记现身说法，用党史党建、特色理论、党的宗旨等教育百村党支部书记，用市场经济和科学文化知识丰富百村支部书记的头脑。

那时候，张国忠就给自己立下了规矩，在自己做好各项工作的同时，凡来小杨屯学习的，不管是领导还是群众，他只要在村里，一定出面接待，他也嘱咐"两委"其他成员，对待来人，一定要敞开大门，热情相待，而且明确要求，来人需要什么，我们就为他们提供什么，倾心相助，无偿地、毫无保留地把管理方法和技术传授人家，尽量满足参观学习者的需求，绝不让来人失望。

张国忠知道领导来参观，主要想听听党的基层组织建设、乡村治理、如何推广设施农业、发展粮棉和蔬菜瓜果等特色产业，看村容村貌、基础设施、集体产业；支部书记来学习，主要是来听听我是怎样当好支部书记的，如何发展经济的，问发展思路、创新理念，学规章制度、工作方法；专家教授来考察，主要是来探讨反季节蔬菜的技术参数和生态理念的；群众来学习，主要就是设施农业和大田种植技术……张国忠对不同来人，说不同的话，讲不同问题，满足了不同层次人群需求，赢得了大家广泛好评。

"这关键、那关键，建强支部最关键；这道理、那道理，发展才是硬道理；这问题、那问题，群众至上没问题……"张国忠被很多干部群众誉为农村基层工作的"活辞海"，他传授工作经验向来毫无保留，并在爽快的笑声中，把一项项制度、一条条措施、一个个破解难点的诀窍梳理得清晰透彻。

而且对不同的来人和不同参观学习者，张国忠总是根据小杨屯的发展、党组织建设等积累的经验，结合来人村庄的实际，并针对其产业滞后等问题，积极为他们出谋划策、献智出力，因地制宜，找准发展方向。

"你当支书，为了什么？"张国忠问。

"为了让老百姓过上好日子。"胡屯乡王九村党支部书记、村委主任王树林回答。

"这个支部书记你想怎么当？村庄将如何发展？……"张国忠接连问了几个问题。

"这不是来向您老人家取经来了。"王树林虔诚地说。

"一是当好农村干部首先要学会吃亏，不管你干多久，如果没有吃亏的精神，永远也干不好。二是发展农业生产，要因地制宜，有效提高土地利用率和产出率，……"张国忠劳模的一席话瞬间让王树林顿悟了许多。王树林这股吃亏的精神就从这时开始了。

自1989年王树林组建新村委班子后，就带领村"两委"成员到小杨屯学习"全国劳模张国忠"的吃亏精神。而且，他向张国忠学习立竿见影，上级来人、外乡外村来参观学习的，王树林一律请到家里自己掏钱招待，从不动用村里一分钱的公款。学校改貌一切都齐全了，只差大门没有，王树林自己拿出1000元为学校买来一对铁大门按上。县委安排他到胶南挂职学习一个月，回来一分钱没有报，费用全部自理。村里哪户群众缺粮，他都背上自己的麦子送粮上门，谁家生产生活上资金有困难，他都拿出自己的钱进行帮助，那个时候有13户群众欠他7000多元钱，1000多斤小麦。他在张国忠的帮助指导下，科学规划村庄发展蓝图，大力推广了麦棉、菜棉间作套种，狠抓了以大棚蔬菜和畜牧业为主的多种经营，实现了农田生态园林化，耕作排灌机械化，品种布局区域化，作物生产良种化，种植技术科学化，不但成为远近闻名的养鸡专业村，而且被县委、县政府命名为"多种经营专业村"。王树林也连续多年被评为县乡"优秀共产党员"，不但成为县人大代表，而且被评为优秀人大代表，1993年他被县委命名为"张国忠式的村党支部书记"。

这仅仅是张国忠帮徒带徒、传授发家致富秘诀的一个缩影。

三

寒风萧萧，挡不住远方来客。

那时候，到小杨屯村参观、调研、学习、访问的不光有茌平的、聊城的，全国各地的都有，上至中央政治局委员、省市领导，下到各地的村长、支书、村民、记者，天天络绎不绝，天南地北的来人越来越多，有时候一天要接待十几批，几百上千人，张国忠从不藏着掖着，始终以诚待人，他不停地讲啊讲，说得是口干舌燥，嗓子直冒烟，一天到晚没有休息时间，累得是腰酸背痛……

张国忠几乎每天都在大棚里出出进进许多次，内外温差又很大，弄得身子冷一会儿热一会儿，他也有身体吃不消的时候，也有感冒发烧的时候。起先他吃几天药就好了，但后来就不行了，只要感冒起来，非打吊瓶不可……

"把要讲的问题都录进去，有人来就放给他们看，省得你一遍遍地讲。你这样下去，非累趴下不可！"小杨屯村的"两委"同志们心疼老书记，想着法儿让他搞个录像，但张国忠就是不同意。

"人家是诚心诚意来到小杨屯学习，就是为看我本人，听我报告的，你即使放了录像，人家也觉着不满足，何况咱在村里，人家就是希望咱领着人家边看实物边讲解，我总感觉自己有义务有责任多给他们传授一些经验，哪怕是教训也可以，哪怕一百人中有一两个人感动了，回去想努力干工作；一万人有一两人成功致富，他都认为值了。咱的身子咱知道，感冒发烧还算什么大事吗？"张国忠经常设身处地地为别人着想。

"来人到小杨屯参观过后，都希望我们能派技术员到他们那里去，帮助他们发展冬暖式大棚。当时就有人反对，说我们把技术传出去，不等于把自己锅里的肉分给别人吃了吗？"但是，张国忠始终认为，一村一乡富了不算富，只有大家共同富裕，才是真正的富。再说咱是党员，就要考虑最广大人民群众的利益。另外，对于把成熟的技术和成功的经验"输出去"这件事，在张国忠看来，这叫实现多赢，不光教会"徒弟"，而且能在互相交流中发现新问题，解决新矛盾，能不断提升自己的创新能力，让小杨屯的大棚等设施农业发展的更好。他说："现在比过去遇到的问题越来越多了，这就督促我们得想办法学习和攻克难题，这是好事，只有这样才能更好带动和帮助其他兄弟村庄发展，也才能提高自己的技术水平。"

从那时起，张国忠就不断选派小杨屯村的技术人员，帮助"双百竞赛"村庄发展市场农业，使小杨屯的白菜籽生产辐射全县 6 个乡镇 20 多个村庄，并带动起鲁西最大的瓜菜批发市场，仅西瓜种植面积全县就达 20 多万亩，新上蔬菜大棚 2000 多个。同时，还有不少地方争着到小杨屯抢 "财神"，使小杨屯 20 多名农业技术人员到十几个省市县传授冬暖大棚蔬菜种植技术和管理方法，且有的外出技术员还被聘为科技副乡镇长等。

<h1 style="text-align:center">四</h1>

"我这辈子只干了两件事：一是听党的话，带领群众跟党走。二是吃亏奉献，吃亏的干部得人心。" 张国忠用 "吃亏" 精神总结自己几十年来担任村党支部书记的心得体会。他深知村党支部书记虽然职务不高，但位置重要，责任重大，是基层党组织和人民群众的 "领头羊" "火车头"，应自觉做政治上的 "明白人"。他经常教诲 "徒弟" 们，"要想当好共产党的干部，就要学会吃亏，甘愿吃亏才能有权威，才能赢得群众的信赖和拥护，两眼盯着钱，绝对不是好干部。" 他不断向 "徒弟" 们传授 "为官秘诀"。

那段时间，张国忠带徒弟情真意切，把全身心都扑在 "双百竞赛" 上，不但选派小杨屯村技术人员外出传授指导，而且自己经常有求必应，亲自出马，热心帮助。几年间，他的足迹踏遍了全县 22 个乡镇的大部分村庄。

全区优秀共产党员、邓九公村党支部书记温立海，从张国忠身上学到了对党忠诚不变，共产党员本色不变，为人民服务思想不变的 "三个不变" 精神。他扶贫济困，免掉多年村民欠他的医药费，义务为教师学生治病查体，自掏腰包两万多元为学校改貌添置教学用品，还把自己建房用的 50 吨石灰捐给集体修桥，并严以律己，不吃群众饭，不喝群众酒，不沾群众光，用一身正气践行了一名共产党人的职责，仅一年时间就使一个 "后进村" 变为先进村，被群众誉为 "邓九公村新公仆"，他体会最深的就是学会了吃亏。

……

"火车跑得快、全靠车头带，村干部要发挥战斗堡垒作用，要以身作则，要肩负着组织群众、服务群众、为老百姓干事的责任，才能赢得老百姓的口碑，那样工作起来，才能让老百姓信服，老百姓才会支持你"。张国忠不仅讲干什么、为什么干，还讲怎么干、什么不能干，既接天线、又接地气。

"我们鲍庄村能有今天的变化，一是靠党的富民好政策，二是靠我们学习全国劳模张国忠传授的致富经……"提起张国忠，杜郎口镇鲍庄村党支部书记常传华就竖起了大拇指。那时常传华是张国忠最年轻的"弟子"，张劳模多次向他传授"真经"，并因地制宜帮助鲍庄村勾画了"三年发展规划"和"十年奋斗目标"，先后建起 400 亩优质果园、30 多个蔬菜大棚和鲁西最大的珍禽养殖场，全村人均收入由 1990 年的 500 元猛增到 1996 年的 3000 多元，村集体积累由 1990 年的 12 万元增至 1996 年的 100 多万元。鲍庄村先后荣获"全国食用菌百强村""山东省生态文明村庄"等几十个荣誉称号，常传华也被山东省委组织部授予"担当作为好书记"称号，被山东省委记一等功。

韩集乡贾赵村，过去人称"乱子窝"，村内社会治安混乱，村党支部书记赵廷风多次拜访张劳模，张国忠也多次到贾赵村"号脉"，在整治社会治安的同时，制定了"远抓林果近抓棉，育种蔬菜抓大钱"的发展战略，同时为山东省农科院、安阳农科所、莱州种子公司等科研院所培育小麦、大豆、玉米、棉花、白菜籽等优良种子，很快将贾赵村变成了远近闻名的富裕村，赵廷风先后 12 次被评为地县级优秀共产党员，3 次选为县人大代表，被授予"张国忠式的支部书记"等荣誉称号。

……

一旗高举百旗红，百旗招展全县红。1997 年 1 月 23 日大众日报和聊城日报相继对茌平开展"双百竞赛"活动进行过报道："双百"竞赛三年，"张国忠精神"在全县得到继承和发扬，参赛百村党支部书记都积极主动学习张国忠踏踏实实为人民服务的精神，宗旨观念深入人心。他们都大力加强了自身建设、甘愿吃亏、乐于奉献，让全心全意为群众服务成为全县基层干部的思想自觉和行动自觉，并以只争朝夕的精神，带领群众因村制宜，艰苦创业，发挥了"领头雁"的作用。

小杨屯的典型带动作用，有力地带动参赛百村经济的发展，95%以上的村庄新上了项目或在原有项目的基础上扩大了规模，多种经营收入由原来的57%增长到72%，人均纯收入由参赛前的745元，达到1995年的1665元，翻了一番。同时，百村兴办服务实体100多个、聘请各类专家、技术人员300多人次，培训农民技术员3.5万人次。先后有44名优秀村党支部书记被县委、县政府授予"张国忠式的村党支部书记"、37个先进村庄被命名为"小杨屯式的村庄"，助推了全县政治、经济、社会等各项事业发展。

五

在茌平县张国忠带出众多徒弟，外县市区来学习当徒弟的更是林林总总，聊城市开发区许营镇姚庄村姚思华就是一个代表。

"当干部首先要学吃亏，学吃亏就有人跟随；当干部必须能吃亏，能吃亏才会有权威；当干部应该肯吃亏，肯吃亏就能有作为……"《聊城日报》副总编张东方2011年12月4日，在聊城市开发区许营镇姚庄村采访时，就看到村委会办公室北墙上挂着的一块牌匾引起了他的兴趣。这不是全国劳模、茌平县小杨屯村党支书张国忠有名的"吃亏经"吗？怎么成了姚庄村党支部书记、村委会主任姚思华的座右铭了呢？

于是，张东方进行了深入细致的采访，他了解到而立之年的姚思华原来是做钢材生意的，在聊城和天津有两家公司。那年村委会换届，他以高票当选为姚庄村委会主任。上任第二天，姚思华就带着村委会成员和党员代表，专程到小杨屯向心仪已久的张劳模取经，谁知与张劳模一见如故，两人手拉着手谈了一个多小时，张劳模真心收下了这个徒弟。从那以后，姚思华每周都要与张劳模通一次电话，每个月去一次小杨屯。遇到大困难，有了新想法，都要请张劳模支招、指路。

"向劳模学什么？先要学他的'吃亏经'。"姚思华请书法家把112个字的"吃亏经"工工整整地写好，装裱上墙，每天一抬头就能看到。更重要的是他身体力行，舍小家顾大家，干了一连串让老百姓受益的实事。

姚庄的西瓜口感品质俱佳，但宣传不够，卖不上好价钱。姚思华上任后正值西瓜上市，他立马掏出3000元钱，在百度网站注册了"中国江北西瓜之庄姚庄"网页，带着村民代表，驱车3000多公里，先后到省内及北京、天津、河北、山西等十几个大中城市的瓜果批发市场，散发宣传材料。印制了4万份绿色无公害西瓜标签，使姚庄西瓜有了"身份证"。来姚庄拉瓜的瓜商，姚思华免费提供食宿。结果，以姚庄为中心形成了西瓜市场，高峰时每天20多辆车，日销30多万斤。那年，姚庄的300多万斤西瓜都卖了个好价钱，每斤比外村高出1角钱，而姚思华仅此一项就垫付了2万多元。

垃圾堆、柴禾堆、粪堆遍地，是农村脏乱差的根源。姚思华带着村委会成员、党员代表，带头清理了"三大堆"。为了加快进度，他出钱雇了挖掘机、三轮车，并以每日300元的工资雇了一名清洁工，焊制了生活垃圾车，做到每天都能及时清理垃圾，而且还破天荒地从乡里捧回了"环境综合治理先进村"的牌匾。张东方介绍说："其实，像这样的事还有很多很多，垫付资金6.8万元，新修了赵泮支渠上的两座桥和村后的生产桥；全村780亩地的黄灌费29800元不好收取，他自掏腰包；村里安路灯，他花钱买来三脚架、U型架、灯线等安装材料；村委会没有办公室，他把自己家360多平方米的院子腾出来，粉刷墙壁，安装空调，买办公家具，又花了1万多元……"

要当好张劳模的徒弟，不仅要能吃亏，还要眼光放远干大事。为此，姚思华投资15万元将23年未开通的村中路打通了，并疏通了3万多米长的下水道；投资3万多元为村里打了6眼机井；为村里安装治安监控摄像头，花了2万多元；投资20多万元建设了村文化大院、老年活动中心。种植了西瓜和豆角、茄子等蔬菜，并成立了无公害瓜菜专业合作社，不仅帮助群众更新西瓜和蔬菜种植品种，还利用靠近聊滑路的优势，在村南建设瓜果批发大市场，以合作社的形式，发动村民参股，变路边市场为批发大市场，辐射到阳谷、东阿、莘县、平阴，甚至远至济南、泰安等地，解决了以往最头疼的销售问题。如今姚庄村已成为山东省的生态文明村，姚思华也先后获得"聊城市劳动模范"、聊城市"富民兴聊五一劳动奖章"、聊城市乡村之星、聊城市第七届诚实守信道德模范等荣誉，被张国忠称赞为"新时期的典型吃亏书记"。

为此，张东方在 2011 年 12 月 9 日写出了《张劳模收徒弟》的通讯，不但刊登在《聊城日报》显要位置，而且获山东省新闻奖三等奖、山省市地报新闻奖二等奖。

姚思华只是外县市区张国忠众多徒弟中的一员，实际上在聊城市的支部书记培训班上，在各县市区的三级干部大会上，全市绝大部分乡镇的村支部书记几乎都聆听过张国忠的教诲，而且也都到小杨屯参观学习过，并结下深厚的友谊。

　　"农村不比城里差，连排楼房有我家。以文化人树新风，精神富有乐开花。"有时，幸福与否，并不仅仅局限于一个人钱袋子有多"重"，银行存款有多诱人，社会地位有多高，知识面有多广，这些都是组成幸福感的一部分，一小部分。幸福，是一种"心的体验，情的感悟"，它还体现在一个人家庭是否和睦，四邻是否友爱，村庄是否美丽。几十年来，张国忠始终注重传承优秀农耕文化，提升农民文明素质，实现了农村生产生活方式改变与人的素质提高的良性互动，构筑了农民群众身有所栖、心有所依的精神家园。

小杨屯村新貌

擦亮乡村秀美底色

小杨屯村全景

金秋九月，走进小杨屯村，蓝天与白云相伴，绿野与碧水环绕，看村内规划统一、街道平直、房舍俨然、错落有致，干净清爽的村组街道，独特的墙体彩绘，接地气的村规民约，二十四字社会主义核心价值观在暖阳的照耀下熠熠生辉，温馨和谐；看村外田地丰饶、花草芬芳、绿树掩映，路边的玉米长势喜人，颀长的枝干间沉甸甸的果实格外诱人，村庄内外一幅和谐秀美的乡村画卷跃然眼前，处处洋溢着生机与活力。

一

"富了不等于幸福，要想让群众生活幸福，必须改善他们的生存环境，提升他们的生活质量。"这是张国忠常说的一句话。

乡村要振兴，村庄环境是基础，也是底色。张国忠清楚人居环境关乎着千家万户的生活，干净整洁的公共环境不仅使人心情美好，还能扎实推进宜居宜业的和美乡村建设，全面推动乡村振兴。为此，张国忠始终将农村环境整治提升作为重点，从改变人居环境"脏、乱、差"问题着手，精雕细琢提升小杨屯村整体风貌。

"农户入口处随意堆放着垃圾，村里没有垃圾清理工，时间一久垃圾腐烂，散发恶臭。"

"最恼火的还是村里散养的鸡、鸭、鹅。一到夏季，畜禽粪便到处都是，苍蝇蚊虫满天飞。"

"还有村里污水横流，遇上下雨天，出门都困难。"

……

整治村容村貌，是乡村振兴中首先要解决的问题。以前，小杨屯村中大批老房子因年久失修而坍塌损毁，残垣断壁随处可见；大街小巷、门前屋后堆放着各种杂物；生活垃圾随意丢弃，柴草畜粪乱堆乱放，沟渠坑塘成为"巨型垃圾箱"……

说起小杨屯村以往的村容村貌，村民们连连摇头。这样的村子有可能改头换面吗？许多人的第一反应是不可能。在农村人居环境净化整治过程中，最难改变的就是村民的观念，改变最大的也是村民的观念。为解决观念落后带来的脏乱差，顺应村民对美好生活的新期待，早在80年代初期，张国忠就开始环境整治，统一调整了大街，翻盖了土坯房。特别是1988年，张国忠紧紧抓住县里开展打造"文明一条街"，小杨屯被列为试点村的契机，通过召开动员会、悬挂横幅、张贴宣传画、大喇叭广播、黑板报、发放明白纸等方式，"一对一"入户宣讲打造"文明一条街"和人居环境整治工作的重要性和必要性，率先开启试点工作，积极引导广大党员干部和人民群众主动参与到"文明一条街"和人居环境整治等行动中来，营造了全民参与的浓厚氛围，唤醒了群众的"主人翁"意识，提升了群众的关注度、参与度和认同感，形成了文明人居环境共治共享的思想共识。

俗话说："村看村、户看户、村民看支部。"张国忠在打造"文明一条街"及人居环境整治中，为提振村"两委"干部的精气神，由"没信心"转变为"下决心"，张国忠通过实行"支部带党员，党员带群众"的"双带"模式，依托周例会、主题党日等载体，深化"我为群众办实事"实践活动的实效，将全村划分为不同网格，实行党支部书记包村、村干部包片、党员包户制度，坚持"面子""里子"齐抓，"示范""美化"共管，并围绕"道路硬化、环境净化、村庄绿化、乡村亮化、环境美化"的要求，确立"先主街、后小巷"，"先地下、后地上"，"以点带面，集中连片，整村推进"的工作思路，并以整洁环境卫生为突破口，以局部美辐射带动全村美，对街道两侧的"三大堆"进行清理，要求对小牛圈、小垃圾堆、小柴草堆等实行定点归位。以村内主干道为起点，逐路、逐街、逐巷、逐片进行清理整治，让人居环境整治逐步渗透至村庄周围、房前屋后、村民庭院以及田边、坑塘、沟渠等"里子"部位，确保环境卫生整治无死角、无盲区，推动人居环境从"一时美"向"长久美"转变。

在张国忠看来，开展环境整治攻坚战，赢得村民的真正理解和认同，并帮助他们从根本上改变根深蒂固的生活习惯，起初是一件伤脑筋的事。

"平时，我们走在路上，有村民就说，村子里乱七八糟的，你们这些党员干部怎么也不管管？一边抱怨一边把水果皮或者烟头随手扔在地上。当我们下定决心要进行环境整治时，他们又说，农村终究还是农村，要那么干净干什么？"回忆起这些过往经历，张国忠忍不住笑了起来。

"火车跑得快，全凭车头带，干部带了头，村民有劲头。"你说你的，我干我的，张国忠带领这些面向党旗庄严宣誓过的人自己动手，特别是张国忠和"两委"成员那些日子都是一天当成两天干，不惜脱掉一层皮，率先清理自家门口垃圾。有的人家房前屋后不愿意打理，大家就撸起袖子，直接上手收拾。就这样认真地干了一两回，村民见了，怪不好意思的，心想看来这是要动真格的了，于是从"岸上说话"转而"下水游泳"，袖手旁观的，看热闹的、说风凉话的成了主力军。

你有呼，我有应，你领头，我跟上，你掌舵，我安心，你和我，拧成一股绳。为让工作有章可循，张国忠还实行评比制度，结合群众意愿"一户一策"制订整改计划，有效提高了村民自治意识，激励广大群众积极参与，自觉根据自己的实际情况，因地制宜对闲置、破旧的"残垣断壁"进行集中拆除，重新规划用途，持续开展消灭"赤膊墙"工作，使小杨屯100余栋农房外立面免费换上了"新衣"。同时，引导群众从自身做起、从家庭做起，主动清理庭院周边的杂草，房前屋后的杂物等，让"一宅变四园"（菜园、花园、果园、公园），以小家美带动了全村美。

这成绩的背后，是全村干部群众把干劲儿用在刀刃上，刀刀见真章、刀刀去顽疾；是党员群众齐上阵，一鼓作气，以排山倒海之势掀起农村人居环境大整治，打造"高颜值"生态宜居新农村的信心和决心。

"原来，咱们农村的垃圾都随意堆放，夏天蚊蝇多，垃圾长时间不清理气味难闻，当时哪里会想到咱农村还能收拾得这么干净。"谈起居住环境的变化，村民李云竹高兴得合不拢嘴。

"村里环境越来越好，老百姓日子越过越舒心。"70多岁的村民崔维生对生态优、环境好的美丽村庄赞不绝口，对人居环境整治工作也是全力支持。他不仅管好自己的"一亩三分地"，还把自家庭院打造成了美丽庭院，并主动参与村里的集中整治活动，协助清理周围的杂物。

二

"满眼皆美景，抬头见文明。"这是人们走进小杨屯村的直观感受。漫步在小杨屯文明一条街上，阳光被茁壮的杨柳和龙爪槐树遮盖，浓密的树冠相互交融，使村民心情逐渐放松平静下来，感受到林荫路带来的凉爽与惬意。

张国忠知道改善农村人居环境，建设宜居宜业文明和美的乡村，既是实施乡村振兴战略的重点任务，又是广大农民群众的深切期盼。于是，他把人居环境整治工作作为"群众的民心工程、发展的环境工程、干部的作风工程"来抓，积极动员各方力量、整合各类资源、强化各项举措，努力为加快推进农村人居环境整治赋能添力，让农村增"颜值"、提"气质"、升"品质"。

生态就是最大民生。绿色是自然的颜色，也是文明的颜色。张国忠秉承让田美水美与乡村富裕同频共振，让百姓幸福指数越来越高的发展理念，围绕路就是景、景就是路，"三季有花、四季常绿、缤纷多彩、处处都是美丽乡村"的设计思路，严格按照"生态宜居"的要求，高起点谋划、高标准建设，以打造微景观为"点"，以提升全村绿化景观为"面"，以点带面再提升、再促进，"见缝插绿"，应绿尽绿，宜花尽花，对道路点位增添了多种类型的花卉苗木，增植了海棠、槐树、大叶黄杨等苗木，形成了绿地植物多样化、多层次、多季相、多色彩的节点绿化景观效果，建成了让广大群众赏心悦目的绿色灵动家园、宜居宜业宜游家园，为村民休闲游玩营造了良好环境。

天上下雨地上流，村民不愁更无忧。"去年我们走的还是高低不平的'水泥路'——下起雨来既有水，也有泥，现在家门口就修了平展展的柏油路，出行真方便了不说，再大的雨，俺也不怕了。"村民张志成指着门前的水泥路说，"道路通、民心畅，这条平坦的路真修到了俺村民的心坎上。"

为解决"晴天一身土，雨天两脚泥"群众出行难问题，张国忠牢牢抓住被列为"文明一条街"试点村的有利时机，邀请帮包单位对大街进行重新规划，加大投资力度，先后实施路肩硬化、地下排水管网及村内亮化绿化工程，开通了村内7条4000多米的大街，逐步实现了硬化、美化、绿化，并安装了70多盏光伏路灯。同时，铺设了15公里的环村柏油路，投资46万元新打420米的深水井，投资200万元使农田灌溉实现了管道化，全村用上了优质自来水。1992年9月，小杨屯村被山东省人民政府授予"村镇建设明星村"荣誉称号。

三

"这些以社会主义核心价值观为主题的宣传画，已成为美丽乡村的

"代言人"和文明村风的'传播者'"。张国忠在村容村貌达到了硬化、美化、绿化、亮化的标准之后，又考虑用艺术的力量，为小杨屯增添新的色彩和文化内涵，加大了对"灰头土脸"断壁残墙的美化力度，对原本平凡的墙面进行美化，取而代之的是一面面精心装扮、图文并茂、鲜艳亮丽的文化墙、彩绘墙，令人耳目一新。

改善农村人居环境是一项长期工程、民心工程，自打造"文明一条街"开始，张国忠就把美好生活作为试点村和示范片区建设的必要条件，做到思想上进一步警醒、责任上进一步落实、措施上进一步强化、效果上进一步提升，力争把人居环境整治办成改善群众生活环境、提升群众文明素质、打造对外新形象的一项德政工程、民心工程、实事工程，普及便民设施，丰富文化供给，更好地满足人民群众的精神文化需求。他不仅舍得花钱投资基础设施建设，更重视发挥"文明一条街"的教育载体作用，一方面他积极动员群众参与其中，商议绘制图案内容，打造富有活力、有文化、有特色的新时代文明村庄；另一方面邀请专门的艺术设计人员，以墙绘为切入点，结合传统文化、村庄历史、文化习俗，采取书法、山水画、漫画、年画等形式，将文明新风尚、二十四孝、农村人居环境整治、文明礼仪、勤政廉政等内容融入其中，以"小墙绘"撬动了人居环境"大改观"，使小杨屯村不仅增了颜值，还提了气质，受到广大人民群众的好评。

为让文化墙成为有效教育群众的"露天讲堂"，张国忠还注重乡风文明的培育，他根据农民居住分散、行动自由的特点，除在村街道两旁描画了寓意吉祥的彩绘外，还建设了思想道德教育阵地，因地制宜建设成了政策法规的明白墙、科学技术指导墙、传统美德教育墙，将一面面原本斑驳泛黄的院墙"改头换面"，变成了一幅幅传播正能量的"高颜值"墙绘作品，把这个美丽的小村庄变成了传递新时代精神文明的画廊，绘出了乡村振兴的精气神，让多彩的文化墙引领了"文化强"。

张国忠还在大街两旁设立了阅报、法制、科普等十几块宣传栏，制作了健康向上的文明用语、道德规范、村规民约，方便村民观看阅读，用耳熟能详的墙面语言教育、警示村民，并做到及时更换宣传栏的报纸、政策法规、致富信息、科技知识、生活保健常识等内容，使之成为农民群众经常驻足学习观看的地方，让村民们由"被动"接受变为"主动"吸收，变强行灌输为耳濡目染，让群众在欣赏墙绘的同时，潜移默化地接受健康文明、充满正能量的精彩内容，既让环境美深入人心，又提升了村民的精气神。

"春风化雨，润物无声，现在'文明一条街'已经延伸到家家户户，村民自觉爱护公共卫生，街头设施无人损坏，花草树木无人偷盗损毁。"点亮一盏灯，照亮一大片。自打造"文明一条街"开始，小杨屯群众在潜移默化中促进了思想道德素质的提高，卫生意识和生活习惯悄悄发生着变化。

"这里是生我养我的地方，看着村里越来越美，我打心眼里觉得自豪。"谈及环境整治，村民张娜娜的喜悦之情溢于言表。现在，只要有时间，张娜娜就会拍一些村里的美景发到朋友圈分享。

四

"咚咚咚！"伴随着开门声，一大早，张国忠就忙活起来了，他将门前的杂物规整好放到杂物袋里，递到了刘大娘手里。

"老大嫂啊，您看咱们村现在的环境越来越好了，咱们门前这些杂物就不要乱放了，您看这样一收拾是不是心情也变得美好了？"

"不好意思啊，劳模书记，我看这儿空着，就顺手一放，你看，正好让你看见了，我以后一定注意。"张国忠每天走着巡查，穿梭在村里的大街小巷，看看路上的卫生怎么样，门前有没有乱堆乱放，垃圾桶的垃圾有没有及时清理……

"人居环境整治，最难也最重要的，就是让老百姓意识到整治的重要性和重大意义。环境整治、文明建设决不能'一阵风'，必须保持持久性。"张国忠说。

建设美丽乡村，共筑幸福家园，始于"颜值"、精于管理、聚于民心。

如何维持"长治久美"？这些年来，张国忠始终将老百姓沟通工作贯穿人居环境整治始终，让村民们逐渐转变思想，改变生活习惯，自觉自愿维护村容村貌，"美丽乡村"理念逐渐深入村民心中。

为使整治成效最大化、常态化，张国忠实施了村"两委"成员包片、党员包街的网格化管理制度，定区域、定人员、定职责、定任务、定奖罚，做到网格边界清晰、责任主体明确，并制定了一系列激励措施，让群众自发针对路边、水边、村边、田边存在的白色垃圾、废弃杂物等进行清理，对发现的问题及时解决，对工作成绩突出的及时表彰、互相参观评比，对工作开展缓慢、成效不佳、敷衍塞责、被动应付、推进不到位的及时调度、"开出罚单"，现在全村垃圾基本可以做到"日产日清"，做到无害化处理，促进村容村貌整体提升。

小杨屯的"美丽庭院"，不仅注重"颜值美"，更注重"内涵美"。他们专门制定了《小杨屯村美丽庭院奖惩制度》，制定门前"三包"承诺书，并在做好"＋人居环境整治""＋优良家风传承""＋特色产业发展"文章上下功夫，将尊老爱幼、勤俭持家、科学教子等良好家风作为"美丽庭院"和"文明光荣户"的创建标尺，作为"五好家庭""最美家庭"等评选活动的必要条件，推动了"环境美"向"价值美"转变。

"一时美"不算美，"时时美"才是真的美。在"美丽庭院"创建中，小杨屯全面推行"美丽庭院"建成户复核制度，定期召开美丽庭院创建推进会、现场观摩会，张国忠还实行了"周巡查、月排名、季表彰"的工作制度，既相互学习又提升了创建质量。为充分发挥妇女群众在"美丽庭院"建设中的重要作用，张国忠从倡导健康文明生活方式入手，与家风、村风、民风建设深度融合，做好了"美丽庭院＋"文章，促进庭院常创常美。

为发挥美丽庭院示范户的带动作用，张国忠还以点带面，不定期召开村居现场观摩会，推送一些群众好的做法和经验，让各家各户对标对表学习，激发了全村群众整治环境的"紧迫性"，营造了"党员带头、人人参与、家家行动、户户受益"的良好氛围。

"枫"景这边独好

张国忠给老人赠送慰问品

历史的回声总能穿越时空。

20世纪60年代初，浙江省诸暨市枫桥镇干部群众创造了"发动和依靠群众，坚持矛盾不上交，就地解决"的"枫桥经验"。1963年11月20日，毛泽东同志的亲笔批示"要各地仿效，经过试点，推广去做"。自此全国各地掀起了学习推广"枫桥经验"的热潮，"枫桥经验"便成为全国政法战线和中国基层社会治理的一面旗帜，更是成为广大党员干部贯彻落实党的群众路线的好办法。

2003年11月25日，在纪念毛泽东同志批示"枫桥经验"40周年暨创新"枫桥经验"大会上，时任浙江省委书记的习近平同志明确提出，充分珍惜"枫桥经验"，大力推广"枫桥经验"，不断创新"枫桥经验"的要求，赋予"枫桥经验"新的时代内涵。

2013年前，习近平总书记就强调，要把"枫桥经验"坚持好、发展好，把党的群众路线坚持好、贯彻好；2023年9月20日，习近平总书记在浙江考察时再次强调，要坚持好、发展好新时代"枫桥经验"，为坚持和发展新时代"枫桥经验"指明了方向、提供了遵循。

"枫桥经验"是中国基层社会治理的一面鲜明旗帜，为整个社会的矛盾纠纷化解和治安管理防范提供了可复制的经验参照，不仅化解了众多家长里短的"小矛盾"，在解决高质量发展面临的深层次"大矛盾"时，也发挥着积极作用；它带来的不仅是社会和谐稳定的"小平安"，还有经济发展与群众安居乐业良性互动的"大平安"。它从一地破题、全省实践再到全国推广，在传承中发展、在发展中创新，作为我国基层社会治理的"传家宝"，新时代"枫桥经验"始终保持强劲蓬勃的发展态势。

几十年来，张国忠不断深入学习继承和发扬"枫桥经验"，紧紧围绕"发动和依靠群众，坚持矛盾不上交、平安不出事、服务不缺位"的目标，始终围绕不同时期根本任务和工作重心，与时俱进丰富思想内涵，源源不断为农村社会治理提供基层智慧，着力解决了小杨屯村各种治理难题，不断提升了人民群众获得感、幸福感、安全感。绘就了新"枫"景，画好了"同心圆"，人民安居乐业、社会安定有序。

一

"走，咱到大队部的调解室说道说道，看看谁对谁错。"

"去就去，让调解员评评理。"

两名村民一起来到大队部调解室，找值班的"调解员"就宅基地问题"评理"，不大一会儿，这两位村民笑着出来了。

"都是乡邻，调解员一开导，问题都解决了。"

......

"信访工作归根结底是群众工作，我们要让群众有地儿说理、说事，真正把忧民爱民为民惠民之心体现到具体工作中。"张国忠知道"抓早、抓小、抓源头"是"枫桥经验"长期倡导的理念，是"枫桥经验"的重要方法论，而且与基层监督治理的内在要求高度契合。这些年来，张国忠从始至终都借鉴运用枫桥经验，注重从源头治理，在实行"两委"班子成员每天轮流值班接待制的同时，推选出政治觉悟高、群众威信高、表达能力强的老党员及群众代表为兼职调解员，并紧扣早和小，抓早抓小抓苗头，从小处着眼，从小节入手，对群众反映的问题能现场答复的现场答复，不能现场解答，属村级范围内的由理事会或村委会及时开会研究解决，充分了解和及时解决了群众之间存在的矛盾和心里的疙瘩，努力把矛盾化解在基层，把风险消灭于萌芽，防止了小矛盾变成大风险，做到了"小事不出村，问题有人管，服务不缺位"，从根本上破解了信访工作这个"老大难"。

为进一步防范化解各类社会矛盾，最大限度预防和减少民转刑事件的发生，张国忠坚持"德治法治并重，以德治村为先"的原则，始终坚持加强矛盾纠纷的源头治理，时时聚焦矛盾风险多发领域、多发环节、多发原因，定期分析研判，不断完善预防性机制建设。他十分关注重点人群动向，对矛盾纠纷主动摸排，经常带领两委成员和调解员，开展入户走访调查，听民声、察民意，全面细致排查矛盾隐患苗头，重点排查精神患者、家庭纠纷、建房盖屋等不稳定因素，了解各家各户的信息情况和意见诉求，按照"收集走在预防前，预防走在调解前，调解走在激化前"和"化早、化小、化无"的原则，做到心中有本"村情账"，脱口能说"家庭事"，及时与当事人面对面沟通、心贴心交流，用法、说理、讲情，有针对性地采取应对措施，综合调处，确保做到早发现、早介入、早稳控、早化解，用实际行动拉近了群众关系，增强了群众安全防范意识，提升了群众依法解决矛盾纠纷的能力。

张国忠常说，调解矛盾最忌讳只"听取一家之言"，要通过听取不同的意见、声音，完整、准确地还原事实真相。几十年工作生涯中，有的群众是怒气冲冲来，有的是哭哭啼啼来，还有的是带着威胁恐吓来……无论哪种情况，张国忠都能做到换位思考、泰然处之。"来，先坐下，喝杯茶。"一杯茶、一脸真诚的微笑、几句暖心的话，总是能迅速向群众传递出他浓浓的为民情怀。在和村民们交流调处经验时，张国忠认为开始多说顺气的话，与群众共情，能与其拉近"心与心"的距离，赢得群众信任；谈问题时，保持一颗公平心，找准关键点，答疑解惑、阐明法理，把话说到点子上，能让群众信服，并逐步总结出"热心接待、耐心倾听、诚心沟通、细心分析、真心疏导"的"五心"工作法。

在矛盾纠纷排查化解过程中，张国忠坚持"以防为主，调防结合"的工作思路，健全了自治、法治、德治相结合的乡村治理体系，将日常走访排查化解行动与群众宣传教育有机结合起来，经常邀请乡镇党委、政府领导和小杨屯法律顾问，上门宣讲党的惠农政策、涉农法律法规常识，积极向群众宣传平安建设、反电信诈骗、反邪教、未成年人防溺亡等内容，广泛开展法律知识宣传工作，通过群众身边事以案说法，为群众答疑解惑，排忧解难，引导广大群众增强法律意识，树立法治观念，自觉遵纪守法，传输给群众要通过合法途径维护自己的正当权益，合理表达诉求，避免过激行为出现，着力提高了群众遵纪守法意识和自我控制能力，有效预防了矛盾纠纷事件的发生。

二

"有啥事只要请老支书过来，没人不服他的，因为他这几十年做事儿始终公公正正、明明白白，没一点私心，俺们打心眼里信他！敬他！服他！"村民张运庆这样说，好像又回到老支书与他促膝谈心的现场。

"在小杨屯涉及人民群众的各项惠农政策从不搞一支笔、不搞一人说了算，村里的重大事项表决，每一个环节都有群众一起决定，使矛盾在源头就得到化解。"张奇家说，在"三上三下"的民主治村过程中，每个项目都获得了群众理解和支持。

张国忠清楚为政之道是以顺民心为要，以厚民生为本。走群众路线是我们党的生命线和根本工作路线，在小杨屯，以德治促善治，以德治育文明，群众参与基层治理的主动性，总是令人感慨，越是现代化的治理，越离不开传统的群众路线。这正是"坚持就地化解""矛盾不上交""枫桥经验"的本源意义。

为了进一步密切党群关系，张国忠秉持共建共治共享的治理理念，对村里事务无论大小都坚持公开，所有重大事项都群策群力，由大家出主意、大家来管理、大家来监督，获得了村民广泛认同和支持，大家参与农村治理的积极性更加高涨。

为确保村民利益最大化，张国忠带领"两委"成员认真学习《中国共产党农村基层组织工作条例》，吃透了"凡是农村的重要事项和重大问题都要经党组织研究讨论，村级重大事项决策实行'四议两公开'（村党组织提议、村支两委会议商议、党员大会审议、村民会议或者村民代表会议决议，对决议公开、实施结果公开）和加强村务监督"的精神，凡是涉及村民重大利益的事项，无论是贫困户识别、低保户申请、五保户纳入，还是村内危房改造、道路修建、路灯设置、重大事项决策等敏感问题，都必须严格按照"四议两公开"流程执行议事、决策、办事，先经村民代表大会集体评议、表决，公示无异议后才实施，且执行得不折不扣，完全彻底，确保了民主制度在小杨屯真正落实、落细、落好。

"村里有大事小情都会召集我们开会讨论，商量事情要举手表决，通过了还要公示，让村民都知道，大家有意见可以提出来。"村民代表李公平说："俺服劳模书记'大家事儿大家当家'的敞亮劲儿。""5 天一大会，3 天一小会"是张国忠担任村干部 70 多年间一贯坚持的，有人称之为"张国忠工作法"。"大会"就是村民代表大会，由村"两委"成员和党员代表、村民代表组成。"小会"是指村"两委"成员参加的会议。张国忠始终坚持一个原则：自己作为村书记，只是想点子、拿主意，村里的大小事都要经过村"两委"商量，大事得经过村民代表讨论决定，绝不能搞个人说了算。

至今，村里人还津津乐道于劳模书记喜欢跟大伙儿"商量事儿"。"每次劳模书记在村里一通知，走啊，大伙儿商量事儿去。我们每户就自发派一个代表，拿着板凳到大街上听他给我们说事。"村民们都说，张国忠劳模在担任党支部书记期间，小杨屯村的大事小情，大伙儿没有不知道的。像计划生育、安排宅基、建学校、修水利、出河工、缴纳提留、集体财产处理、救济贫困户等都是经过大家讨论了再讨论，统一意见后，人人按手印才算通过。张劳模还不止一次对村民说："大家的事大家当家，人人知情，人人有责。"对于群众通不过的事情，他从来不强行去办。

"出河工从来没有人掉队，即使是有特殊情况，也有人顶上。"支部委员、民兵连长周长平回忆。"那时每家每户劳动力有限，出河工都是义务劳动，所以村民都有些抵触情绪，虽然各村都是按照居住地排号，但轮到谁都会有这种那种理由推脱。"周长平说。但到了小杨屯村出河工时，各家各户没有特殊情况的都会按时出工，一问才知道，村里有村规民约，大家都自觉遵守。当时为了定下这个村规民约，张国忠召开全村大会，公开征求意见，让所有村民都参与，出河工就是其中一条。

"发动和依靠群众"是"枫桥经验"实现"群防共治"的精髓。为给村级财务套上"紧箍"，张国忠强化村民自治，组建了村务公开和村民理财小组，选举30名在群众中有较高威信高、办事公道的村民为村民理财小组成员，每年召开村级两委会。年初，张国忠和村两委根据"量入为出、量力而行"的原则，按事情大小，该急办的急办，该缓办的缓办，认真编制年度收支计划表，在镇经管站和法律顾问审查把关后，经村"两委"和村民代表大会通过并监督执行；年终，利用村干部述职评议，对年度预算执行情况一并向代表汇报，接受代表评议，并把评议结果纳入村干部年终考核内容之一，与工资报酬挂钩。这样，就使小杨屯村财务工作做到了管理有组织，执行有标准，实施有计划，结果有评议，为科学理财提供了保障。

为使全村每项工作完全达到"公开公正、阳光透明"，真正做到内容全面、程序规范、形式简明，让群众对村务情况掌握的明明白白，张国忠进一步完善了村务公开和民主议事制度，他要求严格按照议事决策执行记录表、做好详细记录、拍摄会议现场照片，并将村内公开栏选定在群众最容易看到、最显眼的广场位置，每月 16 日是固定党日活动和财务收支等村务公开日，村委需要把本月村两委都干了啥事儿，还有啥事儿没干好，给全体党员、村民代表说一说，让党员、村民代表们来"说长道短"，使村务公开栏真正成为村民们了解村务、监督村委会的一个窗口，形成了民事民议、民事民办、民事民管的多层次协商治理平台，消除了群众心中疑虑，凝聚了党群干群关系，极大地提高了乡村治理成效，赢得小杨屯村有序发展。

同时，及时将各项办事资料上传阳光惠民大数据管理平台，让每位群众无论身处何地，都能通过登录微信阳光惠民小程序看到本村详细的村务情况。真正把村里的每一项工作都完全"暴露"在阳光下，接受广大村民的监督。

"我观察过张国忠的做法，所有村集体涉及钱的问题都要向大家公开，村集体收入多少、上交多少、哪些钱用来干了啥、结余多少，都是一笔一笔定期张贴公示，有意见当面提，村民们没有不服的。"时任王老乡党委书记的徐顺之说。提留，以前在农村可是一件大事，也是一件难事。每次到该交提留时，各村都会有收不上来的情况，唯独小杨屯村从来没犯过愁，只要张国忠在村里一通知，不出 3 天，各家各户一定如数交齐。群众要的是一个公平透明，这层窗户纸戳破了，底线守住了，群众哪有不理解呢。

三

张国忠文明治村的另一大"法宝"就是深化典型选树，小杨屯村每年都进行"星级文明户""道德模范户"和"好媳妇""好婆婆"等道德模范评选，从而激活了小杨屯人崇德向善的"基因谱"。

"伟大出自平凡，英雄来自人民。"一直以来，张国忠始终把培育和践行社会主义核心价值观作为凝魂聚气、强基固本的基础工程，深入推进村民道德建设，十分注重发挥先进典型的榜样模范作用，运用身边的典型事迹和榜样的力量教育人、鼓舞人、带动人。他以"美丽小杨屯"这一道德品牌为基础，以评选活动为载体，狠抓了阵地建设、典型培树、宣传教育、实践活动四个关键，推动了道德建设扎实深入开展，培树了一大批不同层次、特色鲜明的道德模范、身边好人等先进群体，将文明星光播撒在浩瀚人海中。

今年70岁的庞玉英既是一名"好婆婆"，也是一名"好媳妇"。她嫁到小杨屯几十年一直与公公婆婆吃住在一起，视自己的公公婆婆如亲爹亲娘，每年给公公婆婆2000元的零花钱，从没分家过。她与儿媳妇相处的20多年里，视儿媳为亲生，在家庭小事上她将心比心，有好吃好喝的先给儿媳送过去，儿媳有病她跑前跑后，请医拿药，用实际行动改写了婆媳关系相处难的老黄历，树立了和谐婆媳关系的好榜样。"都是自己的孩子，我对她好，她自然就对我就好，做人都得相互体谅。"庞玉英说得很朴实。果不然，自己的儿媳也视她为亲娘，平常都是大包小包的往家送，有个头疼脑热的，儿媳总是及时帮助联系，嘘寒问暖，一家人其乐融融。

45岁的村民朱传风是一名邻里夸赞、村里称道的"好媳妇"，支部书记大会小会对她表扬。公公患脑血栓瘫痪在床后，她悉心照料，无怨无悔。婆婆即使对自己态度不好，她也笑脸相迎，耐心细致地伺候；在娘家母亲偏瘫后，她更是没日没夜操劳，毫无怨言，孝老爱亲。"我照料长辈是应该做的，已经习惯了。只要一家人生活得平安幸福，我所有的辛苦都是值得的。"因为丈夫爱喝酒，影响智力，在这样的情况下，无论是日常家务，还是地里的农活，或是照顾两个上学的孩子，她都无怨无悔地扛在肩上，不断传递真情奉献的最美家风，撑起了一个温暖的家，被村民称为"铁娘子"，受到大家赞赏。朱传风春风化雨、潜移默化地影响了身边人，她的孩子也继承了她孝老爱亲的优良传统，承担起帮忙照顾老人的责任——平时送吃的、照顾老人起居，病时送医，陪伴老人康复，深受村民们赞扬和好评。

76岁的崔维生是小杨屯村的保洁员。他做事认真，每天天刚蒙蒙亮，他就开始清扫落叶打扫卫生了，落叶被露水打湿后紧贴在地面上，他就直接蹲下一点点地用手抓；扫完一段路后，他又弯着腰，用铁钩子清理着路边绿化带里的落叶、塑料袋、纸屑等杂物。在他忙碌的身后，是一条干净清爽的路面，放眼望去，大街小巷井然有序，而且一天到晚，他盯在大街上，哪里有问题他就在哪里及时处理。而且身体力行，帮着自己的孩子干些力所能及的事，孩子怎么劝说，他都笑呵呵地说："活动活动身体健康，农民不干点活不行。"他被评为"社会公德模范"。

……

任何人、任何一支队伍精神面貌的改变，都不是一时一刻就可以做到的，村民有许多不文明的行为，也不是立下规矩就可以改变的。它需要提高素质，而素质的提高需要有一个潜移默化的过程。张国忠深知这一点。为此，每年小杨屯都设定当选比例，大张旗鼓地宣传。每年评出的"星级文明户""道德模范户"和"好媳妇""好婆婆"张榜之后，张国忠有时听到有人发牢骚：评不上有啥？不当吃不当喝的！他觉得，说这话的人恰恰是想要这个荣誉。实际上正向激励效果很快体现出来，有了"道德模范户"和"好媳妇""好婆婆"这些顶礼帽，使村风、民风得到了文明的浸润，大家日常言行更自律了。

"这些获奖的村民，他们用自己的行动诠释了'尊老爱亲'的孝道文化，传承了尊老敬贤、勤俭节约、睦邻友好、守望相助等传统美德；营造了'讲美德、守信用、树新风'的良好氛围，既有利于营造良好的村风村貌，又可以提升村民的素质，让文明新风、凡人善举在美丽小杨屯处处绽放，为构建和谐社会助力乡村振兴贡献力量。"一天，李公海陪着 7 岁的孙子在小杨屯村的大街宣传栏边玩。"爷爷，上面有你吗？"小家伙指着优秀人物评选榜问。在得到肯定回答后，他笑得很开心。

治穷先治愚，治愚兴教育

张国忠与县镇领导在村幼儿园

百年大计，教育为本；乡村振兴，教育先行。张国忠小时候因家境贫寒没能上学读书，吃尽了没文化的苦头，这始终是他一生的疼。而小杨屯村因为村小一直没有小学，更没有像模像样的幼儿园，孩子只好分流到外村读书上学，遇到刮风下雨天，孩子们上学非常不方便，这已不是一天两天的事了。

当年大女儿张玉兰和二女儿张玉英刚到上学年龄时，张国忠就先后把她们送进了大辛村小学。然而，由于家里缺少劳动力，加之天寒地冻、酷暑高温她们不愿意跑路，所以两个女儿只上到小学二年级，就辍学回家务农了。张国忠看在眼里，急在心里。

"只有抓教育，才能出人才。一个家庭、一个社会，要想人人平等，要想获得更多的机会、更好的未来，只有教育。只有掌握了知识和技能，才能够成为先进的生产者，只有掌握了先进的生产力，才能为社会创造更多的价值。"张国忠心里明镜一样。他不是不想办学校，不是不想支持教育，只是没有条件和机会，只要有机会他是绝不放过的，而且他对教育的关心和支持在当地传为佳话。

一

1962 年秋，机会来了。在聊城接受完为期三年劳动教养的张泮庆，被遣返小杨屯大队继续劳动改造。

张泮庆怯懦懦地找到张国忠，试探性地问："书记，你看我去哪个生产队改造好啊？"

张国忠认真打量着张泮庆，见他体单力薄，面黄肌瘦，手无缚鸡之力，无论到哪个生产队，都干不了体力活。于是，他对张泮庆说："等俺和大队干部们商量一下再说吧。"

送走了张泮庆，张国忠立马找来几位主要干部，说："张泮庆回来改造啦，俺觉得让他教书挺合适的。"

"可是咱们村没有学校啊！"其他人不约而同地说。

"这个好办，咱们专门为他腾出两间房子，再把眼下正在大辛小学上课的娃娃们喊回来，不就行了嘛。"张国忠胸有成竹地回答。

说做就做，凡是决定好的事情，张国忠都会立刻付诸行动。

教室有了，桌凳也有了，张国忠跑到大辛小学找校长挖学生。校长痛快地说："凡是小杨屯村的孩子，不管哪个年级的，都可以回本村上，您都可以领走。"

……

学校在发展建设过程中的每一件事张国忠都挂在心上，大到学校建设规划设计，小到孩子们的吃喝拉撒，只要张泮庆找上门来反映问题，无论多忙，他都会先放下手中的工作，对这些事一件一件把脉问诊开出"药方"。

支部书记张国忠，

带领群众填大坑，

填平大坑建学校，

建起学校育新人。

再穷不能穷教育，再苦不能苦孩子。20 世纪 60 年代末期，张国忠看着村学校简陋的教室，陈旧落后教学设备，看着孩子们在跑风漏雨的教室内上课，心里像油煎一样难受。于是，他萌生了建一所像模像样的学校的想法，他在与村支部成员和村民代表商量通过后，又发扬艰苦奋斗和革命加拼命的精神，一锨一锨地挖土，一筐一筐填坑，有时他们还挑灯夜战，挥汗如雨，但没有人叫一声苦，没有人喊一声累，奋战 20 多天，终于将村南一个 6000 多平方米的大坑填平，建起了一所像模像样的学校，孩子们高高兴兴地坐进了宽敞明亮的教室里读书学习，开学那天，附近的村民都自发买来鞭炮燃放。

基于深厚的教育情怀，张国忠有事没事都爱到学校走一走，看一看。只要不外出开会，他每天至少要去学校两三次，发现问题及时解决，四季轮回乐此不疲。

二

"只要有机会，我就办学校，抓教育培训。"张国忠尽管不识字，但他的见识却有着许多独到之处。"经济要发展，教育须先行。我们带领群众走社会主义道路，既要让群众腰包鼓，又要让群众精神富。有钱难买精神富，两富才算真富有。"张国忠对农村发展的方向有着清醒的认识，"社会主义新农村关键在人，这人就是咱农民，这就要培养有文化、懂科学、有道德、会经营的新农民，也只有这样咱农村才能够得到长足稳定发展。"

"建设新农村发展经济离不开文化的发展，经济上去了，教育如果跟不上也永远不能叫富，只有培养出有道德、有文化、懂科学、会经营的新式农民，新农村建设才会有后劲。"为提高广大群众的科学文化素质，张国忠早在 1975 年村里就建起"农民科技夜校"，他本着需要什么就学什么的原则，按时组织干部群众学政治、学文化、学管理、学法律、学农业科学技术等，至今从未间断过。

1990 年又投资十几万元建起了党员活动室，张国忠秉承着"让党员干部经常受教育，使人民群众长期得实惠"的目标，紧紧围绕服务大局、服务基层、服务群众的"三服务"思路，定期商定学习内容，按时组织党员上党课，并把处在农村生产一线的党员作为重点，把流动党员、年老体弱和生活困难党员作为难点，分别制定措施，强化学习，确保不留死角，让每个党员都接受教育，学有所获。同时，开通了本村远程教育专用电视频道，安排周桂香专职管理远程教育，为加大科技兴农力度，周桂香根据季节、群众的口味，精选录像片，编印科技"小册子"，及时地把科技、信息和新鲜事传播给群众，并将远程教育学习融入村组织生活中，把村里涌现出的好人好事编排成文艺节目、制作成课件传播出去，还经常播放有实用性的种养殖技术科教片、具有教育意义的革命故事片，以及季节流行病的防治、生活小技巧等科学生活常识，引导村民增强安全环保观念，提倡健康节约的生活方式，被山东省委组织部命名为"省级规范站点"。通过经常性的学习教育，有效地提高了党员干部的政治素养，大大增强了党支部战斗力，全村每个党员都成了带领群众致富的"领头雁"。

事实上，张国忠和党支部一班人对教育的高度重视，并带头学习，也带动了普通党员认真学习，进而又影响了广大群众，尤其是青年人的学习。如今，每到夜晚和礼拜天，在村科技文化宣传楼的图书馆、微机室、阅览室内都经常有人前来借阅浏览，学习已经成为小杨屯人的自发行动。

三

来到小杨屯村，远远地就听到幼儿园传出了久违的儿歌声，这在以前，是听不到的。走进幼儿园，笔者就被眼前宽敞的校园、明亮的教室、整洁的园内装修、一应俱全的教具和丰富多样的儿童玩具，孩子们上课时开心活泼的身影以及老师耐心细致地教导深深吸引，这哪里是一所普通乡村幼儿园，就连城里的幼儿园也不过如此。我走进上课的教室，孩子们正在与老师上"手指操"课，每个孩子开朗，活泼，认真地表演着"小小智慧树，快乐做游戏，耶"！

几十年来，张国忠每当外出开会或参观，看到人家的幼儿园硬件设施、环境设计、教学方法等都比农村好时，他就想什么时候小杨屯能有这样的幼儿园就好了，也让俺村的娃娃们和城里的孩子们一样有这样舒适的环境，像城市里的孩子一样接受到学前教育，有个美好的童年。

幼儿是祖国的花朵，是家庭的希望，他们的一举一动牵动着家长的心，他们的每一步幸福成长都牵动着全社会的关注。"县城里幼儿园学习条件好，咱村里的幼儿园也要提高办学条件，教育是底线，再穷不能穷教育，再苦不能苦孩子。"一直以来，张国忠始终怀揣建设高标准幼儿园的梦。

2009 年，张国忠终于下定了决心，在与村"两委"成员和党员、群众代表充分酝酿讨论之后，拿出 30 多万元，创办了一所美丽、温馨、布局合理、功能配套齐全的高标准、规范化、半封闭式幼儿园。而且规定凡小杨屯村的娃娃们学杂费一律全免，单身外来打工者，可照顾孩子半价学杂费，夫妻双方都在小杨屯打工的学杂费也是全免。

没有老师就聘请，当听说刘静是齐鲁师范学院的研究生，且是办幼儿园的专家时，张国忠及时派人与她沟通，进行了战略合作，使小杨屯幼儿园的教学如虎添翼。刘静不负众望，她不但自己投资十几万元，而且先后吸引来十几个幼儿教师，她还经常派幼儿教师到北京、济南等大中城市学习幼儿教学方法，并对外出学习的老师给予奖励。

自刘静接管小杨屯幼儿园来，她紧紧围绕"和谐、健康、益智、快乐"的办园宗旨，秉承"尊重天性，发展个性，培养灵性"的办园理念，坚持"还孩子一个快乐的童年"的指导思想，注重了幼儿的习惯养成教育，经常组织幼儿与家长进行拔河、越障碍、打篮球、轮滑、蹦蹦跳、贴花、跳绳等运动，既锻炼了孩子们的身体与智力，还增强了孩子们与父母、奶奶、爷爷的亲情。并且举办幼儿与家长做黄鼬逮小鸡、摔四角、跳橡皮筋、跳沙包、翻称、剪纸、踢毽子、打羽毛球、唱歌、舞蹈等文化体育游戏，使幼儿们与父母、奶奶、爷爷度过了一个个欢乐时光，让孩子们在多元的、充满爱的乐园里快乐游戏、自主生活、愉悦学习，探索世界、发现自我，尽情畅想童年美好的时光。

张国忠除了支持提升办学条件外，他还在精神上鼓舞大家，每年教师节前夕，他都会带着村干部到幼儿园慰问，向老师们送上节日的问候和美好的祝福。

"孩子们能够在幼儿园快乐成长，这是家长们最想看到的，小杨屯幼儿园的办园条件越来越好，教师队伍也越来越稳定，加之这个幼儿园收费低、服务好，孩子在这里上学，我们家长格外放心。"学生家长如是说。因为小杨屯幼儿园办得好，不但小杨屯的孩子们都进了幼儿园，而且也深得周边村群众的信任，他们都放心地把自己的孩子送到小杨屯村幼儿园，小杨屯村幼儿园生源越来越多，鼎盛时期达到了 120 多个。

四

1991 年，一张名为"我要上学"的照片牵动了许多人的心。照片中，大眼女孩苏明娟清澈的眼神里装满了贫困山区孩子对学习的渴望，一次偶然的机会，张国忠在希望工程的宣传页上看到了这张照片。

"当时我心里就有了一些想法。"张国忠说。"我们村除普及 9 年制义务教育，让学龄儿童全部入学外，再怎样让村民更加重视教育，并鼓励孩子们好好学习，奋发图强，以优异成绩回报社会。"在和村"两委"成员及党员、群众代表商量后，决定为激励更多莘莘学子勇敢追梦，营造崇学尚学之风，村里对考入大中专院校的学生不但颁发"优秀学子"荣誉证书，并给予一定数额的奖励，对独生子女还有额外鼓励。自高考制度恢复后，小杨屯村每年都有考上大中专院校的学生，而且有的已成为研究生、博士生，这不能不说与张国忠支持重视教育是分不开的。

"今天颁发的荣誉证书，对我们而言不是纯粹的物质奖励，也不是我们学习的根本目的，而是我们学习的'助推器'，是对我们的肯定和鞭策。"在小杨屯村优秀学子奖励现场，领到奖励的优秀学子张昌然激动不已，并表示将以梦为马，不负韶华，把父老乡亲的真切关怀和关爱，转化为自我成长的强大动力，用实实在在的行动和良好的学习成绩回报父老乡亲，学有所成后为家乡贡献自己的力量。

对家庭特别困难的，张国忠更是千方百计为他们解决困难。村民李凤柱的儿子得了白血病，他不但多方筹划资金，而且自己拿出 1000 元现金给他儿子治病，还资助她的女儿上了大学。

当张国忠得知山东师范大学的一名学生家庭贫困，无法上学时，更是慷慨解囊，拿出上万元钱，让他完成学业，并成为国家的栋梁之材。

让群众健康有"医"可靠

1 月 23 日上午 9 时，小杨屯村卫生室坐着几个来看病的村民，或推拿、或针灸、或候诊，两个穿着白大褂的医护人员正在人群中穿梭忙碌。

"李大爷，您今天过来是感冒药吃完了吗？"人群中，臧红霞医生关切地询问病人。"最近天气转凉了，得了伤风除要合理用药外，还得保持适度运动。"臧红霞是小杨屯村卫生室的全科医生，1988 年德州卫校毕业，行医已有 36 年。

"现在卫生室条件好了，来看病的乡亲越来越多。"臧红霞说，作为一名乡村医生，她最大的愿望就是让每一个村民都能获得完善的医疗卫生服务。"自从创建示范村卫生室后，软硬件都上去了，看到乡亲们健康地走出卫生室，我感觉特有成就感。"小杨屯村卫生室的村医臧红霞说。

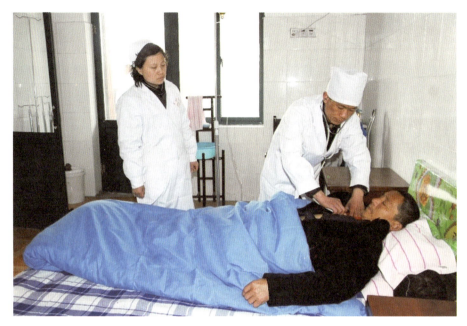

小杨屯村卫生室

一

"之前我们有个头疼脑热的，都要跑到乡镇或者县城医院看病，很不方便，村里建了卫生室后，这里干净，环境好，服务态度也好，我们就不出去看病了。在村里看病既方便又省钱，一些小病小灾的在村卫生室就能及时处理了，平时大家测血糖、血压也都很方便，村医务人员态度好、问诊仔细，很照顾我们老人"。71岁的李云柱，对如今的卫生室条件和医务人员的服务态度赞不绝口。

就医环境大变样，也方便了附近的村民。谈起小杨屯村的卫生室，李云柱笑容满面，他对于现在的卫生室打心眼里认可。

"可过去俺村的卫生室设在村医家里，只有1间20平方米的土坯房，条件差、设备少、水平低，群众不仅看病不方便，而且就一张床位。"李云柱继续说。

"健康是福"——这是群众常念叨的一句话，也是大家对健康的一种期待。村级卫生室是医疗卫生服务网络的"网底"，是设在村民家门口的基层医疗机构，是农村医疗体系里最基层的一环，也是村民最方便、最及时、最经济的看病就医途径，它一头连着国家对百姓的关怀，一头连着村民对健康的渴望，提高农村医疗卫生保障水平，推动医疗事业的发展，是广大农村群众的呼声。

特别是小杨屯的老村医去世以后，为了让村民看病不难，健康生活，张国忠下决心改变小杨屯村缺医少药的问题，并进行了专题研究，而且从选址、筹资到招标、建设张国忠都亲自部署、亲自过问、亲自协调、亲自督办，先后投资 20 多万元，建设了高标准的小杨屯村卫生室，他还跑到县乡申请成为了中心卫生室，并争取到优秀的全科医生。

现在装修一新的卫生室，仅业务用房就有 136 平方米，注射室、就诊室、观察室等功能区域宽敞明亮，规范有序，整个环境美观舒适。而且除了"三室分开"外，还设有药房，健教室等，配备了常用药品和听诊器、血压计、血糖仪、心电图机、五官诊疗仪等 20 多种基本医疗设备，添置了电视、空调、饮水机等，健康知识宣传栏、抗疫宣传标语等温馨醒目。在信息公开栏里，巡诊医务人员姓名、电话、巡诊时间等内容一目了然。在这里，村民不仅可以享受测量血压血糖、包扎伤口等基础医疗服务，还可以进行艾灸、热敷、拔罐等理疗保健。

"俺有个小毛病都到村卫生室诊治，环境好，离家近，大人孩子都放心。"良好的软硬件设施为村民群众提供了优质便捷的就医环境，极大地方便了广大村民就医、取药、体检等诉求，真正解决了"看病难""看病远"的问题，特别是实现了"小病不出村"的目标。

"这项关乎俺老百姓福祉的'民心工程'，让俺们的健康幸福指数不断上升，并得到更真切的保障，是党的政策好，更是俺劳模张书记的功劳啊。"说起小杨屯中心卫生室带来的就医变化，村民们称赞不已。

二

8 月 17 日上午 6 时许，初秋的小杨屯村，暑气还未消散。乡村医生张博博已经来到村卫生室，将装有电子血压计、血糖仪的智慧医疗随访箱和几盒降血糖、降血压的常用药品放进出诊箱里，准备到患有慢性病的村民家中进行日常随访。

"现在正是农忙时节，要想测量空腹血糖，得在乡亲们吃早饭下地干活前赶到他们家中。"张博博边说边发动电动车向大吕村驶去。张博博是聊城市卫生学校毕业，从事全科医生也有 20 多年了，除了负责小杨屯村村民的日常诊疗外，她们还承担着临近的大辛村、王老和大吕村 2300 多人的国家基本公共卫生服务工作，建立健康档案，对慢性病患者进行每季度一次的随访，免费为 60 岁以上老年人健康体检，并做好归档工作，经常在四个村之间奔走，对于患有慢性病村民的身体状况她们都了如指掌。

"为进一步提升基层卫生服务能力和质量，满足群众看病就医需求，我们不但持续优化完善卫生健康服务体系，而且力争把好村民健康第一关，当好群众健康'守门人'的角色。"除了为村民看好病，在国家基本公共卫生服务项目方面她们也一丝不苟。

小杨屯村中心卫生室辖区老年人比较多，平时这些老年人仍从事劳作，不太注重身体健康状况，张博博和臧红霞就通过电话询问、回访等形式开展对全村人员健康情况摸底，又对行动不便及 65 岁以上老年人的健康情况逐人、逐户进行摸排，还挨家挨户上门为老年人体检。有时候村民白天出门种地，张博博和臧红霞便利用晚上到村民家里为他们建档，回到卫生室还要整理档案，第二天接着为村民出诊。

在重点人群健康管理工作中，张博博和臧红霞针对有基础疾病的人员，逐户上门健康随访，主要询问近期健康状况、基础病控制情况、近期有无住院及不适及新冠疫苗接种情况，对健康状况不佳、未接种疫苗、基础病不稳定等人员登记造册，纳入重点人员监管名单。

为了解决行动不便的患者缺医缺药问题，张博博和臧红霞还经常带着宣传手册、血压计、听诊器，穿村入户，耐心地向他们解读政策，免费提供健康知识，传授日常保健常识，有效地打通了健康扶贫"最后一公里"。平时，她们还利用村广播、微信群、宣传单、宣传栏、黑板报，分别从不同层面向群众宣传预防、消毒等专业知识。为照顾到农村不识字的老人，张国忠还与村医一起利用广播和最通俗的语言进行健康宣传，效果很好。

为提高小杨屯村民的健康意识，让他们了解健康生活的概念和生活方式，张博博和臧红霞定期举办健康知识讲座，为村民介绍了糖尿病、高血压、心血管等疾病的预防、症状、科学用药及治疗方法等，从健康生活方式的即合理膳食、适量运动、戒烟限酒、心理平衡进行详细讲解，引导村民加强自我保健，防患于未然。

"我患高血压病多年了，一直不知道在日常生活中应怎样合理的饮食，今天听了医生的课，知道了高血压病预防治疗的方法，知道了平时在生活中哪些东西不能吃，哪些东西应该吃怎样吃，他们讲得太好了，俺村的村医真好，对我们老百姓的身体健康真的很关照！"村民邢桂清高兴地说。

一场场健康知识讲座通俗易懂，贴近村民生活，受到了村民的一致好评，使广大群众在生活中纠正了错误的饮食习惯，树立起正确的健康理念，养成健康的生活方式。

三

"之前，我和老伴儿吃的降压药都是跑到王老卫生院去买，那里价格便宜。现在好了，在村里卫生室就能拿到，价格低、还报销，溜达着就去了。"小杨屯村民刘绪山老两口有近 10 年的高血压病史，常年需要服用硝苯地平控释片。之前，小杨屯村不是医保定点卫生室，此类药物没有纳入集采，价格高，年过六旬的刘绪山老两口经常蹬着三轮车到 4 公里外的王老卫生院购买。

"有的时候吃完了，又赶上下雨天，去卫生院不方便，就在村里卫生室买一盒先对付着，但是价格贵，差好几块钱呢。"刘绪山介绍，现在村里的便宜药越来越多了，此前硝苯地平缓释片每盒十几元，现在在村卫生室也能走城乡居民基本医疗保险报销，每盒只要 4 元钱。

"以前打喷嚏、流鼻涕，要么在家吃点药，要么拖严重了就去乡镇卫生院报销看诊。现在有了村级门诊报销制度，'家门口'就能享受门诊报销服务，既方便又实惠！"村民吴长青因急性上呼吸道感染，到村卫生室就诊，总医疗费用45.75元，医保报销后，自付仅18.18元。

医保服务下沉基层，也让群众的获得感、幸福感明显得到提升。家住大辛村的刘建国因睡眠不好来卫生室看病，臧红霞问诊后为他开具了"脑心舒口服液"，臧红霞说，"因为他是脑血管病引起的睡眠不好，所以开具了'脑心舒口服液'，如果是神经性引起的睡眠不足，可吃'健脑补肾丸'，如果是惊吓引起的睡眠不足，可吃'朱砂安神丸'，都是中药。"不同以往，现在刘建国在俺村卫生室就完成了看病、买药、支付、报销。

我注意到，小杨屯村中心卫生室工作人员登录定点村卫生室管理系统后，就能直接将参保居民的门诊费用信息上传医保系统联网报销，即时结算，参保居民只需支付医保报销后的剩余费用。"原来没有医保定点村卫生室的时候，需要到公立医院辗转收费处、药房、医保三个窗口，如今在村卫生室就能全部搞定。"乡卫生院分管公共卫生的同志介绍说。

"村级卫生室医保门诊报销，不但让群众实实在在享受到便利与实惠，而且有效遏制了疑难杂症和大病的发生，村民整体健康水平显著提升。"张博博说，越来越多的村民来村卫生室看病，更坚定了她们扎根基层医疗岗位的决心与信心，也倒逼她们进一步提高医疗技能。

既要美丽"面子"，更要幸福"里子"

4月14日一早，小杨屯村民张志鹏开始做早餐。"啪"地打开沼气灶，蓝黄色的火苗欢快地舔着锅底，煎蛋在油锅里滋滋作响。早餐还有包子、

张国忠家的庭院经济

小米粥、咸菜、火腿，一家人吃得津津有味。

张志鹏住的是 120 平方米的楼房，三室两厅，收拾得窗明几净。空调、冰箱、沙发等家具一应俱全，书画、盆景相映成趣。他高兴地说："我这套楼房，只交了 10 万元。冬天有暖气，夏天有空调，做饭有沼气，洗澡有热水。用气、用电、用水、看有线电视，都免费，全村实现了暖气、柏油路、排污、电话、闭路电视等八通。"在小杨屯村，101 户人家全部搬进了楼房。现在的幸福生活，是小杨屯人从前"不敢想象"的。这是 2013 年 4 月 18 日大众日报《小杨屯梦想"三级跳"》所描绘的场景。

2015 年，小杨屯村的 120 户居民住进了"冬天有暖气，夏天有凉气（空调），做饭有沼气，洗澡有温气（太阳能热水器）"的新楼房。

村外田野楼外楼，

吃穿住花全不愁；

户户都是小康家，

杨屯人家乐悠悠。

得益于"农村就地变城市，农业就地变工业，农民就地变工人"的"就地三变"，小杨屯村民在幸福生活的康庄大道上一路飞奔。

一

乡村振兴，既要塑形，也要铸魂。加强乡村精神文明建设，振兴乡村文化，是全面推进乡村振兴的重要内容。小杨屯村物质上富足了，精神上也富有了。

"美丽乡村要有颜值，更要有气质，文化底蕴就是乡村气质的最佳彰显。"张国忠清楚在扎实推动共同富裕的道路上，一个重要方面就是要处理好"富口袋"和"富脑袋"的关系，既要家家"仓廪实衣食足"，也要人人"知礼节明荣辱"。乡村振兴，不仅要有光鲜亮丽的"面子"，也要有崇德向善的"里子"。为此，张国忠坚持物质文明与精神文明相协调发展，在改善农民生产生活条件的同时，始终注重提升农民文明素质、传承优秀农耕文化，实现了农村生产生活方式改变与人的素质提高的良性互动，构筑了农民群众身有所栖、心有所依的精神家园，提高了群众的"幸福值"。

"圆规为什么能画圆，因为脚在走、心不变。"真正的美丽乡村，不仅要有"颜值"，还要有"气质"，更要美在老百姓心里。2006 年，小杨屯村投资 1200 多万元，为村民兴建起每人居住面积 50 平方米的花园式住宅楼，全村 120 户居民全部住进新楼房。小杨屯村村民在吃穿不愁的情况下，更多的是注重孩子们的教育和平常的精神文化生活。

为满足群众的精神文化需求，张国忠在村内建起两个文化小广场，供村民娱乐健身活动需用。又投资 280 万元，建起了全市村级一流文化中心大楼，有棋类室、乒乓球室、台球室、健身运动室等，并紧紧围绕"政治、服务、发展、议事、教育、宣传"六大功能，合理布局，完善设施，丰富活动，切实提升了服务水平。

精致的文化广场上，各种健身器材、娱乐设施一应俱全，太阳地儿里，老人们打扑克、健身，怡然自得。每到傍晚，老人们锻炼，大妈们跳舞，孩子们嬉戏，村里一片祥和温馨。"我们虽然住在农村，也慢慢过上了城里人的生活呢！"村民刘强荡着漫步机，一脸的满足和幸福。

建起了图书室，并持续推进农村公共文化设施提档升级，进一步提高农家书屋建设管理效能，不断完善软硬件设施，定期补充更新图书，让村子里的老少爷们有了看书娱乐的好去处。同时，开展"小手牵大手"读书活动，在全村形成了孩子、家长"共读书、同进步"的良好风气。

临近傍晚，小杨屯村新建的村民文化活动广场上变得热闹起来，广场上不时传出广场舞的欢快声和篮球入筐的喝彩声。

在配备各种健身器材和娱乐设施的同时，小杨屯还建起了各类球场，为群众提供空间更加宽阔、设施更加齐全、环境更加舒适的文体活动场地，开展群众喜闻乐见的文化活动，同时，强化了运行管理，着力解决了文化设施利用率不高等问题。

二

乡村振兴是"根"，精神文明建设是"魂"。新时代乡村振兴的课题之一，是要大力弘扬文明村风，在"铸魂强根"上精准发力。随着乡村"颜值"越来越高，物质生活越来越好，小杨屯的群众对于精神文化生活的需求也日益增长，文化生活同样多姿多彩。

2012 年 9 月 30 日，由北京申开影视文化公司投资拍摄、著名演员李迎旗等担纲主演的电影《幸福的小杨屯》在小杨屯村拍摄，摄制组需要一个群众演员出演"五婶"这一角色。村里向摄制组推荐了"文化能人"徐会清。让摄制组没有想到的是，这个"演员"居然很专业。导演说："让大姐这一演，我的演员都不敢演了！"当摄制组要支付徐会清 100 元表演费时，她笑着说："我们村是全国文明村，你们是来给我们做宣传的，

电影幸福的小杨屯开机仪式

这钱我可不能要！"朴实的话让大家对小杨屯村有了更深刻的认识，接着又挑选了10名群众演员上台帮演。

徐会清说："村文化楼里，各种健身器材、娱乐设施一应俱全，村文艺队每周都有活动，每年至少要创作20个段子、办3次晚会，宣传党的好政策、倡树文明新风，每个村民就能上来'舞乍'两下子。"活动中，群众变观众为主演，节目都由群众说了算，每场"百姓大舞台"，小杨屯村的群众自编自导自演节目都占很大的比例，极大丰富了群众文化生活。

如何让乡村文化"热"起来、乡村生活"潮"起来？张国忠以新的姿态解锁乡村文化振兴的"流量密码"。

为活跃群众的文化生活，树立乡村文明之风，在张国忠和村"两委"的大力支持下，成立了文艺宣传队，积极培养选拔年轻乡土文艺骨干，他们不辞辛苦，定期排练节目，经常演出如"墙头记"、"小姑贤"以及计划生育等方面喜闻乐见的节目，用丰富多彩的文化活动，让群众在参与中共享免费文化服务大餐，从而改变了村民的文化生活环境，提高了村民的整体素质，为和谐、生态、文明的新农村建设翻开了崭新的一页。每年除配合"两委"举办"迎春团拜会""新春联欢会""联谊晚会"和平时在本村演出外，他们还参加镇、县文艺会演，曾代表茌平县参加聊城市江北水城文化旅游节民间艺术大赛，获得聊城市委、市政府颁发的特等奖。

"别看村子不大，村民们的精神生活丰富着呢。"每年，张国忠都组织举办新春联欢、建设和谐小杨屯联欢等活动，都会精心组织春节走访慰问、民俗表演、传家风立家训、新时代美德健康生活宣讲、"六一"关爱儿童等活动，不断邀请市县京剧团、豫剧团等传统戏曲剧团进村表演，邀请书画名家等进行联谊活动，为村民们送上了一场场文化大餐，使越来越多的村民既享受到文化生活的乐趣，又陶冶了情操，满足了群众精神文明和文化生活需求，提高了新时期村民的思想道德、科学文化素质，让群众切实感受到了文化的魅力，大大提升了老百姓的幸福感。

三

敲起锣，

打起鼓，

扭起秧歌跳起舞。

家家都小康，

欢声笑语喜洋洋……

盛夏挂锄时节，每到傍晚，休闲广场的路灯下，劳累了一天的小杨屯村民就会聚到一起，伴着欢快的鼓点，男女老少扭着喜庆的秧歌，幸福的笑容洋溢在每个人的脸上。

"健身操、广场舞内容欢快、入门简单，兼具娱乐和健身功能。自从加入健身舞蹈队，每天傍晚脚就像吸了磁铁似的往广场跑，不跳一跳就浑身不痛快。""现在生活好了，环境美了，大家每天劳作后就聚在一起活动活动、唠唠家常，这日子老滋润了。"村广场舞领头人丁秀娥高兴地说。

"刚开始都是关起门来练跳舞。这几年通过参加各种活动，我们完全变了样，心情好，身体也好。"丁秀娥说。每到傍晚，广场舞爱好者不约而同来到小广场，伴着音乐起舞，享受这热情奔放的三小时，四周的马扎、水泥板板凳，是观众自带的"座席"，有时村间小路上、三轮车、电动车都停得满满当当。

"以前，村里的妇女下午和晚上没事，都在家说东道西拉闲呱。我们成立广场舞队伍以后，农闲时就带大家跳广场舞，大家精神面貌大幅改善，村风变化很大。"村民庞海燕说。广场舞让围着锅台转的家庭妇女变成了引领新风尚、积极做公益的领头人，改变了每个人的精神面貌，有时小杨屯广场舞队还不断外出参加各种活动，成为社会公益的服务员、宣传员。

"好球！""加油！"小杨屯村篮球场上，年轻小伙子汇聚在一起尽情奔跑、挥洒汗水，村民们在场边大声呐喊加油助威。伴随着一阵阵激昂的此起彼伏欢呼声、喝彩声，现场氛围更加火热，激情四射。

乡村体育热，让幸福味更浓。美丽乡村不仅是绿水青山的绵延，更是乡风村魂的升华。随着物质生活逐步改善，乡村百姓对于运动休闲的需求越来越旺盛，面对全民健身的新形势，张国忠始终紧跟时代步伐，投资20多万元填平了村内荒废的大土坑，建设了标准篮球场等体育健身场所和设施，不断开展丰富多样的体育活动，充分激发了群众的参与热情，交出了一份亮眼的答卷。

在多种多样的赛事交流中，小杨屯村民既学得了技艺，又获得了荣誉；既锻炼了身体，又开阔了眼界。以前，晚饭后看看电视、打打牌就是村民们主要的娱乐消遣，文化生活比较单调。但如今，在全村推动"村舞""村操"健康向上的文化氛围中，村里打牌的少了、跳舞的多了，旁观者少了、志愿者多了，埋怨少了、点赞多了，村风文明获得了极大的提升。

是啊，农民一旦掌握了自己的命运，他们也会和城市人一样神气，一样气派。就连那六七十岁的老人都穿得板板正正的，该村74岁的赵玉奎感激地对我们说:"俺过去在县里做保安,这几年老了,俺便回到村里,吃不愁,穿不愁,看病又报销,每年还给两三百元的零花钱,我这福只有老来才享受到,这全是党和国家及俺劳模书记给的啊!"

<h1 style="text-align:center">四</h1>

"我们愿意携手并肩,和睦相伴、孝老爱亲,经营好我们的家庭,一起努力创造幸福生活……"这是张国忠以农村婚嫁喜事为切入口,扎实推进婚俗改革,倡导移风易俗的一幕,伴随着浪漫温馨的歌曲,一对新人携手走上红地毯,新郎新娘郑重许下共建和睦家庭的誓言。随后,新人的父母走上台寄语新人,要互敬互爱、永结同心;张国忠不但为他们证婚,还送来新婚的祝福。"没有烦琐的环节,但是仪式感很足。小两口日子过好了比什么都强。"参加婚礼的亲朋好友纷纷点赞,"这场婚礼简约而不简单,文明清新又浪漫温馨!"

简约不减爱,喜事扬新风。这就是小杨屯村"反对浪费、文明办事"移风易俗行动的一个缩影。

文明,是一个乡村最"硬"的软实力,也是全体村民最"实"的幸福依靠。近些年,随着乡村基础设施建设,村容村貌焕发新颜;随着村规民约的实施,文明新风浸润心田;随着文明户评审活动的开展,崇德向善蔚然成风。如今,文明村风不仅成为小杨屯村响当当的名片,还滋养着小杨屯淳朴善良的村民,让他们过上了更加幸福美好的生活。

乡村振兴,村风文明是保障;文明村风,移风易俗是关键。张国忠大力倡导移风易俗,把婚俗改革融入精神文明建设和乡村振兴战略,培育文明村风、良好家风、淳朴民风。

"'村看村、户看户,群众看党员,党员看干部'。"张国忠说,作为新时代的党员、干部,理应扛起"移风易俗工作"的大旗,以身作则、率先移风易俗,这样群众才会心服口服,才会热情响应。"作为往平县推行红白理事会制度的试点村,小杨屯由群众推选德高望重、热心服务、公平公正的人员率先成立了红白理事会，并不断调整充实人员，还选派红白理事会的骨干参加区镇集中辅导、现场观摩、网上教学等专业系统的培训，进一步掌握了移风易俗工作的主动权。同时，通过网格化工作群、悬挂条幅、志愿宣传和为民服务群等开展全方位、多渠道、多角度宣传活动，对村民进行了大张旗鼓的宣传教育。张国忠更是经常以顺口溜、讲故事等群众喜闻乐见的形式，向广大群众讲解移风易俗的好处，给群众剖析大操大办红白喜事等不良陋习的危害，讲解移风易俗的必要性，并发放移风易俗倡议书，动员群众响应移风易俗的号召，以实际行动抵制陈规陋俗和封建迷信等不良风俗，倡导社会文明新风尚，倡树美德健康生活方式，引导群众文明节俭，遵守村规民约。

为改变部分村民攀比成风、铺张浪费严重的问题，小杨屯村还制定喜事新办标准，倡导"不要彩礼、不收礼金、不设账桌、不留剩菜"的"四不"新风。同时，推出了婚庆宴席、丧事桌数控制、用餐标准控制等新规。为做好清明期间文明祭扫工作，张国忠还动员多名文明实践志愿者向村民发放《文明祭祀倡议书》，倡导广大群众用文明低碳的方式祭奠，引导村民参与禁烧行动，提倡厚养薄葬，树立健康节俭、文明环保的现代殡葬祭扫新风尚，确保祭扫活动文明、节俭、环保，并发动村民参与制定村规民约，让村民当主角、村民说了算，真正实现用"村民的话"管"村民的事"。

"之前村里办喜事白事都比较讲究'排面'，但这些年有了新变化，在红事上，年轻人的婚礼自己设计自己布置，形式上简洁温馨又符合心意，省钱又有意义。"谈到婚事新办，从事红白理事会工作的周传银感慨地说，"现在的年轻人更重视婚后的家庭建设，这是一个好趋势，中国传统文化中的夫妻恩爱、家庭和睦、长幼有序等家庭美德值得提倡。"在白事上，则树立了厚养薄葬、健康节俭、文明环保的新风尚。

"推动移风易俗工作是一件功在当代、利在千秋的大事，只有持续深入地开展各项工作，让青年人做文明新风的倡导者、传播者和践行者，才能更好地引导广大群众摒弃陈规陋习，营造浓厚的文明氛围。"张国忠如是说。

人生如同一部壮丽辉煌的史诗，一幅波澜壮阔的画卷，一曲高亢激越的乐章，跌宕起伏，充满无数篇章，每个人都在以坚韧、执着和智慧，演绎着属于自己的故事，书写着属于自己的传奇。如果他的出生是序言，那么死亡便是跋文。而张国忠的生命没有跋……

"您是永久牌村书记"

山东省原省委书记赵志浩，山东省政协副主席、副书记林峰海到小杨屯调研

半个多世纪以来，张国忠的名字一直和"劳动模范"镌刻在一起。面对历史给予他的应有承认和肯定，张国忠却常说："党和人民给我的太多太多，而我自己为党和人民做得太少太少，我必须加倍努力。"他的话语，就如他的行动一样真挚朴素。张国忠本色不减，风采依然。

"老骥伏枥，志在千里。烈士暮年，壮心不已。"三国时期曹操在其名作《步出厦门行·龟虽寿》里表达了自己老当益壮、志存高远的积极进取精神和豪情壮志。这种精神在当今仍然有着积极的现实意义，在张国忠身上也体现着这种精神，不同的是，张国忠的"志"是带领广大群众致富奔小康，建设文明、富裕、民主、和谐的社会主义新农村，以自己的实际行动担当起一个共产党员，一个基层党支部书记的光荣而神圣的使命。

一

"实践发展永无止境，解放思想、实事求是永无止境。我要去延安，汲取智慧和力量，进一步寻找解放思想、推动发展的动力源泉，加快小杨屯养鸭业发展的步伐。"2002 年 3 月，张国忠度过了他 77 岁生日之后，就萌生了去延安革命圣地的想法，于是立即给当时在西安工作的大儿子金昌打电话，问他能否抽时间陪自己到圣地延安参观学习，金昌满口答应。

自新中国成立至 2002 年，张国忠在小杨屯已担任 54 年的党支部书记。唐代著名诗人杜甫诗作《曲江二首》中说："酒债寻常行处有，人生七十古来稀。"77 岁高龄，早应是享受天伦之乐，修身养性，安度晚年了。张国忠儿孙满堂，子女们都早已成家立业，靠自己的勤劳和智慧，日子都过得红红火火。而小杨屯也建起了鸭业基地，且风生水起。为此，老伴和子女们，还有亲朋好友们都好心劝他：见好就收吧，不要再干了，该歇歇享享清福了。

"咱老了，有吃有喝的，你自己再跑好几千里地，学什么习呀？小杨屯的鸭业都成事了，何必再自讨苦吃。"临走前，老伴劝说他。张国忠风趣地说："正因为老了，咱才得解放思想，才要'趁天不黑多赶路'，否则，赶不上趟了，小杨屯的鸭业就会停滞不前。再说到西安不是还有金昌陪着我去延安吗，你就放心吧。"就这样，他耐心说服了老伴后，于 8 月份动身前往西安与大儿子张金昌会合，当天直达延安。

延安是中国革命的圣地、新中国的摇篮，延安精神是中国共产党宝贵的精神财富和明亮的精神灯塔，是张国忠一生对它充满向往、充满热爱、充满崇敬的地方。眺望五光十色的霓虹灯映照着巍巍的宝塔山，那直刺苍穹的宝塔，宛若一枚延安的城徽，屹然耸立，又像是一座不灭的灯塔，指引着中国革命的航程。这一夜，张国忠躺在延安的怀抱里，实现了数十年的朝思暮想，他流出了激动的泪水，久久无法入眠，期待着延安那个灿烂的黎明……

8月的延安天气宜人，景色迷人，张国忠精神振奋。

走进延安革命纪念馆，张国忠和张金昌跟随讲解员的步伐，一路观看、一路学习、一路思考，用心聆听一段段不朽的革命故事，驻足凝视一张张珍贵的历史照片，感受老一辈无产阶级革命家艰苦卓绝的革命信念和鞠躬尽瘁的崇高精神，在精神得到洗礼的同时，深刻体味着延安精神的时代价值和现实意义。

在杨家岭革命旧址，也是中共中央驻地旧址，这里见证了中国共产党历史上一次次重要会议。他们依次参观了中共七大、延安文艺座谈会旧址，毛泽东等老一辈革命家旧居，体会着中央大礼堂墙上"V"字旗座上工工整整的8个字——"坚持真理，修正错误"所蕴含的深刻含义。随后，在旧址前，他们聆听了一堂题为《愚公移山精神与中国共产党人的革命信心》课程。

登上宝塔山，瞻仰巍然耸立在郁郁葱葱中的宝塔，将延安美景尽收眼底。张国忠站在鲜红的党旗前，举起了右手，重温入党誓词，不禁回忆起自己的入党初心，更加深刻认识到作为一名共产党员所肩负的历史使命和责任。

在延安两天的时间，张国忠和张金昌带着虔诚，怀揣敬崇，充满深情，以一种端直而挺拔的姿态，实地感悟延安精神，毛泽东等中央领导同志的窑洞十分昏暗、窄小，屋内家具十分简陋，照明只能依靠煤油灯，张国忠和张金昌被抗战时期的艰苦条件震撼。革命旧址生动地再现了党中央及老一辈无产阶级革命家在延安领导中国革命的光辉岁月。一幅幅珍贵的照片、一件件文物、一段段感人的故事，都是激情燃烧岁月的历史见证，让他们感受了延安时期那惊心动魄、艰苦卓绝的革命历程，深刻领悟了延安精神和老一辈革命家不屈不挠、艰苦奋斗的革命精神和高尚情操，接受了一次洗礼，认真揣摩和领悟"延安精神"的实质和真谛，传承了一种精神……

二

自小梦想来延安，古稀之年终圆梦。延安之行使张国忠思想观念发生了巨大改变，他认为这是一次党性修养之行，也是一次增长见识、开拓工作思路之旅，是人生中的一笔宝贵精神财富，开阔了眼界，丰富了知识，提高了认识，升华了思想，增强了党性，磨炼了意志。他批量采购了带有延安印记的毛主席纪念章，回村后，张国忠亲手佩戴在每一个村干部和每一个党员的胸前。目的就是让小杨屯的全体党员继承革命传统，传承红色基因，将"解放思想、实事求是、自力更生、艰苦奋斗"的延安精神贯穿始终，真正把延安精神化作努力工作的激情，扛起重任、接续奋斗，让延安精神在实现农业强、农村美、农民富美好愿景的不懈奋斗中永放光芒。

张国忠深知，不断创新是企业做大做强的前提，生产设备先进性影响生产水平，产品研发进度影响企业生命周期。为此，他实地走访调研国内部分先进同行业企业，详细询问每个生产设备的功能，了解其性能，对比其效果，最终采购国内先进的鸭业加工生产设备。针对原有工艺不符合新设备要求的情况，带领大家逐个环节、逐个细节进行梳理，并对现有设备进行了技术升级改造。为保证产品质量，张国忠又为小杨屯鸭业集团配置了超净工作台、灭菌锅、微生物培养箱等检验仪器，对产品进行专业检验，保证了每次出厂的产品均为检验合格产品。

为让养鸭业走进更大的市场，登上一个新的台阶，张国忠边学边实践，在先后开发出分割、卤制、滋补、阿胶等系列鸭产品的同时，于2002年11月在茌平县城设立了办事处，并在北京、上海、济南等地建立了联络处，从而打开了市场。但是，张国忠并没有被眼前的胜利冲昏头脑，他又在考虑村办企业如何自我完善，自成体系，摆脱市场上的局限和约束。

张国忠从国家的发展和本村的经历中，懂得了，办企业和干其他事情一样，欢迎外援，但不能依靠外援。要立足本地，自力更生，创造条件、自给自足。因为外援没有主动权，往往靠不住。中国过去依靠苏联的援助，签订了这合同那条约，结果，到了三年困难时期，他们乘人之危，撕毁了合同，援助落空，中国的经济和建设受到不应有的损失。虽然企业和它的性质不一样，可也有相似之处。目前，市场风云多变，竞争激烈，企业相互倾轧。企业中的某一环节，机器的某一部件，遇到短缺之时，原来供应的单位也许会照顾它更为密切的关系户，也许会见利忘义，另卖高价，而断绝对自己厂的供应。工业生产不像农业生产那样分阶段，而是连续作业。哪怕缺少一个小小的部件，哪怕是关键部件上的螺丝钉，整台机器就会停摆，多么严峻而现实的问题呀！

为夯实养鸭产业高质量发展的基础，积极推进集团化战略，张国忠紧盯富民增收目标，着力在延链、补链、强链上下功夫，重点围绕良种繁育、科学饲养、饲料加工、屠宰分割、肉制品深加工、生物肥生产、鸭绒加工、品牌推广等方面延长肉鸭产业发展链条，筹建和完善了种鸭养殖基地、现代化孵化基地、饲料厂，建起了生物科技公司、现代化的养猪场，打造了羽绒制品加工样板车间，推动小杨屯鸭业品牌体验中心全面运营，加快发展上下游产品的开发、创新，不断拉伸了产业链条，不断释放了小杨屯肉鸭养殖增长空间，持续做大做强肉鸭产业发展链条，形成了全村集体经济闭环发展，使肉鸭产业成为小杨屯经济发展的重要支撑。使小杨屯的经济发展，一年一个新台阶，2003年全村人均纯收入7200元，2004年8000元，2005年突破了1万元……

2005年5月，广州《中山日报》、湖北《财经日报》和北京有关媒体的记者到小杨屯采访。当记者们看到张国忠那么好的精神和气色，便问起他的年龄。他说："我今年80了。"记者们感慨地说："您哪像80岁的人啊，走路比我们年经人都快！"张国忠虽已80高龄，但身体健康，精神饱满、容光焕发。他常与人谈起他的养生之道，那就是：粗茶淡饭，坚持锻炼，生活规律，积极乐观。2005年，小杨屯被评为"全国文明村镇"，他赋诗一首，表达喜悦之情，同时表达了他锻炼好身体，为社会主义和谐社会再立新功的决心。

老汉今年七十九，

人均八千拿到手。

艰苦奋斗创大业，

科技创新争上游！

2006年7月17日下午，国务院原副总理姜春云，在中南海亲切接见了张国忠一行，姜春云当面嘱托深深地印在张国忠的脑海中，他精神更加焕发，干劲倍增，并赋诗一首。

老汉今年八十一，

中南海里见总理。

总理教导心里暖，

句句把俺来鼓励。

下定决心继续干

农村建设创佳绩。

2007年，小杨屯村新农村建设工作在科学发展观的指导下，更是日新月异的发展，社会、经济、政治、文化等各项事业欣欣向荣，全村人均纯收入1.5万元，政通人和。已82岁高龄的张国忠，面对全村前所未有的大好形势"诗"兴大发，为抒发自己内心的喜悦，高兴地一口气编出这段顺口溜：

老汉今年八十二，

各项工作都满意。

年轻人比我干得好，

村民高兴很出力。

文艺节目大发展，

搭上台子唱大戏。

> 科学发展是动力，
> 建设新村创佳绩。

2015 年，张国忠 90 岁。耄耋之年，已经是倚杖而立、安享晚年的年纪，但张国忠却依然精神矍铄，除了视力严重下降外，仍然耳聪脑清，思维清晰，逻辑性强，声音洪亮，几十年前的事都梳理得一清二楚。因出门已需人搀扶，他开始坐在家中了解过问小杨屯工作，副书记兼村民委员会主任张齐家每天登门汇报有关事宜，除非特别需要，张国忠不再出门处理日常工作。

> 老汉今年九十五，
> 先苦后甜老来福。
> 一生跟党探富路，
> 七十一年村支书。
> 四世同堂儿孙孝，
> 七十一人全家福。
> 感恩党的好政策，
> 永攀高峰不停步。

据张银昌介绍，2020 年，95 岁的张国忠每天仍坚持锻炼，做到身体不闲、脑力不闲。他每天坚持早起，5 点半准时起床，起床后刷牙、洗脸，然后喝一杯温开水。再就是晚上准时睡觉，不熬夜，作息有规律。他每天进行轻微的体力劳动，如擦擦桌子、茶几等。因为血压和血糖高，所以他每天早饭前半小时服降压、降血糖的药。7 点半准时吃早饭，饭后休息一会儿，然后慢走，大约走 5000 多米，就这样每天坚持，风雨无阻，从不间断。他每天坚持学习多动脑，白天听收音机，晚上看《新闻联播》，从不中断。他始终心态平和，保持一个乐观豁达的人生态度。而且他总结了四个阶段：即少年时期吃不上饭，青年创业拼命干，中年创业大发展，老年拼搏不断线。

三

2020 年 10 月中旬，中国劳动报襄阳记者站站长叶星，按照必须是思想境界很高，一心为村集体、一心为村民，意志坚强，遇到困难不退缩，勇往直前的人；必须是全国党代表或是全国人大代表；必须坚持发展集体经济，不断改善民生，实现共同富裕，搞好社会治理；连续担任村书记在二十年以上；这个村所取得的经验和做法，必须在全国村书记中具有代表性和引领作用，大家认可，在政治上没有任何瑕疵；必须任现职六个基本条件，在全国范围内进行广泛筛选，最后确定 30 人入选《中国榜样村书记》一书，张国忠被列其中。

叶星与茌平区区委及相关部委约定，来到小杨屯进行为期三天采访，通过和张国忠座谈了解，现场察看和走访村民，写下长篇通讯《张国忠：与新中国同行 见证全国农业农村发展史》，收入他所编著的《中国榜样村书记》一书。当时，他就很纳闷，张国忠现已是 95 岁高龄了，双目已近失明，为何不退出现职，让年轻人接班呢？现任村委会主任张齐家告知了其中的原因："'劳模'多年一直想退，可就是退不掉。"

1985 年底，已是 59 岁的张国忠向上级党组织提出，自己从村党支部书记位置上退下来，让村干部年轻化、知识化、专业化，可村"两委"换届选举党员投票时，他全票当选，退不下来。

一晃又是 8 年，其间进行了两次换届选举，张国忠不停地向上级领导提出退休，但每次投票选举，他都是全票当选。

1993 年 2 月，时任聊城市委书记的郑义堂提议，并经市委常委会研究决定，让张国忠以茌平县政协副主席的名义退休，只享受个退休待遇。这年 3 月，有关部门为张国忠办理了退休手续，当时他已是 67 岁的老人。

随后，郑义堂找张国忠谈话："你不要总是不停地要求辞职退休吗？你当还是不当这个村的书记，由全村党员决定。如果大伙信任你，投你的票，你就得继续当下去。如果大家不投你的票，你就得退下来，想当也不行。"

张国忠犹豫了片刻答道："既然您这么说，俺就继续干呗！"张国忠知道如果让党员和群众投票选举，他就退不下来。

1994年11月，村"两委"换届选举时间，张国忠很想将村党总支书记的担子交给村党总支副书记赵国亮干。可投票时，张国忠仍是满票。茌平县委书记对张国忠说："您是共产党员，得讲党性原则，全体党员都投了您的票，村书记的职务，你不能辞，还得继续干，并且要干好。"

"不让辞，俺就继续当吧，共产党员就得听党组织的话。"张国忠表态道。

2018年11月，又到了换届选举时间，已是92岁高龄的张国忠在选举动员会上明确提出："俺老了，大家不要投票选俺了。你们要用好手中神圣的一票，选一位能真正全心全意为大伙服好务，让大家过上幸福生活的人来担任村党委书记。"投票统计结果，他仍然是全票。

县委主要领导对张国忠说："既然党员投票选您，组织上信任您，您还得继续站出来挑大梁。"

张国忠表态道："既然全村党员看得起俺，上级党组织信任俺，俺就不能当逃兵，死不了就接着干吧！"

2019年4月，张国忠患眼疾，造成双目失明。2020年5月，他不慎摔了一跤，股骨头被摔坏，在医院住了两个多月。出院后，张国忠与村委主任张齐家谈了一次话，并明确向镇委及县委领导提出，让张齐家接班，自己退出现职。"因为张齐家干的是书记的活，拿的却是村主任的工资，说不过去。"张国忠说。

结果上级党组织组织全村党员投票时，张国忠得票仍然很高。张齐家说："如果'劳模'不干了，俺也辞职不干。"县委、镇委领导反复权衡，最后表态说："您的村党委书记职务，是全村党员选出来的，我们不能说撤就撤、说换就换。按照您的意愿，等下届换届选举时再说。"县委书记还打趣地对张国忠说："您是永久牌村书记。"

2021 年，冯屯镇按照"地域相邻、人缘相亲、产业相近、生态相依"的原则，将原大辛管区的小杨屯、王老、邢庄、南辛、北辛、望鲁店前村、后村、新村、崔庄、唐洼、韩辛 11 个自然村合并组建为大辛新村，小杨屯不再是独立的行政村，而成为大辛新村的一个自然村。大辛新村分设党委和村民委员会，办事机构设在小杨屯文化楼。小杨屯自然村的张齐家和张玉梅被推选为大辛新村党委委员，张齐家兼任新村纪委书记，并与张玉梅、李建三人组成小杨屯村党支部，张齐家任支部书记。这一年，张国忠 96 岁，继续履行小杨屯党委书记职责，小杨屯党委下设三个独立支部，小杨屯村党支部和两个企业党支部，张国忠从此不再参与独立支部的日常工作。

小杨屯在哭泣

2021 年，时任茌平县委书记的郭飞为张国忠佩挂"光荣在党 50 年"党徽

全国劳模、全国人大代表、信发集团掌舵人张学信看望张国忠

一

有一种"绝唱"，叫"叮嘱"。

生命进入倒计时，不同的人会有不同的选择，不同的选择彰显着不同的初心和本色。

步入耄耋之年的张国忠，虽然已经常年足不出户，但凡有登门造访的人，他都不失时机地询问打探对方所在地区、部门或村庄的"双文明"建设情况，每逢有区、镇、村干部来访，他都一遍又一遍地说："当干部要记住三条，一是要听党的话，永远跟党走。二是要肯吃亏，不贪不沾，甘于奉献。三是切切实实为老百姓办实事，让老百姓真正得实惠。"

每个人都有自己的人生轨迹，有的人谋求升迁，有的人潜心发财。而张国忠的一生，怀揣着的始终是"一心向党，肯吃亏，多奉献，让老百姓真正得实惠"的朴素愿望，心心念念是入党时许下的庄严誓词，这就是他朴素人生的轨迹。这三条，对于丧失了基本生活自理能力的张国忠而言，年复一年，月复一月，日复一日，念念不忘，不厌其烦，成了他为官一生的绝唱。

张国忠始终保持着共产党员的初心和本色，即使在生命最后时刻，他也发挥着党员的模范带头作用，似一位长者在叮嘱后辈，似一位智者在启迪"凡人"，娓娓道来，侃侃而谈，深深铭刻在人们心中，让人们肃然起敬，树起了基层党员干部的精神标杆！

二

2022年4月12日，农历三月初三，凌晨5点10分，张国忠这个不知疲倦埋头耕耘的"老黄牛"，因病辞世，终于停下脚步歇息，为自己的辉煌人生画上了圆满的句号。

惊闻张国忠逝世，小杨屯村顿时涌满大小车辆，花圈多到无处摆放，灵棚前人头攒动，悲戚之声不绝于耳，大街小巷人流如潮，水泄不通。村民不能接受劳模书记的离开，纷纷缅怀张国忠的功绩，表达了心中的感激之情。

"劳模书记，一路走好！"

"劳模书记，现在好好休息吧！"

"劳模书记，村里的事情我们一定会好好完成。"

……

杜鹃啼血泣红泪，管氏河畔痛断肠。4月，本该是春暖花开，春风满面的日子，而因为张国忠劳模的去世，花草黯然失色，春寒料峭；无数人都揪心地痛着，忧伤着，惋惜着，哭泣着。

村民自发赶来悼念——79岁的张刘氏，自从得了脑血栓很少出门，硬是一步一挪地来到张国忠灵棚前，只为"见他最后一面"。

"俺是冯屯镇史家河村人，当张国忠劳模知道俺家里穷得揭不开锅时，立即将自己粮食匀给了俺一半，让俺们渡过了灾荒。当俺准备闯关东时，又是您收留了俺，并为俺在小杨屯介绍了对象，让俺在小杨屯安顿下来，您像父亲一样，关心俺的生活，关心俺的成长，对俺恩重如山，俺们不能没有你啊！"60多岁的史文忠得到张国忠劳模离世的噩耗，不禁潸然泪下，成为他永远的追忆和忧伤。

"我们都是有事就找劳模书记的啊，这么好的人，他不应该走啊！"70多岁的村民吴长青一边连连叩头，一边悲痛地用双手拍打着自己的大腿哭诉着。

外出打工的年轻村民冒着被新冠感染的风险纷纷回村，他们大多接到长辈电话：张劳模对咱家有恩，你能回来就得回来"送一程"。不少邻村的乡亲们也闻讯自发地赶来吊唁，他们哭红了眼睛，含着泪，追忆张国忠，送劳模书记最后一程。

凄婉沉郁的哀乐更加重了这悲痛的氛围，似乎每个音符都是溅落下的泪珠。一片哭的浪涛，一片泪的漩涡。

三

中共中央政治局原常委、中央纪律检查委员会原书记吴官正同志，得知张国忠不幸逝世后，特委托秘书赵子强给张国忠家属打电话，对张国忠逝世致以沉痛哀悼，称张国忠是共产党的楷模，并关切询问张国忠去世原因和去世前状态，向张国忠家人表示诚挚的慰问。

中共山东省委原书记赵志浩同志获悉张国忠逝世后，也委托身边人员打电话哀悼，向张国忠家人表示亲切慰问，深情缅怀与张国忠亲密往事。

从发布讣告到出殡安葬，国家海洋局原局长王曙光，中央组织部中国领导干部考试与测评中心原主任赵洪俊，中国财政科学研究院党委副书记、副院长马骏，山东省委原常委组织部长王克玉，山东省政府原副省长陈延明、郭兆信，山东省政协原副主席许立全，山东省委政策研究室原主任宋玉山，山东省人大政策研究室原主任杨思诚，山东省民政厅原副厅长齐炳文，聊城市委、市政府老领导董金刚、王文耀、贾少勇、任晓旺等数千人，分别致唁电、送花圈或亲临现场悼念。

聊城市委、市政府、聊城市总工会等单位也都委派代表莅临现场吊唁，茌平区委、区政府主要领导多次亲临现场致哀。

中共聊城市茌平区委、区政府发来唁电，张国忠同志治丧办并转其家属：

惊悉张国忠同志不幸逝世，我们万分悲痛、深感惋惜！

张国忠同志自1949年起担任小杨屯村党支部书记，在职73年。作为新中国成立以来任职时间最长的村党支部书记，他一生奋斗不息，带领村民艰苦创业、埋头苦干、与时俱进、开拓创新，把昔日出名的逃荒要饭村，建设成为"鲁西北的一颗明珠""社会主义新农村的一面旗帜"，为党和国家事业作出了不可磨灭的贡献，堪称后人楷模。张国忠同志的离世，使我们失去了一位优秀的共产主义革命斗士、一位和蔼可亲的老前辈，是我们的一大损失。他所总结的"学习经""实干经""吃亏经"等，是我们党的宝贵财富。他的奉献精神永远值得我们尊敬和怀念。我们将化悲痛为力量，继承张国忠同志的遗志，为党和国家事业接续奋斗。

在此悲痛之际，我们谨以中共聊城市茌平区委、聊城市茌平区人民政府的名义，对张国忠同志的逝世表示沉痛哀悼，向张国忠同志家属致以亲切慰问，望节哀。

张国忠同志千古！

中共聊城市茌平区委员会 聊城市茌平区人民政府

2022年4月4日

四

茌平区政协主席李泽潜一直守在现场，冯屯镇委、镇政府领导全体出动，为张国忠殡葬事宜跑腿尽力，小杨屯全体村干部和绝大多数村民，都以不同方式对张国忠逝世深表哀悼。

社会各界人士纷纷以微信形式从北京、天津、江苏、上海、广东、海南、湖北、陕西、四川、新疆等地，向张国忠家人表示诚挚的慰问。

当代艺术家谢世祥在重庆闻听张国忠逝世的消息，特意发来独创挽联，上联"国学千秋歌俊彦劳模不朽"，下联"忠臣万古启贤才德行是龙"，横批"国忠先生千古"。

新华社新华网山东分公司孙林华也书写下了挽联，上联"奋斗终生初心不改一心为民化丰碑沉痛悼念张劳模"，下联"甘于奉献劳模精神一世英名贯长虹深切缅怀老支书。"

全国劳模、全国人大代表、平邑县九间棚村党委书记刘嘉坤，原本是要参加葬礼，深表沉痛哀悼的，由于疫情原因，却不能来送他最后一程。只能遥寄哀思：老人家愿您一路走好！天堂安息！

张国忠老友丁诺提前半个月写就一首"我给劳模过生日（国忠五字经）"的诗，无疑是对张国忠光辉一生做了盖棺论定：

国忠老劳模，

岁已九十七。

年龄虽近百，

头脑却清晰。

生辰二六年，

三月又初十，

属相是只虎，

一生不容易。

曾经逃过荒，

也曾讨过饭，

曾经当徒工，

亦曾进戏班，

受过千般苦，

有过万般难，

养家求生存，

再苦也得干！
仰仗有志气，
挣扎过难关！

一九四七年，
翻身见青天，
自卫当队长，
入党当村干。
推选当书记，
一干七十年，
一身是正气，
一直到今天。
山东是唯一，
全国也未见。
全国党代表，
三次进京城。
上级曾推荐，
脱产去当官，
国忠不同意，
回村搞生产，
带领众乡亲，
苦干加巧干。
历经百般苦，
杨屯面貌变，
小小小杨屯，
评为文明村。
茌平一盏灯，
全国出了名。

国忠吃亏说，

着实是经典。

学历虽很浅，

词语却丰满，

开口四六句，

一说一大篇。

教育每个人，

深刻铭心间。

国忠真善美，

无人不称赞！

因新冠肺炎疫情防控，并遵张国忠遗愿，丧事从简，不进行遗体告别，不开追悼会，仅向来宾发送一纸"张国忠同志生平"，聊作悼词。

张国忠殡葬事宜，一切遵从国家现行规定和乡风民俗，火化后土葬。

张国忠出殡之日恰逢清明，下午两点整起灵时，长天晴空万里，空气纹丝不动，万人送行致哀，场面极其感人。人群中，既有本村的百姓，也有外地来村里打工的工人，还有许多从外地赶过来的朋友和仰慕者。

有一种付出，叫百姓心中有杆秤。天地之间有杆秤，共产党就是定盘的星，秤砣就是老百姓，秤砣虽小坠千斤，执政为民人称颂。对于一个基层干部的评价老百姓是最有发言权的，因为老百姓眼睛是雪亮的，你做的一点一滴，他们都看在眼里记在心里，你的心中装着百姓，百姓的心中才会有你，他们才会支持你，拥护你，爱戴你。

他的人生没有跋

张国忠生前得到领导的高度肯定，吴官正、李岚清、姜春云、张高丽、张全景等中央领导都给予高度评价。

一

"在带领群众致富的同时，我们还狠抓党的建设和精神文明建设不放松，使小杨屯人不仅在经济上致了富，而且在精神上脱了贫。""要想当一个好干部，一定要注意学习，要学习党的各项政策，还要学会吃亏，要事事为群众着想。"

1997年6月25日，党的十五大召开前夕，时任中共山东省委书记吴官正到聊城市调查研究，专程到小杨屯村看望张国忠。在小杨屯村党支部、村委会会议室里，张国忠怀着激动的心情，向吴官正书记汇报了自己担任村支书近五十年来，带领群众拔穷根、栽富苗，艰苦奋斗的历程。

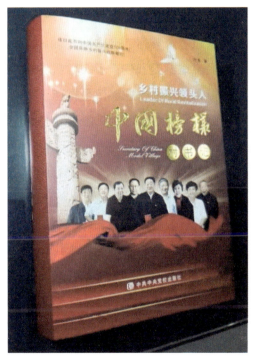

张国忠的事迹入选《中国榜样》一书

张国忠既朴实又深刻、既风趣又生动的话语，几次让吴官正高兴地笑出声来。张国忠一讲完，吴官正书记便首先带头鼓起掌来，连声说："讲得太好了！我听了也很受教育。这实际上是他50年工作经验的总结，也是他50年来忠于党，忠于人民的总结。'管好多数人，首先管好少数人，要管好少数人，首先管好自己，要学会吃亏'。这话讲得太深刻了！"

"张国忠的精神主要有两条：一是艰苦奋斗。他这个地方不是吹出来的，而是艰苦奋斗干出来的。二是要密切联系群众。没有群众观点的干部不是我们共产党的好干部。"吴官正书记告诉大家："我来山东后接触到一大批优秀的党员干部，栖霞县有个'石大胆'，一心带领群众致富；龙口有个'金刚钻'，没有他克服不了的困难。我看，张国忠同志应该叫'张50'（张务实），为什么呢？你看，他当村支书50多年了，这在全国也是少有的，张国忠同志干了50年了，群众还每次都选他，拥护他，不容易。我给他起了个外号'张务实'，一个'石大胆'，一个'金刚钻'，一个'张务实'，这是我们广大农村基层干部的优秀代表。有了他们，我们山东的两个文明建设才真正有了希望。"

最后，吴书记紧紧握着张国忠的手说："你是我们党的光荣！"

党的十五大闭幕之后，1998年2月，时任国务院副总理的姜春云再次来小杨屯视察工作。张国忠汇报了小杨屯新的发展情况，看到小杨屯的变化，姜春云非常满意，他后来又走进村民张维安家，问："实现了劳模定的'十化'目标了吗？"张维安说："实现了，实现了，这真亏了张劳模，我们感谢党的政策。当得知人均收入已经实现6000元时，姜春云对张国忠说："这几年，我对小杨屯村这个老典型很挂心，现在来看，变化很大，发展更快了，吴官正书记说的'张务实'确实名副其实啊！你这面旗帜更加鲜艳了，明珠更加璀璨了！"

1999年，张国忠到北京办事，专程拜望姜春云同志。姜春云在家中接见了他，对他嘘寒问暖，关心备至。张国忠汇报了小杨屯的最新发展情况，他说今年小杨屯的发展会更好。姜春云听了后很高兴地说："你是一贯的自力更生，是模范中的模范。"

2009年7月，时任中共中央政治局委员、全国人大常委会副委员长的姜春云同志，为张国忠事迹展馆题写：农村党支部书记的一面旗帜。

2003 年 1 月 21 日，时任山东省委书记的张高丽同志，来茌平调查研究，专程到小杨屯看望张国忠劳模。一见面，张高丽书记就拉着张国忠的手说："你是我们学习的榜样。"张国忠汇报了自己任村支部书记 50 多年，扎根农村，艰苦奋斗的历程和学习落实"三个代表"重要思想的心得体会。张高丽书记对年逾古稀，但夕阳更红的张国忠同志的事迹深为感动。

二

"长期以来，张国忠坚持实事求是的路线不动摇，坚持抓经济建设不动摇，坚持抓党建不动摇，做得很好。作为一名党的基层干部，任何时候都要听党的话，按照党的政策办事，全心全意为群众服务，时刻和群众打成一片。只有这样，才能经得起风浪，经得起考验，任何时候不变色，党的战斗堡垒不被攻破。"1995 年 4 月 10 日，时任中共山东省委书记的赵志浩同志到小杨屯视察工作听取了县里领导的汇报后指出。随后，他指着会议室墙上学习焦裕禄精神，做张国忠式干部的标语说："在张国忠身上，具体体现了焦裕禄、孔繁森精神。他当村支书几十年，带领群众一步步富起来。凭他的聪明才智，自己干可以发大财，但他没有那样做，始终带领群众走共同富裕的道路，不贪不沾，无私奉献，难能可贵。以前对张国忠的事迹，省里宣传过，今后还要加强宣传。"

当张国忠说到自己属虎，已 70 岁了，仍参加劳动，且干劲不减时，赵志浩风趣地说："你虎虎有生气，虎威犹在啊。"

2000 年 6 月，时任省人大常委会主任的赵志浩同志再次来小杨屯视察，张国忠向赵志浩汇报了小杨屯高质量发展和学习"三个代表"重要思想的体会。听到张国忠深刻而富有哲理的话语，看到小杨屯村欣欣向荣、一片生机的景象，赵志浩同志欣然题词："老树春深更著花，墙里开花内外香。"

从小杨屯回去后，省人大召开常委会，对小杨屯给予了大力表扬，《人民权利报》的记者来小杨屯采访了三天，形成翔实的资料，在该报头条上刊发了以"老树春深更著花"为题的长篇报道，在全省引起巨大反响。

2000年3月，时任山东省人大常委会副主任的王玉玺来聊城召开经济工作会议，会后，到小杨屯看望劳模。他被张国忠劳模的拼搏精神感动，挥笔写下了"齐鲁典范"四个大字，笔力遒劲，意义深远。

接着新华每日电讯刊发共和国任期最长村支书张国忠《"吃亏"村支书一干60年》。人民日报、光明日报、经济日报也分别以《张国忠的人生"三奇"》《永不褪色的旗帜》《永葆本色 甘于奉献》为题，报道张国忠带领小杨屯人致富的先进事迹。同日，新闻和报纸摘要也以《"吃亏是福"的好支书——张国忠》为题隆重报导。随之，中央电视台新闻联播和焦点访谈也分别以《张国忠：立体高效生态养殖 带领村民走上致富路》《基层干部的典范张国忠》进行大力宣传。

中央电视台新闻联播如是报道说：第三批科学发展观活动的深入开展，离不开基层广大党员干部的先锋模范作用，从今天起，本台开设深入开展学习实践科学发展观活动党员风采专栏，报道一批基层共产党员在学习实践活动中发挥先锋模范作用，保持共产党员先进性，自觉践行科学发展观的先进典型。今天推出山东聊城小杨屯村党支部书记张国忠的先进事迹。在学习实践发展观活动中，山东聊城小杨屯村党支部书记张国忠把学习科学发展观的收获转化成带领村民致富本领和实际成效，受到当地群众拥戴。

2020年10月中旬，中国劳动报襄阳记者站站长叶星写下长篇通讯《张国忠：与新中国同行 见证全国农业农村发展史》，收入他所编著的《中国榜样村书记》一书。

三

全国著名劳动模范张国忠逝世以后，引起齐鲁大地的强烈反响。

网易新闻、大众网、齐鲁晚报、齐鲁壹点、海报新闻、哔哩哔哩、聊城媒体、聊城微言教育、聊城博览网、诚信聊城、茌平区新媒体联盟、智慧茌平、茌平微生活等进行了集中报道。

张国忠去世的消息通过电波，通过方块字传到大江南北，传到千家万户。从党政机关到群众团体，从大中小学到企业乡村，一个怀念、追悼、学习张国忠的热潮像大江春汛，像风卷海涛，正汹涌澎湃地席卷而起……

　　人民情怀 土生土长

　　你是甘愿吃亏的共产党

　　躬身孺子牛

　　耕耘在家乡

　　万顷庄稼地哟 把富民的初心种上

　　挥洒汗水 追逐太阳

　　你是红土地上的领头羊

　　不忘跪乳恩

　　实干铁肩膀

　　小康致富路哟 让百姓的幸福滚烫

　　风雨岁月 人民至上

　　吃亏是福 饱含梦想

　　党的好干部人民好儿郎

　　你的丰碑镌刻在百姓心坎上

在张国忠辞世几天，获 2004 中国歌词创作最高奖"晨钟奖"榜首的孙振春与新华社新华网山东分公司的孙林华，他们一晚上就写出了《甘愿吃亏的共产党》的歌词，由中国音乐著作权协会会员、山东省音乐家协会会员赵安营作曲，刘德剑编曲，军旅歌唱家王红涛演唱，并在北京上线发行。

"在党的二十大即将召开之际，每个党员、干部都应该以张国忠同志为榜样，积极宣传、弘扬'张国忠精神'，在习近平新时代中国特色社会主义思想的指引下，牢固树立正确的权力观、地位观、利益观，自觉落实为民、务实、清廉的要求，重品行，肯吃亏，做奉献，永葆共产党人的政治本色，以优良的党风促政风带民风，形成凝聚党心民心的强大力量。"张国忠去世仅仅三个月《"吃亏书记"张国忠》长篇传记就迅速在光明日报出版社出版，山东省委原书记、山东省人大常委会原主任赵志浩为该书作序。聊城头条、茌平文苑给予连载刊发。

聊城市纪委监委与茌平区纪委监委联合编辑了张国忠克己奉公，严以治家的家风故事，倡树廉洁家风、构筑家庭廉洁防线，在全市营造了文明健康高尚廉洁的家庭氛围。

为大力弘扬劳模精神、劳动精神，营造"向劳模学习、向劳模致敬"的良好社会氛围，茌平区委、政府开展了学习劳模事迹，弘扬劳模精神、人人争做劳模活动。并以张国忠、张学信、耿遵珠为例，撰写了"让劳模成为助力乡村振兴'领头雁'"和"让劳模精神在'走在前、开新局'新征程中大放光彩"等文章，不但省市媒体给予重点报道，而且山东省副省长凌文做出批示：建议进一步深入调研、提炼总结，为县域经济探索发展新路径。

茌平区政协抽出一名副主席，多次召开张国忠劳模座谈会，组织专门人员深入挖掘和收集整理张国忠事迹材料，并撰写出《张国忠：共和国之最村支书的传奇人生》一书。

为着力营造学习贯彻习近平新时代中国特色社会主义思想主题教育浓厚氛围，茌平区委宣传部主题教育宣讲团专门聘请张银昌为成员，专题举办劳模事迹报告会，并录制光盘在区广播电视台转播，用劳模的干劲、闯劲、钻劲鼓舞更多人，激励广大干部群众争做劳模。

茌平区作家协会对张国忠"吃亏"精神进行专题研讨，先后撰写了一大批品读《"吃亏书记"张国忠》优秀作品。还先后在聊城开发区、高新区、茌平区等地开展了《"吃亏书记"张国忠》赠书活动。

张国忠走了，但是他的精神并没有走，曾经来小杨屯学习养鸭经验的桂柳集团，又回到小杨屯养鸭基地，投资 2.2 亿元，建起了现代化的种鹅基地，而且还建起了生态养猪场，养牛场，使张国忠和小杨屯所创造的事业再次发扬光大。

而且还有市区镇等党政机关、企事业单位、中小学校和各社会团体的参观者，络绎不绝地走进小杨屯村张国忠劳模事迹展厅参观学习，回顾劳模的光辉事迹，了解劳模的奋斗历史，感受劳模的艰辛历程，感受榜样力量。

就连滨州市博兴县也扎实推进了"书记荐书荐文见行动"主题活动，"博兴党建"公众号以短视频形式，对县委书记高志国向广大党员干部群众推荐的《"吃亏书记"张国忠》书籍进行展播，为广大干部群众带来了丰厚的心灵滋养和精神动力。

……

一次次纪念活动，是一次次精神洗礼，弘扬了张国忠劳模艰苦奋斗、战天斗地的奋斗精神，让大家心弦共鸣，踔厉奋发，成为鼓舞人们艰苦奋斗、开拓进取的强大精神动力；一场场报告，是一场场信念锤炼，弘扬了张国忠劳模淡泊名利、甘于奉献的"吃亏"精神，让大家热血沸腾、笃行不息，成为激励人们求真务实、真抓实干的宝贵精神财富。

人民需要张国忠式的好干部，党需要张国忠式的好儿子，时代呼唤张国忠式的好公仆，张国忠就像一棵不老的青松，在人们心中长成了一座激昂向上的人格丰碑，他的奉献精神正在感召越来越多的后来人，茌平区广大干部群众向劳模看齐、向劳模致敬已成为自觉，并以自己的实际行动践行劳模精神，凝聚起努力拼搏的磅礴力量。

斯人已逝，精神长存。

后 记

因为张国忠是全国劳动模范，而且是参加过三次全国党代会的代表，是个老典型，又不断改革创新走新路，所以，每年都有全国和省市县的很多领导前去视察和指导工作、总结经验；更有络绎不绝的全国各类媒体记者前来采访，宣传报道。加之我从1985年5月到2006年3月在茌平县委宣传部从事新闻宣传工作，接待过从中央到地方各类媒体的采编记者等，自然就与张国忠接触多了，掌握了张国忠大量感人至深的材料，也先后撰写过《在田野上寻找那失落的》《帅旗别样红》《红土之歌》等很多宣传张国忠事迹的文章，发表在新华社、大众日报、聊城日报等主流媒体上，有些还先后被山东文艺出版社出版的《春风化雨》山东出版社出版的《鲁西之光》等书籍收录。

那时我就试图用自己的笔，把张国忠这面"社会主义新农村的旗帜"，把这颗"鲁西北的明珠"的光荣业绩、高尚情操和高风亮节全部如实地记录下来，为他著书立说。为此，我还在张国忠家里待过三天三夜，吃在张国忠家里，住在大队部里，白天一块下地和接待来人，晚上一起探讨交流，直至深夜。2009年，时任党委书记的李恩、镇长王巍又为我在冯屯镇办公大楼上安排了办公室，断断续续待过一年多的时间，也接触和掌握了一些张国忠及小杨屯村的材料，也写了几个章节，无奈因工作变动和手头事务繁忙及其他多种原因，始终未能成书。

没想到，在我完成了长篇报告文学《中国乡村振兴的模范生耿遵珠》一书后，茌平区政协主席李泽潜又找到我，要我再深入挖掘整理张国忠劳模的典型事迹，有为张国忠同志写传的想法。尽管手头又很多事要做，但为了不断丰富劳模精神的时代内涵，进一步弘扬和传承劳模精神，传递榜样力量，激励广大干部群众争做新时代的奋斗者，特别是给当下乡村振兴一个更好的借鉴和启发，助力农业农村工作高质量发展，也了却我一个心愿，我还是答应了。可惜，我采访张国忠的笔记、手稿等很多珍贵资料无论如何也找不到了，包括被誉为"诗坛泰斗"、散文家、中国诗歌学会会长臧克家与小杨屯的情节，小杨屯黎明前的战斗等很多动人的故事。

在这里需要特别感谢的是山东省政协副主席、党组副书记林峰海和聊城市茌平区委书记孙荣军同志在百忙中为该书作序；需要提出的是在收集素材和构思写作过程中，得到茌平区政协的大力支持，李泽潜主席专门安排副主席纪建军负责这项工作，茌平区政协四级调研员吴港远、秘书长孙明宇、老干部服务中心副主任董闫浩等靠上服务，茌平区政协文史工作室主任刘杰、聊城市华森消防工程有限公司总经理朱来林挤时间为该书文稿进行认真仔细校对，区委宣传部新闻科长刘明明等也提供了部分资料，茌平区新媒体联盟董事长史奎华及伏东海提供了本书的大量照片，张金昌还与我对小杨屯的一些史料进行多次认真探讨，并让在《"吃亏书记"张国忠》摘取了一些资料，还有张银昌跑前跑后，几次一起到小杨屯采访，小杨屯村的原党支部书记张齐家、原村委妇女主任孟兰英等都给予积极配合，还有聊城职业技术学院马克思主义学院名誉院长、孔繁森同志纪念馆原馆长高杉，茌平区委组织部副部长张华及乌以强、孙培水、史文忠、刘本科、冯喆等都审阅了这本书的初稿，并提出很好的意见和建议，在此一一表示感谢。

如前所说，为张国忠著书立说是我很久以来的愿望，因此，我是怀着满腔的热忱，尽最大的努力来把它写好的。但遗憾的是，时间有些仓促。从开始收集素材到完成这20万字的书稿，多半年的时间，而且又是在工作之余。对于这样责任重大，篇幅较长的写作任务本来就有些压力，再加上这样仓促上阵，而又急急收笔，作品中的失误和文字的粗糙是可想而知的。特别是对张国忠一生的生动事迹肯定还有很多没有挖掘出来，恳请各位领导和读者多多提出建议、批评和指正，在必要和允许的适当时机，再作进一步充实修改，让全国劳模张国忠的形象在作品中反映得更加充实，更加完美。

作 者

2023 年 12 月